故事会

2013・57

合订本

STORIES

上海故事会文化传媒有限公司　出品

图书在版编目（CIP）数据

2013《故事会》合订本．57 / 《故事会》编辑部编．-- 上海 ：上海锦绣文章出版社，2014.3

ISBN 978-7-5452-1225-9

Ⅰ.①2… Ⅱ.①故… Ⅲ.①故事－作品集－中国－当代 Ⅳ.①I247.8

中国版本图书馆CIP数据核字(2013)第036241号

责任编辑：顾　诗

封面设计：王怡斐

责任督印：张　凯

2013故事会合订本57

《故事会》编辑部　编

上海锦绣文章出版社 · 上海故事会文化传媒有限公司出版

地址：上海绍兴路 74 号

电子信箱：gushihui@263.net

网址：www.slcm.com

中国图书进出口上海公司发行

地址：上海市广中路88号

电话：36357888

ISBN 978-7-5452-1225-9/I · 411

·笑话·

防骚扰的方法

办公室里，一个美女捧着化妆镜，边扑粉边抱怨道："新来的市场经理总是对我嬉皮笑脸的，脸皮真厚，哼！"

一位同事问："你讨厌他吗？"

美女娇滴滴地说道："当然啦，最讨厌了。"

同事说："来，我教你一招，保证他不再骚扰你！"

美女听了，立马凑过头去，只听同事在她耳边轻轻说道："卸了妆就行。"

（铭　月）

有才的老板

大刘来到一家小卖部，问道："老板，有饮料吗？"

老板说："当然！"

大刘问："都有哪些啊？"

老板眉飞色舞，抄起两块小竹板，来了一段："雪碧百事美年达，脉动七喜娃哈哈，红牛醒目冰红茶，农夫果园和芬达，和！芬！达！你要哪种？"

大刘一惊：居然这么押韵，这老板太有才了！

（二　子）

解酒秘诀

一个老兵退伍了，跟几个战友喝酒，醉倒后不省人事。被战友抬回家后，老婆试着用各种办法给他醒酒，都无济于事，于是打电话询问老兵的战友。

战友说："你连续吹短促哨音试试看。"

老婆不解，但照着做了。没想到哨音未落，只见老兵"噌"的一下从床上蹦起，然后以闪电般的速度穿衣戴帽，嘴上也不闲着，大叫："我的腰带呢？谁给老子拿走了？"之后，飞奔到楼下。

大冷天的，老兵一个人笔直地站在楼下，喃喃着："不是紧急集合吗，怎么还没人下来？"

（后退芋芳）

高度评价

老板把小王叫进办公室，说：“你的策划书我看了。”

小王心中忐忑：“哦……您觉得怎么样？”

老板答道：“和《红楼梦》有一拼。”

小王暗喜v，连忙谦虚道：“老板您过奖了，我的文笔哪有那么好？”

没想到老板幽幽地来了一句：“不，满纸荒唐言！”

（冯幼平）

坑爹的小贩

小毛走在大街上，看见一个卖增高鞋垫的小摊前人流涌动。

条幅上写着：“最新科研成果，矮个子的福音。含悲忍泪倾情大甩卖，10双仅售20元！”小毛头脑一热，就买了10双，结果用了半个月，一厘米也没长。

那天小毛去公园，居然又碰到了那个摊贩，小毛一把揪住了他的领子，要他赔偿损失。

摊贩狡辩：“您肯定没看说明书，您仔细看，保准您身高大增。”

小毛接过说明书，看了半天，终于发现一行小字：“本产品适宜配套使用，如您一次垫5双，会增高2至3厘米，垫10双效果更佳！”

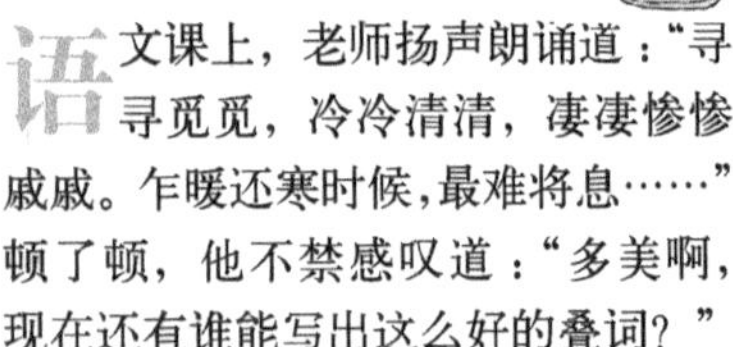

超强回答

语文课上，老师扬声朗诵道：“寻寻觅觅，冷冷清清，凄凄惨惨戚戚。乍暖还寒时候，最难将息……”顿了顿，他不禁感叹道：“多美啊，现在还有谁能写出这么好的叠词？”

一个同学举手，喊着：“老师，我试试。”只见他站起身来，摇头晃脑道：

“默默背背，学学睡睡，醒醒做做累累。考前复习时候，最难入睡。三杯两碗咖啡，怎敌它，卷满天飞？挂科也，正伤心，却是让人崩溃……”

（王欢琳）

天空蓝

一个姑娘在淘宝网上买了一只箱子，送过来一看，发现颜色错了，赶忙上网问店主。

姑娘气吼吼地说："店家，你颜色发错了！"

店主回复："不会啊，怎么错了？"

姑娘接着说："我要的是天空蓝，你给我寄了个灰白的。"

店主发过来一个无奈的表情符号，说："我们这儿……天空蓝就这颜色。"

（赵 为）

（本栏插图：包丰一）

惊悚末班车

夜深了，一个女生赶上了末班公交车，车上只有两三个乘客。

女生无意间一抬头，看见车里的电子显示屏上滚动着"没有终点站"几个大字。

女生一个激灵，联想到了各种鬼故事，她紧紧盯着那个显示屏，吓得冷汗都出来了……

几分钟后，显示屏又滚动到女生刚才看到的地方，她终于看全了："为您服务，满意没有终点站。"

（许 进）

痛苦的点名

有个同学叫马驫骉，好多老师不知怎么念，所以每当上课点名的时候，总爱问："马某某到了没？"

后来，数学老师点到他，叫道："六匹马到了没？"

再后来，语文老师点到他，干脆改成："万马奔腾到了没？"

（李朝兴）

532
2013
SEMIMONTHLY
上半月刊
4月

STORIES
欢迎登录本刊主办的"故事中国网"（www.storychina.cn）

—STORIES—
2013年4月
上半月刊·红版

社　长、主　编：何承伟
副社长：夏一鸣
常务副主编（兼绿版负责人）：吴　伦
副主编（兼红版负责人）：姚自豪
本期责任编辑：姚自豪　李　丹
电子邮箱：lidan090@sina.com
红版发稿编辑：
吕　佳　石莎莎　丁娴瑶
美术编辑：王怡斐
电脑制作：郭瑾玮
本社办公室电话：021-64375030
上半月刊编辑部电话：021-64355114
下半月刊编辑部电话：021-64336469
（上海市绍兴路74号　邮编：200020）
主管、主办：上海世纪出版集团
出版单位：《故事会》编辑部
发行范围：公开

出版、发行总监：张　凯
电话：021-64313938
广告业务：上海故事会文化传媒有限公司
广告总监：张　淮
广告业务：021-34010383
广告投诉：021-64333738
广告经营许可证
沪工商广字3100320080016号
发行：中国图书进出口上海公司

占座窍门

三个女白领聚在一起，分享上下班挤车占座的窍门。

甲说："穿紧身衣啊，往帅哥多的地方挤挤，一会儿就有人让座了。"

乙嗤之以鼻："本小姐很正经，想坐就装头疼，用手捂着额头，有好心人看到，就会主动让座。"

丙幽幽地说："我每天都和男友一起挤车，他会一边搀住我，一边摸着我的小腹，假装劝道：'媳妇，小心动了胎气。'他这么一说，呵呵……"

（苗　苗）

请帮忙推一把

半夜大雨，夫妻俩被屋外的叫声吵醒："喂，请帮忙推一把，好吗？"丈夫恼怒，翻了个身继续睡。

妻子提醒道："你该帮帮他。你忘了？之前咱们的汽车坏在半路上，就是两个陌生人帮忙推了一把。"

丈夫觉得有道理，他穿好雨衣，出门喊道："喂，你还在吗？还需要推一把吗？"

黑夜里有人应答："在，需要！"

丈夫打着电筒，循声照过去，只见一个醉汉歪坐在秋千上，冲他痴痴地笑。

（兰明芳）

·笑口常开 轻松一刻·

看芭蕾

有一天，美美临时有事，送了两张芭蕾舞票给同事，还没走远，就听他们低声聊着。

甲问："这票，你打算自己用还是送人？"

乙答："我想去看啊，但芭蕾很难懂的呀，你能看懂吗？"

甲憨憨地笑道："看不懂，看看美腿也行啊！"

美美瞬间崩溃了。

（悠　游）

（本栏欢迎来稿，读者、作者可将有新鲜感、有精彩细节的笑话佳作投寄给我们。来稿一经采用，最高稿费为100元。本期责任编辑电子信箱：lidan090@sina.com）

区区一块钱

□张劲辉

这一天，周大海在商场买了把帆布折叠椅，准备带回家。

到了车站，周大海从口袋里掏零钱的时候，一不小心，掉了一枚硬币，“滴溜溜”地滚出去老远。周大海当时没察觉，身后一位老先生看见了，连忙追上去，捡起钱来给了他。周大海连声道谢，对方摆摆手，说：“一块钱的事儿，别客气。”

公交车来了，周大海跟在老先生身后排队，老先生一上车，刚掏出一块钱准备投币，却被司机制止了：“我们这是空调车，得投两块！”

老先生一愣，急忙摸口袋，可摸出来的票子最小面值也是五块。眼看司机不耐烦了，周大海急忙掏出那枚失而复得的硬币，递给老先生，说：“我借您一块钱。”

老先生很是感激，一定要掏出一张五块的还他。周大海翻遍钱包，也凑不够四块钱，就打趣说：“要不是您帮我捡回来，这一块钱早就丢了，您老就别客气了！”

老先生说：“这可不行，我总不能白花你一块钱吧？”

正说着，突然车身一摇，周大海这才反应过来：“哎呀，光顾着说话，老先生还站着呢。”可这时车厢

里已经没有空座了，周大海只好扶着老先生，冲车厢里喊道：“哪位朋友给老先生让个座？”可一连问了两遍，车厢里都无人应答。

周大海心里不爽，但也没法子。突然，他一拍脑袋，笑了：“哎哟，我怎么这么笨呢！”他忙把背上的折叠椅拿下来，撑开，请老先生坐。老先生先是一个劲儿地推辞，后来架不住周大海的热情，只好坐下来。

老先生坐稳了，周大海心里也踏实了，于是两人你一言、我一语地聊了起来，从折叠椅聊到了菜价，从健身聊到了养老金，两个人越聊越投机，不知不觉已经过了七八站，突然，老先生一拍腿说：“哎哟，你没有坐过站吧？”

周大海笑着说：“没有，我到终点站下车。”老先生点着头说：“哦，那就好，我也坐到终点站。今天可多亏了你的折叠椅啊，要不然我这双腿可要遭罪啦！”

两个人正说着，旁边多出个空座，老先生连忙挪过去，并催周大海说：“来来来，也该你享受享受你的‘宝座’啦！”

周大海却摆摆手，把折叠椅收起来，说：“不行啊，我该下车了，媳妇正等着我吃饭呢。”

老先生说：“你不是坐到终点站吗？”周大海憨憨地一笑：“哈哈，我撒了个小谎……其实我早坐过站了，不是担心您没座位嘛！”

这下，老先生又过意不去了：“哎呀，你咋不早说？本来我只花了你一块钱，可现在你还得花两块钱坐回去，我欠了你三块啦！”

周大海连连摆手：“瞧您老客气的，几块钱算个啥，不值一提。”老先生无奈，只好拍了拍折叠椅，真诚地说：“希望咱们有缘再见，我一定把这三块钱还给你。”

这时，公交车停了，周大海急忙下了车，可刚走了几步，就听到有人冲他喊：“师傅，你的钱掉了。”周大海回头一瞧，见地上有一张团起来的五块钱，他摇头否认，说钱不是他的，那人却说：“没错，我亲

眼看到钱是从你的折叠椅里掉出来的。”

周大海恍然大悟：肯定是那老先生掉的钱，不行，这钱我不能拿，得还回去。于是周大海就拦了辆摩的，向刚才那辆公交车追去……

一会儿，追到了终点站，正巧那个老先生也下了车，周大海便迎上去说：“老先生，咱们又见面了……”

老先生一愣，问他怎么追上来了，周大海把那张五块钱递了上去，说了钱的来历。老先生哭笑不得地说：“哎呀，其实这五块钱是我偷偷塞在你椅子里的。我生平没有欠过别人一分钱，没想到……哎，你打摩的又花了多少钱啊？”

周大海说：“不远啊，才三块钱。”老先生听了直摇头：“你瞧瞧，就算你把这五块钱收下了，算来算去，我还是欠你一块钱，这……这可如何是好！”

（题图、插图：佐　夫）

·本刊信息传真·

故事会·中国故事创作与讲演安亭培训基地

为你开启故事创作成功之门

第17期故事创作研讨班开始招生

为培养富有实力的骨干作者，加强作者队伍的建设，本刊与上海嘉定区安亭镇政府合作，成立“故事会·中国故事创作与讲演安亭培训基地”。今后，该基地将为全国有志于故事创作的作者提供优越的培训条件，聘请故事创作专家、讲述家讲授故事创作理论知识、实践经验以及讲演技能，组织各类富有针对性、实效性的创作和讲演活动，从而缩短作为一个故事作者的成熟周期，为你开启故事创作的成功之门。经过该基地讨论、加工的作品，将优先在《故事会》发表，并推荐参加年度评奖活动。

今年4月，“故事会·中国故事创作与讲演安亭培训基地”将正式开始活动，并在该基地举办第17期故事创作研讨班。

凡报名者，不论资历，公平竞争，以作品和创作潜力为衡量标准。须提供：1. 本人创作简历一份；2. 若干篇新创作的故事作品；3. 本人真实姓名及详细联系方式（包括电话）。

参加本期研讨班的差旅食宿等费用由“故事会·中国故事创作与讲演安亭培训基地”承担。

报名工作正在进行中，有意者可通过电子邮件以及邮局投寄方式将作品和相关信息传发给我刊编辑，截止日期为2013年4月10日。

故事新编

◆ 狐狸和乌鸦

狐狸见乌鸦衔着一块肉站在树枝上，就想把肉据为己有。它开始跟乌鸦搭讪："你的歌声是那么美妙，你才是真正的'世界好声音'……"

乌鸦听得不耐烦了，就张开嘴，让那块肉从嘴里滑了下去。狐狸捡起肉，喜滋滋地跑远了。

看着狐狸的背影，乌鸦不屑地说："小样儿，还以为自己聪明绝顶呢。那块肉刚被检测过，瘦肉精严重超标，我正发愁没地儿扔呢。"

◆ 讳疾忌医

扁鹊拜见蔡桓公，发现他肤色反常，就说："你有外伤，需要赶紧用药。"

桓公摆摆手说："伤不起啊伤不起，现在药价太高。"

过了几天，扁鹊又去拜见桓公，发现他的病情已经加重，就对他说："不能再耽搁了，你需要立刻住院治疗。"

桓公摇摇头说："病不起啊病不起，现在住院费太贵。"

又过了几天，扁鹊再见到桓公时，不禁大惊失色。他对桓公说："再不治疗，恐怕会有生命危险。"

桓公叹了口气说："死不起啊死不起，现在墓地价格都快超过房价了。"

◆ 井底之蛙

坐在井底的青蛙不顾别人的讽刺挖苦，一直呆在井底。为此，它背负了"目光短浅、顽固不化"的名声。

几年以后，忽然有许多人聚在井口，都来观看这只青蛙。原来，跳到井外的青蛙都被人们捉住吃光了。人们看到井底的青蛙，都啧啧称奇。

很快，许多关于井底之蛙的传奇故事应运而生，这只青蛙一夜间就成了世界名蛙。

（作者：贺占强）

一语中的

- ◆ 跨得过去的是门，跨不过去的是槛。
- ◆ 证件上印出来的叫文凭，印不出的叫文化。
- ◆ 额头上看得出的是皱纹，看不出的是岁月。
- ◆ 路上走出来的印痕叫足印，走不出来的印痕叫足迹。
- ◆ 脑子估测得出的东西叫智商，估测不出的东西叫智慧。
- ◆ 喉咙吞得掉的是口水，吞不掉的是口碑。
- ◆ 掌纹看得出的线条是命理，看不出的线条是命运。
- ◆ 手表可以看到的是日历，看不到的是阅历。
- ◆ 能够诉说的苦叫苦恼，不能诉说的苦叫苦衷。
- ◆ 镜子里看得到的是自己，看不到的是自我。
- ◆ 背后摸得到的硬度叫脊椎，摸不到的硬度叫脊梁。
- ◆ 温度计量得出来的热呼叫温度，量不出来的热呼叫温暖。
- ◆ 脚下走得到的地方叫前方，走不到的地方叫前程。

（**推荐者**：何必加）

谁把谁给废了

- ◆ 人生，让房贷给废了；
- ◆ 肉，让瘦肉精给废了；
- ◆ 一手好字，让键盘给废了；
- ◆ 电视剧，让广告给废了；
- ◆ 书信，让电子邮件给废了；
- ◆ 肝，让酒给废了；
- ◆ 肺，让香烟给废了；
- ◆ 学生，让网游给废了；
- ◆ 景点，让黄金周给废了；
- ◆ 运动员，让兴奋剂给废了；
- ◆ 生命，让医疗费给废了；
- ◆ 小孩，让问题奶粉给废了；
- ◆ 一个 QQ 群，让不说话的给废了。

（**推荐者**：子　夜）

国民顺口溜之2013年版

- ◆ 恨铁不成钢，恨女不成双。
- ◆ 多年媳妇熬成婆，剩女熬成黄脸婆。
- ◆ 树欲静而风不止，我欲嫁而你不娶。
- ◆ 水至清则无鱼，男至贫则无妻。
- ◆ 君子最怕小人怨，百姓最怕物价涨。
- ◆ 太岁头上动土，明星脸上动刀。
- ◆ 心有余而力不足，房有余而钱不足。
- ◆ 真金不怕火炼，假货不怕你验。
- ◆ 得意之时怕失意，失意更怕暗箭伤。
- ◆ 道高一尺，魔高一丈；楼高一尺，价高一丈。

（**推荐者**：九　九）

（**本栏插图**：安玉民）

故事会■新浪 微故事大赛

2月优秀作品选登 主题：童话故事

@我的职业是妈妈：老奶奶独自住在一所老屋里，很寂寞。燕子说："我来陪您住。"燕子在房檐下给老奶奶唱歌。小猫说："我来陪您住。"猫在床脚给老奶奶焐脚。狗说："我来陪您住。"狗在门口给老奶奶看门。老屋要拆迁了，老奶奶的儿子赶回来说："我来陪您住。"老奶奶说："我家的动物够多了，不想再多一只了。"

@年少的少年事：少年每天都把妈妈的唠叨装在漂流瓶里扔进大海。后来妈妈去世了，他无比想念妈妈，想祈求海爷爷帮他找到漂流瓶。海爷爷说："你的漂流瓶都送给失去妈妈的人了，你在这里等吧，如果有人把瓶子扔了，我就给你。"可他等了一辈子都没等到。因为那些拿了瓶子的人，都很幸福地生活着。

@仪偌："我朋友得了一万块年终奖！"小孙在包厢里高声道。身边的小王插嘴："这有什么，我姐单位还发了五万块呢！"众人的目光纷纷投向角落里的老板，有人故意说得很大声："说不定我们公司发的更多呢！"就在此时，一直沉默不语的老板，忽然冷笑一声，走到点歌台，从容地点了一首《童话》。

@流沙_握的太紧：秒针欢快地跳跃着，分针蹒跚地边追边喊："慢着点儿，等等爷爷，他还在后面呢。"时针赶忙挥手："不用管我，赶紧去照看小孙子。"12点那一刻，秒针嬉笑着："哈哈，同时到达！"祖孙仨开心地大笑起来。虽然，他们的相聚只有一秒。

@阿三哥儿：公主被巫婆施咒沉睡不醒，王子历尽艰辛赶到了城堡，亲吻了公主。公主苏醒后感动不已，嫁给了王子，然后他们幸福地生活在一起……巫婆看着眼前美满的结局，欣慰地笑了："现在的孩子真不让人省心，追个女孩都要让妈操心！"

@jlsclxlhw：除夕夜，儿子的微信来了，老爷爷说："放心吧，我挺好。"女儿的邮件来了，老爷爷回复："工作忙就别回来了……"突然，老爷爷冲手机、电脑发火说："自从你们到我家，我就没开心过好年，你们走吧！"手机、电脑委屈，转身要走，老爷爷却反悔了，一把拉住他们说："还是回来吧，等会儿小孙子还要通过你们给我磕头呢！"

@左小美小左："妈妈说，爸爸明天就会回来过年，我很高兴，于是陪妈妈在田里翻了地。因为爸爸说过，妈妈很辛苦，要多帮帮她。中午，妈妈接到鸡毛信之后哭了。直到晚上，爸爸还没回来，我问妈妈，妈妈说：'爸爸去钓鱼，不回来了。'爸爸怎么不带我去呢？"——蚱蜢老师看完小蚯蚓的作文，忍不住哭了。

·情节聚焦·

该死的是谁

□ 卢卫平

张永亮家境富裕，可他并不开心，因为钱都在搞收藏的妻子手里。前不久，张永亮认识了一个按摩店的小姐，一来二去，情意绵绵，时间久了，两个人竟想将这段婚外情修成正果。张永亮寻思着：如果他向妻子提出离婚，一点钱都得不到，如果她死了呢？那些钱不都是他的了？

就这样，张永亮杀心顿起。可怎么杀妻子呢？用刀？血溅三尺，他没那个胆。想着想着，他想到了煤气。妻子生性马虎，好几次都是因为看电视，忘了煤气灶上烧的水，水开后溢了出来，把火浇灭了。要不是张永亮及时回来，妻子早就被泄漏出的煤气熏死了。

张永亮暗暗算计好了所有的细节：如果妻子在看喜欢的电视剧时，心思必定全在电视剧上。这个时候，他打开煤气烧上水，然后对她说，自己要出去一次，找个借口在外面待上几个小时。妻子肯定会忘了煤气灶上烧着水，水开了，一定会溢出来浇灭火，火灭了，煤气一定会神不知鬼不觉地泄漏出来……

这一天下班，张永亮上楼时还在想着这事。突然，他的脚被绊了一下，一看，原来是一个农民工躺在那里。那个农民工的神色很紧张，拘谨地朝张永亮看了看，有点慌乱，说：“对不起，我没要到工钱，想在这楼道里休息一下。”

张永亮恼了，大声地嚷了起来：

“嘿，你要不到工钱关我们啥事？”

正嚷嚷着，门开了，妻子问：“怎么了？”张永亮说了缘由，妻子没说话，从屋里拿了一件旧大衣给那个农民工，说是天太冷了，让他穿上。张永亮皱了皱眉，没说话。

那农民工穿上大衣，千恩万谢，说是一定会还的，然后就走了。

第二天是星期六，张永亮还没吃完早饭，妻子就说：“今天是八集连播，我可以看个够。”说完，妻子就开始看电视剧了。

张永亮吃完饭，对妻子说：“我去单位有点事，煤气灶上烧着水呢。”妻子随口答应了一声。张永亮知道，妻子的心都在电视剧上，根本就没听进去他的话。

张永亮到了单位，就用单位座机给熟人打起了电话，他想让那些人到时候证明一下：那个时间他没有在家。他打完电话，一看表，都过去四个多小时了。于是，他就往家里打电话，可是，电话响了好一会儿也没有人接。他想，一切都如愿以偿，妻子肯定死了！

张永亮不能再待下去了，他要回家。一路上，他心里还在想：看到妻子死了，一定要先打120，一定要表现出特别悲伤的表情……

到了家门口，张永亮没敢开门，他怕一开门，就喷出来一大团火球……正在这时，手机响了，一接，竟然是妻子的声音，而且听起来，妻子还很高兴。她说：“你一走，那个农民工就来了。原来，给他的大衣里有钱，人家给送回来了。后来，他知道我是搞收藏的，就说他的一个老乡有一件祖传的东西要出手，又怕让人给骗了。他说我人好，让我去给看看。我就去了，一看，那真是一件好东西，怕你回家没看到我着急，就给你打个电话。”

张永亮听了，气得脸都绿了。唉，没办法，只好另外再找机会了。于是，他装作高兴的样子说：“好，好。你走的时候，煤气关上了吗？”

妻子说：“关了，肯定关了！”

·漫画故事·

体　检（潘胜奎 编绘）

（《故事会》漫画版精品选登）

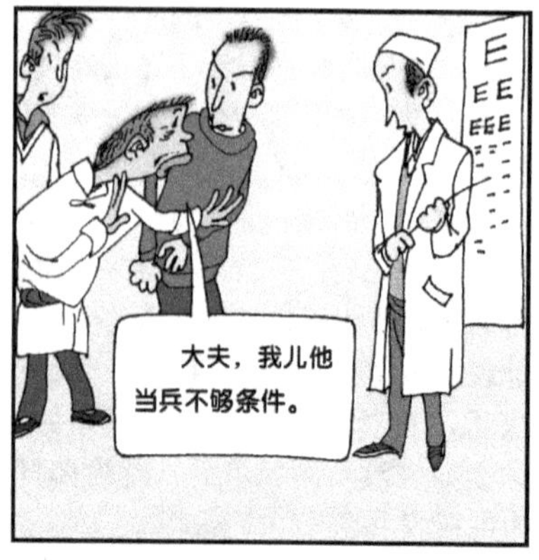

张永亮一边打着手机，一边放心地用钥匙打开了门……

就在张永亮打开门的一刹那，一团火凶猛地从屋里扑了出来，把他给围住了。

张永亮万万没想到，自己打手机的静电引爆了屋里高浓度的煤气。谁让他相信了马虎妻子的话呢？不过，现在的他，后悔也来不及了……

（**题图、插图**：安玉民　梁　丽）

延伸阅读

您想阅读这位作者的其他精选作品和创作感言吗？请扫描右边的二维码。更多精彩，立刻体验。

苦涩的西服

□ 童树梅

明天面试

老大、老二、老三是大学同学，三人都是贫寒出身，也是铁哥们。毕业后，他们同租一室，齐心协力一起找工作。可连续几个月了，哥儿仨笔试参加了不少，但一到面试，就都败下阵来。

这天，老大在接受了第N次失败检验后，若有所思地说："我说二位，你们有没有发现，我们总是一到面试就失败，或许不是因为我们还不够优秀，而是我们衣着太寒酸了，给面试官的第一印象不好……所以，我郑重建议——我们仨合资买一套西服，作为面试专用服吧，反正咱兄弟三人身材差不多。"

老二一听点头称是，老三却提出了异议："好是好，可万一咱们仨同一天面试，西服给谁穿？"

老大显然早就考虑过这事了，胸有成竹地说："如果面试时间能错开，就让先面试的穿；如果时间错不开，那就只好抓扑克比点子，谁点子大谁穿。"

老三同意了，说："这很公平。"

就这样，西服很快买回来了，花了一千多，简直是天价啊！哥儿仨长这么大也没穿过这么贵的衣服，一时间爱护得如同眼珠子一样。

不久，真的被老三说中，意外来了。这天，哥儿仨一起接到了面试通知，万幸的是面试的时间不同，于是，就出现了这样的情景：当老大穿着西服进去面试时，另两人在外面焦急地等着，老大一出来就和老二直扑洗手间，火速交换衣裤，然后老二和老三直奔下一家公司，老三还等着西服哩。

可是，时间一天天过去了，西服并没有给三人带来好运气，而哥儿仨的腰包已快要见底了。

一天晚上，老大正躺在床上望着天花板发呆，老三在一旁玩手机。这时，老二回来了，一进门就急吼吼地嚷道："我说老大、老三，告诉你们一个天大的好消息，阳光公司要我明天下午去面试，乖乖，是阳光公司呀！"

阳光公司是本市一家大名鼎鼎的集团公司，其实力之雄厚、薪水之可观、前景之广阔，一向令人羡慕，难怪老二如此兴奋。

老三听了扶扶眼镜，平静地说："是吗？太巧了，我也接到了阳光公司的面试通知，也是明天下午。听说这次阳光公司招聘的名额不多，所以老二呀，今天我们是朋友，明天可就是竞争对手了。"

老二听了先是一愣，随即满不在乎地说："这有什么嘛，愿赌服输呗，再说谁成功都是喜事一桩，我们永远是哥们儿，是不是？"

老三没有接腔，而是用力拍拍老二的肩膀，正说着，老大闷闷地来了一句："明天我到一家小公司面试，希望你们成功。"

老大遭劫

第二天，老大是上午面试，而老二、老三是下午，时间有的是，所以用不着在洗手间轮流交换衣服。中午时分，老二、老三一切都准备好了，可谓万事俱备，只差西服了。

可眼看面试时间快要到了，老大还没回来。俩人等啊等，眼里直冒火星，时间一分一秒过去了，突然，"吱呀"一声门响，老大回来了，这一看可不要紧，兄弟俩的魂都吓没了：只见老大头发凌乱、嘴角带血，而那件宝贝西服竟被撕成一片一片的，完全毁了！

老二失声尖叫起来："这是怎么了？受伤没有？"

老大颓然坐下，捂着脸说："我都没脸回来见你们了，路上遇上了贼，当时那家伙抢了别人一个包，迎面朝我跑来，我哪能做缩头乌龟，就跟他打，结果包是抢下了，我也变成这样了。兄弟们，西服坏了，我对不起你们……"

老三连连摆手，连声说"不要紧"，毕竟只是衣服坏了，人无大碍。就这样，老二、老三哥俩穿着破旧、寒酸的夹克衫，去应试了。

俩人的面试再次失败。实际上他俩连公司大门都没进去，保安横眉瞪眼的，说阳光公司一向注重员工的仪表，明文规定：不着正装者不得入内。

俩人垂头丧气地回到了出租屋，却发现老大不在，桌上有一张小纸条，是他留的，说那家小公司录用他了，公司有宿舍，并要他火速上班，所以就走了。

时光飞逝，渐渐的，老二、老三真的撑不下去了，因为兜里实在掏不出一分钱了，就在兄弟俩走投无路之时，喜从天降：他们竟收到了一笔数额不小的汇款！

汇款单上没有署名，老三拿着汇款单翻来覆去地看。老二一把抢过来，乐呵呵地说："看什么看嘛，管他是谁汇的，先饱饱吃上一顿再说。娘的，眼睛都饿得发绿了，看到泡面只想吐，这回啊，无论如何也要奢侈一把，到小饭馆狠狠点上两个大菜，一个是红烧肉，另一个还是红烧肉……对了，得叫上老大，哥儿仨有多久没一起喝酒了？"

兄弟三人在一家小饭馆隆重地会面了。老大明显瘦了一大圈，他笑着说："你们哪来的钱请客？我拿工资了，这客就让我来请吧。对了，我这还有点钱，你们拿去买一件西服，面试容易些……"

老大说着，突然哽咽起来，老三忙说："我们有钱了，也不知是谁寄来的，不瞒你说，我们真的穷急了，连脸都不要了，也不问钱是哪来的，先花了再说，等以后搞清了再报答人家也不迟……"

这顿酒，兄弟仨都醉了，尤其是老大，醉了吐，吐了哭……

谁是小人

老天不负苦心人，有了这笔钱的支撑，不久，老二、老三也分别找到了还算满意的工作。哥儿仨都忙碌起来，碰面的机会越来越少。

这天，老二下班回家，一进门，就满腔怒火地嚷嚷着："骗子、小人、伪君子！"

老三吓了一大跳，忙问："你骂谁啊？我怎么你了？"

老二还是不能自制，咬牙切齿

地大骂着："我不是骂你，我是骂老大！告诉你，今天我到阳光公司办业务，结果你猜我看到谁了？老大！他就在阳光公司任职，听说还混得不错！"

老三一听，脸色变了，眼睛一下子瞪得溜圆，浑身都颤栗起来。老二继续说着事情的经过：老大一见老二，霎时脸色就变了，还偷偷地溜了。老二当时就多了一个心眼，悄悄问旁人，最后终于想通了事情的全部真相——那天，老大也接到了阳光公司的面试通知，只不过他是上午面试。他为了阻止老二、老三跟他竞争，竟然故意撕坏了西服……

"够了！"老三忽然大叫一声，只见他一脸的痛苦，声音沉重，缓缓地说着，"其实我早就猜到了，因为破绽太多了，一是太巧，二是男人之间打架不会光撕衣服，更重要的是那笔汇款，这世上，除了老大，还能有谁知道我们寄住在这样一个又小又破的蜗居里？"

老二吃惊地听着，问道："你既然知道，为什么不早告诉我？"

老三摇了摇头，叹了口气，说："说心里话，我早就原谅他了，比起我们，老大家里更穷，他更需要这份工作。老大那么瘦，还从牙缝里省钱寄给我们，就是因为心里难受……"说到这里，老三像是突然想起了什么，嘀咕了一声"不好"，往外就冲，老二随即跟了上去。

可是，两人还是迟了，他们奔到阳光公司时，却被告知：就在今天，老大辞职了，不知原因，不知去向。

老大手机也关了，就像一滴水一样消失得无影无踪，好在他留下了一个包裹。兄弟俩颤抖着手打开一看，是件西服——那件记录着他们希望、体温、笑声和泪影的西服。

西服破损处早就精心补好了，上面还别着一张纸条，写的是——

老二、老三：

事实还是被你们知道了。其实，在阳光公司工作的每一天，我都觉得是煎熬。那天你俩穿着破旧、寒酸的夹克衫跑去面试的背影，我一辈子也忘不了。

今天，我终于做了一件对的事：离开这里。我要凭自己的真本事去闯，不信闯不出一片天地来！

兄弟们，衣服破了能够补好，感情伤了，还能补吗？

老　大

老二、老三捏着那张纸，湿了眼眶，久久沉默……

（题图、插图：刘为民）

延伸阅读

您想阅读这位作者的其他精选作品和创作感言吗？请扫描右边的二维码。更多精彩，立刻体验。

·新传说·

客厅里的「疑案」

□陈建勇

差了多少

刘丽是个爱热闹的姑娘，最近，父母外出旅游了，家里只有她和保姆汪阿姨。寂寞难捱，这天，她组织了十几个同学、朋友，在家里聚会。兴尽曲散，好多人都走了，只剩下几个老同学。

这帮人中，有两个和刘丽的关系非同一般，一个叫张辉，一个外号叫“四眼”。

张辉正在书架边溜达，忽然，他看到书架上放着一沓钱。于是，他拿着钱责怪道：“刘丽啊，你这个马大哈，钱怎么到处扔？”这时，刘丽还在客厅里忙活，便大声解释说，那钱是李裙刚还给她的，自己没空接，李裙就随手放书架上了。

张辉心想，那就是李裙的错了，既然是还钱，就应该当面亲手还给别人，放在这里，若是发现少了钱，说得清楚吗？于是，张辉就问：“多少钱？我帮你数一数。”

刘丽听了，随便应了一声：“二千块，数啥？闲着没事来干活！”

张辉没搭理，数了一会儿，随即又拉一个同学过来，叫他再数一遍。那同学一数，说是“一千八”。

放在书架上的钱少了，几个同学都不相信。虽然只差二百块，可这事关人品。于是，大家坐下来分析，有几种可能：一种是来客中有手脚不干净的，混水摸鱼；还有一种，是李裙少给了二百……讨论半天也没结果，此时有人发现四眼一声也没吭，便问他：“你咋不说话？你写

侦探小说的，分析分析？”

四眼说，根据他的判断，拿钱的就在他们几个人中，而且目的不是想据为己有，而是想开个玩笑，或者别的。但是，这样的玩笑是开不得的，请这位同学自觉一点，把钱拿出来。

大家沉默了一会儿，也没人出来承认。有人说：“四眼，你就点名吧，把他点出来。”

四眼有点尴尬，也不敢点谁的名，只解释说：“我也只是想诈诈你们，其实，我也不知道是谁。这样吧，我垫二百块进去，张辉把钱放回原处，这事就算结了。”

有人赞同四眼的做法，有人反对，有人还怀疑这钱就是四眼拿的，现在不好意思了，只得补钱。正在几个男人争论不休时，刘丽进来了，她问：“在讨论什么呢？”

没人吭声，刘丽觉得有些异样，又见张辉手里拿着钱，便问是不是钱的事，张辉回话了：“那我就实话实说，这里没有二千，只有一千八，不信你数一数。”

刘丽接过钱，犹豫了一会儿，但没数，然后笑笑说：“逗你们玩呢，其实，李裙拿来的就是一千八！”

是谁拿的

其实，刘丽这么说，只是想解决一时的难题，免得在场的人尴尬，伤了彼此的和气，但没想到，这事还是传到了李裙的耳朵里。

李裙确实还了二千，还的时候数了好几遍，一分不少。她只怪自己马大哈，没交到刘丽手里。

李裙想向刘丽说一说，可是，这样的事能说得清楚吗？除非把贪小便宜的人找出来！

当天晚上，李裙就打电话问了一圈，看是不是谁在开玩笑。刘丽得知之后，她理解李裙的做法，只怪自己当时想得不周全。如果当时自己说拿了二百买东西去了，这就没事了，现在怎么办？打电话向她解释说没有少钱，可是，几个男同学在场数了，确实只有一千八；要是含含糊糊地说“算了”，让她别为这事费心了，这还不是等于说她李裙真的少还钱了？

刘丽真有点焦头烂额了，她在屋里走来走去，汪阿姨见她这个样子，便问：“怎么了，我的大小姐？”

汪阿姨在刘丽家当保姆好多年了，就像家里人一样，刘丽便向汪阿姨撒娇，要她帮忙想办法。

汪阿姨觉得肯定不是李裙少给钱了，她为刘丽想了个安抚李裙的办法：刘丽的书架是对着窗户的，汪阿姨要刘丽跟大伙儿说，她家阿姨打扫卫生时，发现那二百块钱掉在书架底下，看样子是外面的风吹进来，把钱吹落的。

汪阿姨的建议应该是完美无缺了，于是刘丽马上拿起手机，首先给李裙和同学们都发了条短信，说钱找着了，经过同汪阿姨说的一样。这下，刘丽才松了口气，轻松之余，正要感谢汪阿姨，忽然心中一动，觉得不对，汪阿姨为什么肯定李裙没少给钱？她是不是知道钱的下落？

于是刘丽就盘问起来，汪阿姨说："想知道可以啊，那你得先告诉我，在你心里，你到底是喜欢四眼，还是喜欢张辉？"

汪阿姨眼睛真尖，看出来四眼和张辉这两个人一直在刘丽心里打架，她猜不透刘丽最喜欢谁，再说这也是女孩子的秘密，怎么会随便说出口呢？

刘丽不想回答汪阿姨，也不想追根问底是谁拿了钱，只要事情平息就好了，就当没发生吧。

可是，刘丽刚把短信群发出去，不一会儿，就有同学告诉刘丽，说李裙放话了：当时她在书架上放钱的时候，是有东西压着的，她还让刘丽以后编故事，至少也得编得合理些……

就在此时，四眼说要请同学们聚一聚，核心内容就是想说明那二百块钱的事。这话题热门，于是大伙儿都来了。

酒席开始，四眼说："感谢同学们来捧场，今天晚上我请客的目的，是向同学们赔不是，特别是向刘丽和李裙，让你们产生误会了。其实，这事是我干的，这段时间我因没有素材，一直很苦恼，那天看到书架上的钱，突发灵感，便抽了二百，想看看有什么故事发生，看来这个玩笑开得有点过了……"

坐在四眼旁边的李裙，这一下可气坏了，举起小拳头，雨点般地向四眼落去……

你要爱谁

四眼请客后，少钱的事终于平息了。此时在刘丽心里，终于把爱的天平偏向了张辉。四眼为了自己找素材，怎么能这样做？这样的人，

能当终身伴侣吗？

此后，刘丽在家里接电话、打电话，多数是张辉的。汪阿姨是有心人，这一天，她把刘丽拉到沙发上坐下，问她是不是在和张辉恋爱，刘丽点点头，汪阿姨一听，马上大声说："不行，我第一个反对！"

刘丽一惊，便问："为什么啊？"

汪阿姨这才吐露了真相："那次的钱，是张辉拿的。"汪阿姨说，当时她正在清理卫生，隔着书架，正好看见张辉拿起那沓钱，然后抽了两张塞进口袋，再假装问刘丽钱的事，还说要帮她数。汪阿姨怕伤了张辉，就把这个秘密埋在心里，但现在刘丽要和这样的人好，汪阿姨觉得再不说明真相，会害了刘丽的！

刘丽困惑了：张辉要这二百块钱干什么？真是为了占便宜？这么说来，四眼是为了平息此事，才揽了下来？

说心里话，在张辉和四眼之间，刘丽是有点偏向四眼的，他能给人踏实感。此时的刘丽，既高兴，又恼火，她拿起电话，拨通后大声说："四眼，你现在跑步到我这里来！"

四眼一到，先被汪阿姨臭骂了一顿："你做好事，冒充什么都没关系，哪有冒充偷钱的啊？你老老实实把实情说出来！"

四眼先是不愿说，最后被逼无奈，只好供出了实情：当时，他正在看电脑，无意中看到张辉抽了两张钱塞进了口袋。四眼不明白，张辉为什么要这样做呢？后来，同学们为这事闹得不愉快了，四眼觉得为这点小事伤了彼此的情分，太不值得了，于是就站出来冒名顶替。

刘丽知道真相后，恋爱的对象自然也就变了。两年后，她和四眼走进了婚姻的殿堂。在婚礼上，张辉有些失落，喝醉了，说出了当年的秘密。

他告诉同学们，那钱是他拿的，他这样做的目的不是贪那点便宜，而是想考验一下刘丽：少了钱会怎么样？如果她能大度处理，他就马上向她求爱。不料事情闹大了，事与愿违，考验的结果让刘丽成了四眼的老婆。他也怪自己小心眼，当时既担心被同学们看成贼，又怕刘丽知道真相后自己会很惨，所以就没敢承认。

说到这里，张辉跌跌撞撞地走到四眼面前，高高竖起大拇指，说："还是你心眼好，心胸宽，我佩服，我输得不冤！"

（题图、插图：佐　夫）

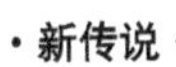

深情钻戒

□ 李坤学

错路难行

这一天，大勇去找哥们儿王涛，进了小区，上了四楼，伸手去敲401的房门，不料屋里静悄悄的，没人应答。这时，他发现门是虚掩着的，于是推门进去，发现房间里的摆设和王涛家里截然不同，这才醒悟：糟了！原来，这小区每栋楼每个单元都设计得差不多。大勇没注意走错了单元！

大勇挠了挠脑袋，心想：幸亏这家没人，要不可尴尬了。他转身要走，就在这一瞬间，眼睛"滴溜溜"一转，瞄到卧室的梳妆台上摆着个漂亮的首饰盒，心里不由一动：里面应该是个值钱的玩艺儿吧？

大勇的心狂跳起来，也不知怎的，一股贪念不可遏制地冒了上来，为了稳妥起见，他又提高嗓门喊了一声："家里有人吗？"

屋里死一般沉寂，这下他放心了，大步闯进去，打开首饰盒一看，原来是个闪闪发亮的钻戒，虽然不大，但看样子至少也值个几千块，于是，他赶紧将钻戒揣进口袋……

大勇毕竟不是惯偷，心里紧张得要命，他正想走，却一眼看见了墙上挂着的结婚照，照片上的一男一女好像都在盯着他，他一阵心虚，赶紧跑下了楼。

外面天寒地冻，小区里静悄悄的。大勇做贼心虚，走得太急了，一不留神，在结了冰的路面上摔了个大跟头。想爬起来，左脚脖子却钻心地疼，他坐在地上正哼哼着，

听到身后传来一个女人的声音："小兄弟，你这是怎么了？崴着脚了？"

大勇扭头一看，猛地脑袋里"嗡"的一声，这女人虽然看起来年纪大了一些，可大勇百分之百地肯定：她就是自己刚刚见到的那张结婚照上的女人！

大勇心里这个别扭啊，怎么就这么巧，自己刚偷了人家的首饰，回头就和她撞个正着！他心里正纠结着呢，女人笑吟吟地开了口："我叫韩媛，你叫我韩姐就行了。"

韩媛很热情，马上去大街上叫了一辆出租车，说一会儿下车后不好走，还坚持要把大勇送到医院。大勇很感动，但还是想快点支开这个女人。于是，他在途中给哥们儿王涛打了电话，让他赶紧过来。

一会儿医院到了，韩媛刚把大勇扶进去，王涛也赶来了，大勇总算有了借口，催促韩媛回家，并说等脚好了后专程上门道谢。韩媛开心地笑了，掏出一张名片给大勇，说："那好，你朋友来了，我就不陪了。这上面有我老公的手机号，我做家政，他给人家打零工，要是你亲戚朋友有啥零活，帮忙联系啊！"

说着，韩媛转身走了。望着她的背影，大勇神思恍惚：看样子，他们夫妻是挣辛苦钱的，韩媛甚至连手机都舍不得用，回家发现丢了这么贵重的东西，得多心疼啊……

经过诊断，医生确定大勇的脚只是肌肉组织挫伤，养养就会好。回家后，没人的时候，大勇掏出钻戒看了半天，恨不得抽自己一记大耳光，他在心里说：你这个混蛋，赶紧把钻戒给人家还回去！

人心难测

十多天后，大勇的脚好了，这天，他特地戴上了口罩，把自己包裹得严严实实。到了韩媛家楼下，趁左右无人，大勇把一个塑料袋扔在垃圾箱旁边，然后躲进对面楼的一个单元，在手机里装了一张新号码卡，给韩媛的老公张伟民发了条短信，说自己是偷钻戒的人，如今良心发现，让他赶紧到那个垃圾箱边取回钻戒，并且说不要回短信，自己不会和他再联系的。

五分钟后，一个男人从楼里跑出来，来到垃圾箱旁，捡起塑料袋，取出首饰盒，打开一看，又东张西望了一阵，然后快步回去了。

唉，这件闹心事儿总算解决了，大勇松了口气，他换下手机卡，出了小区往回走。就在这时，一个人骑着自行车从他身边一掠而过，竟然是刚拿回钻戒的张伟民。张伟民急匆匆的，这是干什么去？大勇不由心生疑惑，他赶紧快走几步，拦了辆出租车跟着张伟民。一路上，张伟民把车子蹬得飞快，不一会儿来到县城的中央大街，放好车子，进了一家珠宝商店。

因为戴着口罩，大勇不怕张伟民记住相貌，所以他毫不犹豫地跳下车，跟了进去，低着头装作看首饰的样子，耳朵却竖得直直的，只听张伟民说：“……我老婆不大喜欢这个钻戒，所以你们帮我退了吧。你们这儿不是有规定嘛，只要顾客拿发票来，就都能原价收回？”

大勇一听，糊涂起来：从时间上算，张伟民应该是拿到钻戒后，马上就骑了自行车来退钱的，他这是演的哪出戏啊？直到张伟民将厚厚一沓钞票揣进口袋，出了珠宝店，大勇都没想明白，于是赶紧追了出去，坐上出租车继续跟着他。

张伟民骑着自行车拐了几个弯，最后进了一家门面不大的美发店，大勇不便跟进去，正犹豫着该怎么办，却见张伟民已经出来了，后面还跟着个三十多岁的女人。那女人看上去有些姿色，跟张伟民态度很亲昵，最重要的是，她的手里正紧握着那一沓子百元大钞！

事情到了这一步，大勇再不明白可就是傻子了：好个张伟民，你小子行啊！知道小偷把短信发给了你，不管你如何处理钻戒，老婆都不会知道，于是就把钻戒换了钱，贴补情人！

大勇真想冲上去揍张伟民一顿，但他怕张伟民报警，所以只好眼睁睁地看着张伟民扬长而去。

大勇郁闷得要吐血，左思右想，他觉得这事必须通知韩媛，韩媛是个好女人，自己现在是为她好，她肯定不会报警抓自己。可怎么找她呢？上门找，那肯定不行，张伟民估计已经到家了，于是只得在小区外等。还好，大约等了半个小时，韩媛匆匆从外面回来了……

钻戒深情

大勇走上前去，两人在小区外的偏僻处聊了起来。大勇问：“韩姐，一个多小时前，你在家吗？”

韩媛摇摇头，说是去别人家做钟点工，刚刚做完回家。

既然韩媛这样回答，就说明自己的判断没错，大勇不再犹豫，竹筒倒豆子一般，把事情原原本本地说了出来。可奇怪的是，韩媛竟然神色坦然地说："我没丢钻戒呀！"说着，她缓缓地举起了左手，奇怪呀，她的无名指上正戴着一枚钻戒，和大勇还回去的一模一样！

大勇惊得目瞪口呆，再也搞不懂这是怎么回事。韩媛想了想，问："对了，你说的那家美发店是不是在长平街，名叫'君再来'？那女的三十出头的样子，一米六左右的个子，还挺漂亮，对吗？"

大勇愣了，说："是啊，你……你认识那女人？"

"那是我老公的妹妹，亲妹妹，不是你想的什么情人。"韩媛笑了起来，"不过这事还真是奇怪，我老公不是贪财的人，如果那戒指不是我们的，就算你还给他，他也不会要，更不会拿去退钱……算了，我还是问问他吧。"

韩媛用大勇的手机打了个电话，一切终于水落石出：原来，那天韩媛把大勇送到医院的时候，张伟民也回到了家，他看到了地板上的脚印，觉察到有人闯入，然后发现钻戒被盗。他没有告诉韩媛，而是去妹妹那里借了钱，买了个一模一样的钻戒放回原处，因为丢的钻戒也是新买的，所以韩媛并没发现。

张伟民本来是想瞒着韩媛的，等自己积攒出钱来再还给妹妹，但没想到大勇把钻戒还了回来，所以他赶紧把钻戒退了，把钱还给妹妹。因为一开始就瞒着老婆，所以就将错就错，没和韩媛说，没想到反被大勇误会了。

"韩姐，我误会姐夫了，实在对不起啊！"大勇虽羞愧，又有点不解，"可我还是不明白，为什么姐夫一定要瞒着你这么做？这戒指虽贵，但还不至于花这么大心思吧？"

韩媛深情地抚摸着那枚钻戒，说："如果单纯是钱的事情，你姐夫确实用不着这样做，可是他知道这戒指在我心中的分量……"

当年，张伟民向韩媛求婚的时候，因为穷，连件像样的礼物都没给她，只是许诺说，将来条件好了，一定给她买一枚像样的戒指。一晃许多年过去了，可家里一直不宽裕。一个多月前，俩人的结婚纪念日那天，张伟民神奇地送给韩媛一枚钻戒，她又惊又喜又奇怪：丈夫哪里来的钱？张伟民得意地说，四年前，他悄悄将每天一盒的烟量改为每天两支，一共省下了五千多块，正好够买一枚最便宜的钻戒……

（题图、插图：刘斌昆）

□ 李志强

双牛镇楼

小牛是个初中生，这天，老牛无意中发现儿子的运动衣口袋里藏着的秘密，啥？一个网站密码本！老牛知道，现在的学生娃名堂大着呢，尤其是网络世界。老牛偶尔也上网，知道网络的厉害——“东风吹，战鼓擂，上了网络谁怕谁”，那水深着呢！于是，好奇心加上不放心，老牛凭着一个网址、一个网名，再加上神器——密码，终于闯进了小牛的网络世界。

这是一个网络贴吧，老牛费了好大劲才闹明白，在贴吧发帖子的人，啥话都敢往外倒，不为名不为利，只为吸引网友围观，让贴吧等级迅速提高。行有行规，贴吧也有规矩，比方说，发帖子的人叫“水手”，跟帖回复叫“爬楼”，最先发的是“一楼”，第一个跟帖是“二楼”，以此类推。为吸引网友眼球，增加点击率，“一楼”发的都是“镇楼图片”，比如美眉、萌孩、黑山老妖、僵尸……真是千奇百怪、无所不有，要不，怎么“镇”得住？

闹明白了这些，老牛耐着性子，查阅小牛发过的帖子，想看看儿子最近心里想的啥。好家伙，几十篇帖子，密密麻麻、铺天盖地。

老牛正在愣怔，突然，一个帖子的标题如同电光火花一般触目惊心，老牛顿时眼花缭乱、心惊肉跳：《我爹偷偷包养小三，不漂亮我哪敢

贴出来》……

老牛一看，惊出一身冷汗，贴出来的相片是一个漂亮女人，一看这相片，老牛的心一下子揪紧了！

原来，老牛的老婆有本事，摆地摊起家，辛苦十多年，熬成了小富婆，老牛也鸡犬升天，俨然一位成功人士。一年多前，老牛遇上了这个小美女，被美色所惑，一不小心陷进温柔乡，内心挣扎良久，才好不容易解脱出来，又偷偷从老婆公司挪用一笔钱，才了断了这风流债。他本以为自己做事隐秘，这段“情史”世上没有第三个人知道，没想到儿子“鬼”得要命，居然也晓得了，还把自己比喻成西门庆！

老牛又匆匆扫了一眼别的帖子，全和家事无关，他再没心情接着瞧了，坐在电脑前发呆。家里目前还是一团和气，瞧这光景，小牛应该是担心家庭破碎，还没对他妈说出真相，只在网上发发牢骚而已。想了半天，老牛决定对小牛实施“糖衣炮弹”战略，只要堵住儿子的口，啥事都好办了。

谋划了良久，老牛开始行动了：先打“感情牌”，瞅了个机会，他和小牛语重心长地长谈了一番，表明自己的态度：只要不是太出格，儿子的一切行为他都支持，甚至还暗示，只要早恋不影响学习，他也会睁一眼闭一眼。接着打“金钱牌”，他悄悄塞给儿子一张银行卡，承诺每个月都会打入一笔数目不小的零花钱。

这一下小牛可愣了，完全是一副意外加惊喜的样子，和老牛亲热得不得了，主动和老牛拉勾，定下保密协议。不过，这小子仍然对老牛包养小三的事只字不提。

老牛暗叹：长江后浪推前浪，小小年纪能沉稳到这分上，以后肯定是个干大事的人！他不提我不说，父子同心，家里就风平浪静啦！

过了一段时间，这天晚上，老牛在外应酬，突然接到老婆一个电话：“快点给老娘滚回来，看看你，都干了些啥破事！”

老牛吓得不轻，连滚带爬回了家，进门就瞧见小牛垂头丧气地跪在地板上。事情是这样的：小牛拿着老子给的银行卡，呼朋唤友、吃喝玩乐，成绩一落千丈，还为了自己喜欢的女孩子，和同学打架伤了人，差点被学校开除。老婆刑讯逼供，小牛没气节，马上供出了老牛。

小牛看着老牛，抽搭着说：“老爹，对不起，我全招了。”

老牛双腿一软，也“扑通”跪下，竹筒倒豆子般说：“老婆，对不起，我早就知道错了，千不该万不该，包小三不应该……”

老婆圆瞪双眼：“啥？”

小牛惊奇地说："老爹，你怎么也包小三啊？太对不起我妈了！"

老牛狠狠地打了小牛一巴掌："都是因为你在贴吧乱发帖，惹出这么多事情，这会儿还装疯卖傻说风凉话！"

小牛先是莫名其妙，接着看见老牛拿出那个密码本，立刻恍然大悟道："我明白啦，那天我和一个骨灰级贴吧水手的同学互相穿错了运动装，他后来问过我密码本的事。他爹包小三的事我知道，都弄得他爹妈离婚了，他心情不好，一时想不开，才到贴吧里自曝家丑。原来，那密码本是你暗地里偷了……"

老牛顺着儿子的话仔细一琢磨，顿时觉得天旋地转，原来那些帖子，都是小牛同学发的，至于那充当小三角色的漂亮女人，稍微想想就明白了，肯定是一前一后，和这两个男人都有关系。

老婆的脸黑得像包公，一直沉默着。一会儿，她开口了："我本来只想拷问你纵容儿子不学好的事，万万没想到……有你这样的爹，再好的孩子也给带坏了！"

老婆不肯原谅老牛，关了卧室门生闷气，老牛不想让家散了，只好一直跪在客厅里，不敢起来；小牛做了错事，也不敢起来，父子俩大眼瞪小眼，就这样一直跪着。

老牛家住一楼，小牛叹口气，自嘲说："按贴吧规矩，这叫双牛镇楼！希望老妈能原谅你吧，我不想重蹈同学的覆辙，盼着有个完整的家啊……"

（题图、插图：张恩卫）

·传闻逸事·

“左右舞动半月刀，上下翻飞削面条，一叶落锅一叶飘，一叶离面又出刀，银鱼落水翻白浪，柳叶乘风下树梢……”舌尖上的刀光剑影，酒菜里的隐隐杀机，尽在精彩故事中。

柴沟三绝

□ 夏克军

五行醉螃蟹

解放前，高密市柴沟镇后面有座庙叫“千佛阁”，院墙厚而高，庭院深而阔。日本鬼子来了之后，就把这庙当了军营。

鬼子队长九木做的第一件事，就是命令部队进村收刀、封井、牵狗和捉鸡。伪军队长庞雄明白：收刀是为了防止百姓造反，封井便于清点人数，牵狗是为了守夜，捉鸡可以犒劳士兵。于是，他满脸堆笑地说：“太君高明，我这就去办。”

千佛阁旁有家小面馆，店主叫柳三娘，她丈夫被鬼子抓到胶州修公路，逃跑不成，又被鬼子抓回去活埋了。如今柳三娘成了寡妇，庞雄曾经几次调戏她，都没有占到便宜，这次就借机拿她开刀了。

这一天，庞雄和九木一起，带着一队士兵上了街。一进面馆，香气扑鼻而来，他忍不住问道：“锅里做的什么菜？”

大清早瘟神进门，柳三娘立马拉下脸，没好气地说：“家常便饭。”

庞雄不信，一把掀起锅盖，一看，嘿，锅里有一只大螃蟹，螃蟹的四周围着五样东西，金黄的汤汁“咕噜噜”地翻滚着。庞雄问道：“这是道什么菜，这么香？”

柳三娘冷言道："五行醉螃蟹。"

庞雄一向横行霸道，没有德行，大家都叫他"庞无形"，后来干脆叫他"螃蟹"。他一听菜名，满肚子不高兴，气势汹汹地说："什么'无形'醉螃蟹，你给我解释明白，否则我砸了你的锅，烧了你的店！"

柳三娘微微一笑，指着锅里的五样东西，一一说道："丹参是黄土里的，千年果是青木上的，荷花是绿水里的，黑砂属金，红椒似火，黄酒泡五行，五行围螃蟹，故名五行醉螃蟹。"

大家一听，恍然大悟。以前穷人看不起病，常常用一些偏方掺在饭菜里治疗，这与其说是一道菜，倒不如说是一味药，一味专门给女人吃的滋阴养肾的大补之药。庞雄一听鼻子都气歪了，这分明是在拐弯抹角地骂自己。他抓起灶台上的蒜臼子，一下将铁锅砸了个窟窿，气急败坏地嚷道："一派胡言，赶紧把菜刀交出来！"

柳三娘大声说道："螃蟹，你横什么，凭啥砸了俺的锅，还要收俺的菜刀？"

庞雄趾高气扬地说："这是皇军九木队长的命令，别说是菜刀，就是镰刀、剪纸刀、修脚刀……凡是铁制带刀字的，都要没收！"

柳三娘理直气壮地说："这是切菜的菜刀，你们收了去，我还怎么做生意？"

柳三娘振振有词，庞雄张口结舌，一旁的九木队长怒气冲冲地说："你与大日本皇军作对，良心大大的坏了，来人！把她绑起来，游街示众，有反对的，死啦死啦的！"

几个鬼子一拥而上，将柳三娘五花大绑，拉着进了邱家大村。在鬼子的威逼下，胆小的主动交了菜刀，胆大的也被迫交了刀具，就这样，鬼子总算控制了局面。

一天下来，鬼子和伪军整整收了一马车刀具，捉了一牛车鸡，牵了一汽车狗，他们如同打了个大胜仗，尾巴翘到了天上，傍晚时分，才浩浩荡荡地回到了千佛阁。

七沟黄泥鸡

柳三娘被关在柴房，夜深人静的时候，门突然开了，一个瘦弱的身影走了进来。借着昏暗的月光，柳三娘仔细打量来人，不禁惊讶地喊道："八秀才，你怎么也当了汉奸？"

八秀才学富五车，才高八斗，是柴沟赫赫有名的私塾先生，如今却是一身伪军打扮。八秀才小声说："嘘！学堂被鬼子烧了，我被抓来当壮丁，穿这身衣服纯粹是身不由己。他们都在喝酒，让我当看守，趁现在没人，我们赶紧逃跑吧。"

八秀才刚要给柳三娘解绳子，庞雄突然摇摇晃晃地闯进来，一手

抓着只白条鸡，一手拿着酒瓶，醉醺醺地说："臭小子，滚出去，柳三娘是我的人，你也敢来吃豆腐？"

柳三娘使了个眼色，八秀才退了出去。庞雄色迷迷地对柳三娘说："三娘子，你受苦了，我特意给你送鸡来了……"

柳三娘说："你那白条鸡没滋没味，怎比得上我做的七沟黄泥鸡？"

庞雄一怔，问："什么是七沟黄泥鸡？"

柳三娘说："亏你还是本地人，难道不知道方市岭周围有七条沟吗？柴沟、月沟、井沟、注沟、西沟、沙沟和西注沟，由于地理位置和水质不同，每条沟里的黄泥气味也不同。用七条沟的泥巴包裹，七种佐料调制，七道火候熏烤出来的鸡，那叫一口一个味，这就是鼎鼎有名的七沟黄泥鸡。"

庞雄这辈子就爱三样：女人、酒和鸡，听柳三娘如此绘声绘色的一席话，禁不住馋涎欲滴，死乞白赖地乞求道："三娘子，如果你肯给我做'七沟黄泥鸡'，而且随了我的心愿，我就放了你，包你这辈子穿金戴银，吃香喝辣，否则，我就让你做皇军的慰安妇。"

柳三娘幽怨地说道："我倒也想给你做一只七沟黄泥鸡尝尝鲜，只是所有的配料都在面馆里，再说，我现在还身在牢笼里呢！"

庞雄一听有戏，立马让八秀才去偷偷拿了一只白条鸡，然后押着柳三娘，从千佛阁后门出来，悄悄回到了面馆。

灶房里原本就备下了七沟黄泥，柳三娘取来，掺在一起，泼上烈酒、老醋，反复揉搓，直到像老面一样松软方才罢手；然后将一棵姊妹葱、一瓣独头蒜、一块光棍姜、一个子孙角、一把枸杞子、一捏茴香面和一片含香叶，一一放进老母鸡的肚子里，又把一根尖竹棒从鸡尾穿至鸡头，用七沟黄泥包起来，放到火上熏烤。片刻后，黄泥便散发出缕缕青烟，空气中弥漫着阵阵浓香。

火越来越旺，泥越来越干，经过七次缓慢转动，青烟断了，香气散了，柳三娘取下七沟黄泥鸡，在地上用力一磕，黄泥四分五裂，纷纷落下，露出一只古铜色的老母鸡，黄灿灿、光溜溜、油汪汪、亮晶晶，一股沁人心脾的香气瞬间袭来，挥之不去。

庞雄禁不住嚷嚷着："好鸡，果然是好鸡！"

柳三娘说："还没吃呢，就叫好？先闻闻这鸡香不香？"

柳三娘将七沟黄泥鸡拿到庞雄面前，庞雄闭上眼深吸一口气，一股奇香沁至心脾。庞雄刚想要叫好，只觉得喉咙一热，一阵剧痛闪电般传遍全身，他打了一个哆嗦，鸡掉在了地上，穿鸡的竹棒却牢牢地钉在他的喉结上。庞雄指着柳三娘，软软地倒了下去……

八秀才吓得魂飞魄散地说："你、你杀死了庞雄，九木不会放过你，也不会放过我，我们赶紧远走高飞吧！"

柳三娘怒形于色，说："伸头也是一刀，缩头也是一刀，怕什么？一不做二不休，干脆回千佛阁，连小鬼子九木也一起杀了！"

八秀才一听，傻了眼："九木身边有许多鬼子，我们如何下手？"

柳三娘伏在八秀才耳边嘀咕一番，接着，两人掘开伪军白天刚刚填上的水井，埋好庞雄的尸体，然后悄悄回到千佛阁的柴房……

九河刀削面

天亮了，鬼子和伪军开始吃早饭，八秀才端着一碗面条，一边在九木面前来回踱着，一边唉声叹气，九木奇怪地问："你为何端着面条来回走动？"

八秀才答道："报告九木队长，那个柳三娘真是难伺候，清水面不吃，葱油面不要，非要吃什么'九河刀削面'不可。她现在被锁在柴房里，我们又没人会做，我看饿死她算了。"

日本人吃惯了大米，也早就吃腻了面条，一听"九河刀削面"的名字，立刻来了兴趣，九木大步进了柴房，问："什么是九河刀削面？"

柳三娘不紧不慢地说："高密境内有九条河，将河水装入九把特制的铜壶，煮上河边的九种野果，蒸馏水缓缓流入中间的铁锅之内，烧至九眼开——也就是猫眼状，然后以刀削面，飞入锅内，最后撒入九河水边的九种蔬菜，这就是'九河刀削面'。"

九木听得一头雾水，听这名堂，够玄乎的了，他半信半疑地问："你说的都是真的？我们到哪里去找这些东西？”

柳三娘说：“远在天边，近在眼前，这些东西，我的店里一应俱全。”

九木大喜过望，高兴地说：“如果你做得好吃，我不仅可以放了你，并且让你做我的军营厨师。”

柳三娘笑了，说：“可以，只是我的削面刀被你们收走了。”

九木对八秀才说：“带她去地窖找刀，我们去面馆吃九河刀削面。”

削面刀很快找到了，一行人来到面馆，柳三娘和好面，将九河之水分别装入九把铜壶，架起一口铁锅，点起火，沸水很快猫眼似的四处乱蹦。

接着，柳三娘将面团盛在托盘里，放在头顶上，手持双刀开始削面。只见她刀不离面，面不离刀，手眼一条线，一棱赶一棱，平刀是扁条，弯刀是三棱，削出的面一叶连一叶，如流星赶月在空中划出一道道弧线，又如雪花入江，满天飞舞后尽入锅中，沸腾的水涌动着翻滚的面，恰似银鱼戏水、龙穿涧瀑。

柳三娘一边削面，一边唱道：“左右舞动半月刀，上下翻飞削面条，一叶落锅一叶飘，一叶离面又出刀，银鱼落水翻白浪，柳叶乘风下树梢……”

鬼子和伪军都看呆了，不消一刻，柳三娘头顶的面不见了，她手里的刀也不见了，九木感觉到脖颈旁刮过一阵凉风，热血便喷涌而出，一个倒栽葱，扎入铁锅之内。

鬼子和伪军四下一看，柳三娘早已蹿出面馆，钻入玉米地，不见了踪影，八秀才也假装追赶柳三娘，乘机跑了。

从此以后，柴沟人再没有见过柳三娘。为了纪念这位女中豪杰，柴沟人便将五行醉螃蟹、七沟黄泥鸡和九河刀削面流传了下来，慢慢地成为柴沟三绝……

（题图、插图：刘为民）

今邑彩，日本推理作家，原名今井惠子。她擅长人物心理描写。平淡的文字中，伴随着主人公的惊恐、犹疑、猜忌，都让人心惊肉跳。本篇根据她的同名作品改编。

酷似我的人

□子　夜 改编

诡异电话

佐佐木原本是位独居的女士，这几年，为了照顾久病的公公，就搬来与他同住。这天晚上十点多，电话铃突然响了。她拿起话筒，一个年轻男人的声音响起："请问是原口家吗？"

原来是拨错了电话！佐佐木松了一口气，她本来打算回答"不，你打错了，"但脱口而出的居然是："是的，有什么事吗？"

一刹那，她连自己都不明白是怎么回事，也许是想找人说说话吧！对方的声音陌生、悦耳，就算是拨错号码，陪他聊上一阵也不要紧。

短暂的沉默之后，年轻男人怯怯地问："请问，美津子小姐在吗？"

听声音对方像是二十多岁，那么，这个"美津子"，应该是他的恋人了？瞬间，佐佐木决定扮成母亲角色，她回答说："小女还没回家。"

"还没回家？"青年喃喃道，略微迟疑后，他紧接着问，"对不起……那么，她什么时候会回来？"

佐佐木反问："抱歉，请问你是——"她想，为人父母的一定会这样问吧！

年轻男人显得很紧张，结结巴巴地说自己姓清田，佐佐木顺势说道："小女回来后，我叫她给你回电话，你的电话号码是——"佐佐木有某种错觉，仿佛自己真的是原口美津子的母亲。

这位清田先生表示会再打来，没有留号码，便挂断了电话。佐佐木想，等他再打来，应该已发现第一次是拨错号码了。一想到清田明白真相时的狼狈样子，佐佐木不由得笑出声来，心情开朗了许多。

这些年来，丈夫早逝，她独自照顾公公，疲惫不堪，很少这么开怀过了。她走进房间，见公公的咳嗽好不容易停止，便帮他盖好棉被。

约莫过了二十多分钟，电话又响了，还是刚才那位清田先生，他还是问美津子小姐是否在家。佐佐木一愣，看来他还没发觉拨错号码。不过再细细一想，不对，也许是美津子给了他错误的电话号码，而这个号码恰好是自己家的，若是那样，这位清田先生或许会一直打电话来。想到这里，佐佐木后悔为了一点恶作剧心理而说谎了。

应该告诉清田事情的真相吗？佐佐木踌躇了，结果顺口回了一句："不在，她刚刚打电话说今天要住朋友家。"话一出口，佐佐木心想，糟了，但转念又想，只要是有点常识的人，应该不会再打来吧！

果然，清田诚恳地说了声"抱歉"，就挂断了电话。

危情游戏

没过十分钟，电话铃声又响了。佐佐木抓起话筒，未贴近耳朵，清田的声音立刻传来："我是清田，请问美津子小姐在家吗……"

直到这时，佐佐木才发觉清田的不正常，她故意冷冷地说："我刚才说过了，美津子今天不会回家。"

清田说："我会打到美津子接听为止。"佐佐木感到很无语："岂有……你好像听不懂我的话哩！"清田的语气忽然变了，他断然说道："如果她不接，我就上门来找她。"

佐佐木呆住了，话筒传来的声音变得好可怕，她感觉到了事态的严重性，不能再瞒下去了。她深吸一口气，跟对方坦白了实情：自己并不是所谓"原口美津子"的母亲，只是因为很久没听到外人的声音，所以想多讲些话……

几秒钟后，电话那头突然传来爆笑声，清田的语气显得很不耐烦："像这种话，你以为我会相信吗？"

佐佐木愤怒了："我……我没有骗你，我要挂断电话了。"这时，清田阴沉的声音阻止了她的动作："10分钟之内我会按你家门铃。"

佐佐木紧张起来，大声叫道：

“我……我会报警的……”话没说完，对方挂断了电话。

尽管说要报警，可是佐佐木另有不能报警的原因。她赤脚奔向玄关，用发抖的手指锁上门，又在家里转了一圈，紧闭所有门窗。做完这一切，她喘着粗气跑回客厅，颓然抱头坐在客厅沙发上，她感觉门铃随时会响……

“丁零零——”电话铃又响了，佐佐木盯着电话，是清田吗？或者是……她颤抖着拿起话筒，“是我！”没想到的是，清田的语气又恢复了最初那种彬彬有礼的态度：“喂，女士，你听到了吗？”佐佐木不自觉地“嗯”了一声。清田笑着说：“刚才很抱歉……电话中吓到了你，对不起。我是太过火了，你不会已经报警了吧？”佐佐木大惊，嘴巴张成O字形。

原来，打电话不过只是个恶作剧。清田随便找个电话号码打过去，若有人接听，他就问“请问是原口先生家吗”，当然对方会认为是拨错号码，回答“不是”，就挂断电话。像佐佐木这样同样以恶作剧来反击的，清田还是头一次遇到，于是也起了想和她玩下去的念头。

原来是这么回事，佐佐木松了一口气，握着话筒，颓然坐下。一旦明白了事情的来龙去脉，佐佐木忽然对清田产生了亲切感，仿佛多年前就已认识他一般。佐佐木温和地抱怨道：“真受不了，我还以为是流氓呢！”

清田柔声地道歉，他说自己学生时代参加过话剧社，所以一时技痒……

酷似的人

从电话中，佐佐木得知清田和母亲一起生活。母亲虽然没有生病，可是一定要儿子留在身旁。前些日子，公司命令清田到札幌分公司赴任，可他不能留下母亲，只好拒绝了，结果被炒鱿鱼，目前正在失业中。

这时，佐佐木觉得特别能够理解清田了。和自己一样，清田没有多少朋友，只是和彼此不太能沟通的老年人生活在一起，由于过度无聊，才会四处乱打电话。

就这样，他们两人在电话里聊着各种事情，尽管年龄有着母子般的差距，但他们真的非常酷似！

“或许你能够理解——”清田的语气像个做错事的孩子，“坦白说，我杀死了母亲！”

清田的话让佐佐木吓了一跳，话筒差点从手中滑落，她的掌心不停地冒汗，与此同时，清田在电话里催促道：“喂，喂，你在听吗？”

好不容易，佐佐木才用沙哑的声音回答：“我在听着。”

清田放低了声音，告诉佐佐木：就在一个小时前，母亲和平日一样唠唠叨叨。他不想再听了，就从背后把母亲勒死了。更可怕的是，清田还说他母亲现在正躺在自己身边，脖子上勒着洗衣绳，双眼圆瞪，始终逼视着他……

佐佐木觉得头皮阵阵发麻。电话中继续传来清田的声音，他说勒死母亲后，自己觉得有点后悔，发现这样一来，连谈话的对象都没有了，寂静令他感到不安，所以才随便按着号码打电话，总觉得母亲好像仍活在那里，结果遇见了同样爱恶作剧的佐佐木。

听不见佐佐木的应答，清田再次确认道：“喂，你在听吗？”

佐佐木感到头痛，两边太阳穴不住地抽搐，她告诉清田自己要挂电话了。

“啊，请等一下，”清田慌忙解释，“我又太过火了，刚才我说的勒死母亲之类的话，都是骗你的，只是肚子里的戏虫又在发作，所以——”清田笑了，声音亲切而爽朗。

佐佐木似乎松了一口气，自言自语道：“我知道你在说谎。”

清田连忙又说：“家母正在洗澡，大概快洗好了吧……”

佐佐木忽然觉得不安起来，她急切地说：“我真的要挂断了，公公好像正在咳嗽呢，我必须赶快送药过去……”

清田接着说：“是吗？那真遗憾……”没等清田继续说下去，佐佐木挂断了电话，并拔掉了电话线。她走出客厅，走向里面的房间。

公公静静地躺着，姿势和刚才一模一样，而且也没有咳嗽。

佐佐木低声自语：“我知道得很清楚——你所说的全是事实，你真的杀害了你母亲，因为、因为我们如此相似……”

佐佐木跪在公公枕边，轻轻地解开紧勒在他脖子上的电线……

（**题图、插图**：佐　夫）

阿P的“千手面包”

□ 梅永远

阿P要面子，但兜里又没钱，只得买了一辆“千手面包”车。说“千手面包”有些夸张，但这辆面包车到底被来回倒了多少“手”，谁也说不清楚。

破车也是车！经阿P一包装，旧貌换新颜，车子看上去就像新的一样。有了这辆“千手面包”，嗬，人就抖起来了。这一天，阿P直着嗓门对老婆小兰说：“过几天就是五一小长假了，咱开车去旅游！”

五一那天，小两口果然“自驾游”了。第一站，是小兰的舅老爷家。舅老爷一个人住在农村，那里出产纯天然、无污染的绿色食品。到那里一游，既能脸上风光，又能嘴上实惠，阿P对自己的选择十分得意。

阿P和小兰早上就出发了，可“千手面包”不给力，三十公里的路程足足跑了三个多小时，光故障就出了三次：第一次，车后门忽然开了，给舅老爷买的一箱牛奶掉出去摔破了，阿P戏称为：“面包有了，牛奶没了。”第二次，副驾驶的车门锁忽然坏了，拐弯的时候车门猛地大开，幸好车速慢，否则小兰也栽出去了。阿P找来绳子拴上车门，又笑着说：“这叫要面包，还是要爱情？”第三次，面包车突然爆胎了，方向失控，朝路边一个女人冲去，也是那个女人机灵，一下子爬上了路边的一棵树，才逃过一劫。阿P继续插科打诨：“这是《面包，树上的女人》。”

最后，阿P两口子如同唐僧去西天取经一样，经历了九九八十一难，终于赶到了舅老爷的家门口。

舅老爷家是一个独立的小院子，阿 P 将车开到院子门口，神气地按响喇叭，可半天没有人出来迎接，他只好放下派头，和小兰下了车。院门太小，车子开不进去，但是面包车副驾驶的车门锁坏了，阿 P 不放心把面包车放在外边，好歹这也是他的豪华座驾啊！

摆弄了一会儿，车门始终关不好。怎么办？阿 P 绞尽脑汁想办法，想得脑瓜子痛，终于有了主意。只见阿 P 小心翼翼地将车子朝着院墙靠过去，这样一来，副驾驶的车门就紧紧贴着墙壁，即便车锁坏了，别人也是不会察觉的。

老公这一招，让小兰佩服得五体投地，忍不住竖起拇指夸道："阿 P，你还真是有办法！"

阿 P 长期受尽老婆的压迫和嘲讽，今天太阳从西边升起，一时间激动得乱拍胸脯说："古有帝王曹丕，今有智者阿 P，我们这 P 字辈的从来都是能人辈出。我是没机会，给我一个皇帝当当，我能还你一段开元盛世；给我一个舞台，我能还你一段精彩；给我一双翅膀，我能还你一对奥尔良烤翅！"

小兰故作生气，说："说你胖你就喘了，赶紧去见舅老爷吧！"

两个人拎着东西进了院子，喊了几声"舅老爷"，奇怪，屋子里没动静。阿 P 一推舅老爷卧室的门，门没上锁。再看看院子里，水井旁边放着一张摇椅，而摇椅一侧的井台上摆着几颗红枣、一杯茶！

阿 P 对小兰说："舅老爷可能出去了，我们先坐会儿。"

没想到这一坐就是一下午，始终没见舅老爷的影子，阿 P 夫妻俩沉不住气了。舅老爷究竟会跑到哪里去呢？毕竟事先他们是打过电话说好的，可眼下舅老爷没手机，怎么联络呢？

阿 P 肚里唱起了空城计，他决定出去找找。两口子没开车，展开了以小院为中心、半径一公里的搜"舅"行动。

在附近的小镇上，阿 P 和小兰终于找到了舅老爷的蛛丝马迹。在一个小药店，阿 P 听老板说，上午舅老爷在他店里买了一盒止痛药，然后出门去了药店斜对面的油漆行。

阿P和小兰赶紧又去了油漆行，还好，都是镇上相熟的人，油漆行老板记得舅老爷在他那里买了一桶红色油漆，两人还寒暄了几句，舅老爷说要到菜市场买点菜，招待阿P两口子。

阿P和小兰又追到了菜市场，问了好多摊主，终于遇上一个卖菜的，他想起舅老爷曾在摊上买过一包紫菜，之后便不知去向。

两口子只好又回到舅老爷的家，人还是没回来。两人又打电话到各个亲戚家，依然没有舅老爷的信息。这时天都暗下来了，小兰急得就像热锅上的蚂蚁，她带着哭腔说道："阿P啊，这怎么办啊？我舅老爷孤苦伶仃，不会有人绑架他吧？"

阿P鼻子一哼，说："谁吃饱饭了没事干，绑个老头玩？你还是指望我这个P字辈的好好想想吧！"

见小兰点头，阿P更得意地吹开了："我分析，舅老爷的去向有三个可能：一是去找某个情投意合的老大娘了；二是穿越到清代当四阿哥去了；三是变成了一列火车呢，有一种火车就是叫'舅'火车的，对吧？"

小兰踹了阿P一脚，骂道："那是救火车，臭阿P，别胡说八道了！"

阿P不服气地辩解说："我的分析是有道理的！你想想看，舅老爷去镇上买的几样东西，药、漆和紫菜，是不是在表达什么？他也许是在说——药漆紫，他想'要妻子'！他一个人太孤单，想找个老伴了，于是就跟某个情投意合的大娘私奔了！"

小兰怒斥道："这叫什么话，舅老爷即使想找个老伴，他无儿无女的，也没人反对，他干吗要私奔？"

阿P挠挠头说："也许是老大娘的儿女们反对呢！"

小兰光火了："那他也不至于不吭一声，让我们白跑一趟啊！"

阿P突然一拍大腿，喊道："我的推理没错，一定是舅老爷和情人幽会，忽然发生了紧急情况，舅老爷逃走了！"

小兰讥笑道："这有什么特别的意思吗？"

阿P兴奋地说："想想看，舅老爷给咱们留下的线索，枣、井、茶，一定是让我们去'找警察'！"

小兰一听这话倒是有点道理，不由想起他们停车的时候，好像挡住了一行大字，因为车子贴墙壁太近，所以他们没看见写的是什么，这会不会是舅老爷写的求救信息？

浓浓的油漆味还在，小兰让阿P赶紧把车挪开了。车一挪开，墙壁上一行油漆大字露了出来："此处禁止停车，违者扎胎放气！"

阿P夫妻俩愣住了，这里是农村，地方大，为什么要禁止停车？

想不出来，阿P两口子只好赶

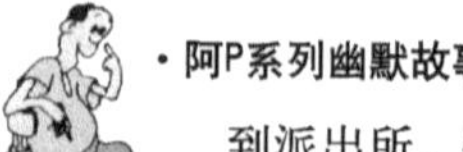

到派出所，做笔录的警察刚刚把本子摊开，这时，阿P的手机响了，他接了电话，一惊一乍的："什么，舅老爷，您到哪里去了？"

真的是舅老爷，他在电话那头气愤地说："阿P啊，我一直在等你们过来，还备了窖藏老酒招待你们。没想到趁着我下地窖取酒的当儿，不知道哪个兔崽子把我地窖的盖子给压住了，我怎么顶都顶不开啊，叫了半天也没有人听见，可急死我啦！"

阿P心里咯噔了一下，小心地问道："您那地窖在哪里啊？"

舅老爷仍然怨气难消，说："当然在院子外边了，挖地窖的时候我怕离房子太近，挖了不安全……前几天有人将车停在地窖边，我怕盖子被压坏，上午才去镇上买了桶油漆，写了禁止停车的字。不知道哪个王八蛋，瞎了狗眼，这么大的字都看不见啊！"

阿P总算明白了,原来是他的"千手面包"车正好压住了地窖的盖子。阿P顿时吓出一身冷汗，然后又陪着舅老爷骂了一通娘。

阿P销了案,一出门,小兰就问:"舅老爷到底跑到哪里去了？"

阿P哪里敢说，这一说，小兰不得把他骂死啊？纠结了半天，阿P打了几个哈哈，终于一跺脚说道:"舅老爷确实有了新相好的，他怕老太儿子找他闹，暂时出去避避风头了，我们还是开车奔赴第二站吧。"

小兰不知是计，无可奈何地点头答应了，她随口还咕哝了一句:"可惜了绿色食品啊……"

阿P开车重新上路，心想：窖藏老酒没喝到是小事，窖藏老舅可不地道啊！再一想，紧急关头自己又一次化解了危机，忍不住又吹起了口哨……

（题图、插图：顾子易）

延伸阅读

您想阅读这位作者的其他精选作品和创作感言吗？请扫描右边的二维码。更多精彩，立刻体验。

本期主题：鬼话

鬼故事是人类历史长河中的奇特存在，这些虚构出来的角色，用另类的方式，生动地诠释着人间的苦乐悲欢。

这天阴雨绵绵，几个人在公交站等车。雨越下越大，车子晚点，他们闲来无事，干脆讲起鬼故事来打发时间。听听，他们呀，讲的是鬼话，说的却是人心。

泥胎媳妇

从前，有个二混子叫马猴。平日豪赌成性，穷得连饭也吃不上了，只好去舅舅家借点钱花。他骗舅舅借钱是为了娶亲，还打了包票让舅舅第二天一早去看新媳妇！

马猴拿了钱，就去赌场输了个精光。回家一想，坏了，明天舅舅来可怎么交待？他急中生智，跑到庙里把土地奶奶的泥像背回家来，用被子盖在炕上。

第二天上午，舅舅真的来了。马猴把他让到屋里说："舅，你来得不巧，外甥媳妇病了，在炕上躺着呢。"他舅一看，炕上真的躺着一个人，忙说找个医生看看。马猴说："不用，看过了，吃药后睡了。"他说着走到床前装模作样地说："你好点了吧？咱舅来看你。"

说完，马猴刚要走开，炕上泥胎却突然变成个挺俊的媳妇坐了起来，说："我好点了，给舅做饭去。"说罢下了炕，羞答答地道了个万福。

舅舅一看乐得合不上嘴，可把马猴吓坏了。那媳妇一会儿弄了四个菜、一壶酒，陪舅舅吃了饭。

天黑了，舅舅走了，马猴想：泥胎变人，准是个鬼，我何不悄悄地把她推到井里，把她淹死。他便

趁媳妇打水不备，一把将她推到井里，一溜烟跑回屋去。

没想到马猴刚进门一看，泥胎媳妇又回来了，全身湿淋淋的，说："你真没情义，我生着病伺候你，你还把我往井里推。"

马猴吓得头发根里冒凉气，撒开脚丫子就往外跑，跑累了，一头倒在村外的庄稼地里睡着了。

一觉醒来，天已大亮。一看，自己原来睡在墓地的坟穴里。从那往后，他戒了赌，过起安生日子来。

大闺女恩报小长工

一个小长工去干活，走到乱坟岗上，见那里放着一口血红的大棺材，任凭风吹、雨淋、日头晒。小长工心善，每次经过，便顺手从地上拔几把青草，盖在棺材顶上。没出一个月，那棺材便让小长工盖了个严严实实。

大年初三一早，"吱"一声门开了，一个穿红挂绿的大闺女走了进来，躬身道了个万福，笑着说："恩人啊，您认得俺吗？"小长工直愣愣地望着大闺女，光摇头，却说不出话。

大闺女道："恩人啊，一个多月来，您天天为俺拔草盖屋。如今，您给俺把屋盖好了，往后俺再也不受风吹、雨打、日头晒了。俺是特意来报答您的！"

小长工听到这里，不由得"啊"了一声，道："你、你、你是那棺材里的死人变的鬼啊！"

大闺女见小长工吓得那个样，一边笑着，一边安慰他道："恩人啊，您不要害怕，俺不会害您的。"说着，又对小长工嘀咕了几句，出门牵了一头披挂齐全的小毛驴，叫小长工赶驴朝村南的一户人家走。

走了不多时，来到大门口，一家人看到死了一年的女儿突然带了个男人来，一时间都愣住了，大闺女便欢欢喜喜打了声招呼，指着小长工说："爹、娘、妹妹，这是俺夫婿。今日大年初三，俺特意领他来拜年！"

爹、娘、妹妹听大闺女说到这里，顾不得害怕了，一齐招呼着他俩进屋，热情款待。

第二天一早，大伙儿一觉醒来发现大闺女不见了。爹娘只好对小长工说："儿啊，不知怎么回事，你媳妇不见了！"

小长工听了丈人、丈母娘的话，不但不担心，反而指着身后的小姨子哈哈大笑："爹、娘，我媳妇不就站在你们身后嘛？"

爹娘转身一看，说："儿啊，那不是你媳妇，是你小妹妹啊！"小长工一边摇头，一边硬说小妹就是自己媳妇。爹娘听了，觉得小长工的媳妇就是在自己家里丢的，加上姐妹俩长得又一模一样，自己浑身是嘴也说不清，只得答应下来。

就这样，大闺女为了报答小长工的盖屋之恩，帮他娶上了媳妇。

农夫斗小鬼

阴间有个小鬼，生得短手短脚，做起事来也顾头不顾尾，老大不小了也讨不到个媳妇。一天，小鬼听说只要喝了阳间活牛的血，就能长高，便兴冲冲地用在阴间十年的寿命换来三日阳寿，化身成人，跑到郊外去寻找活牛。

说也凑巧，小鬼刚转过一道山坡，就见一头大水牛在草坝上吃草，一个农夫正蹲在田坎边洗脚。小鬼心中暗喜，悄悄走过去，摸出随身带的弯刀，不料大水牛受了惊吓，“哞哞哞……”乱叫起来。农夫一下子转过身来，见状，随手捡起一块石头就向小鬼砸去，一边砸，还一边骂道：“哪里钻出来的丑八怪，大白天敢偷牛！”

小鬼吓得撒腿就跑，一脚栽在泥塘里，气得哇哇乱叫，于是等农夫牵牛回家后，他搬来一些乱石头，丢进农夫的田里。

第二天，农夫发现田里堆满了大大小小的乱石头，心想昨天还好好的，料定是这小鬼使的坏。他脑子一转，有了主意，故意高声嚷道：“谢天谢地，菩萨见我积德行善，特意在我田里降下这么多石头为我壮土。大石头拉屎，小石头尿尿，我的田越来越好了，明年准要多打一半的粮食。哈哈哈……”

农夫高声笑了一阵，又煞有介事地自言自语道：“好是好，不过我得赶快回去，找人来看着，要是被人换成狗屎那就糟了，不但不壮土，还会把我臭死……”说罢，赶着大水牛，哼着山歌儿，头也不回地回家去了。

小鬼在树上听见了，心里想道：哼！你想得倒美。你怕臭，我偏就弄些狗屎臭死你！于是他跳下树来，一块块地把石头从田里搬走了，又运来一些狗屎倒进田里。

第三天，农夫一大早就赶着大水牛，来到田里。只见满田里都是狗屎，昨天的石头一块也没有了。他暗暗高兴，可嘴里却故意高声吆喝："糟了，糟了！也不知是谁把石头偷走了，还弄来狗屎糟蹋我的地。"

小鬼躲在大树上，高兴得手舞足蹈，谁知一个不小心摔了下来，脑袋正巧碰在一块尖角石上，一下子又给摔回阴间去了。

射　煞

唐代有个人叫韦滂，爱好骑射和美食，不仅喜欢捕捉鸟兽来烹煮着吃，连蛇呀，蝎子呀，蚯蚓之类，他见到也不会放过。

一天晚上，韦滂在京城里走着，已经打过"黄昏鼓"，宵禁马上要开始了，他正想寻个地方借宿，忽然看见街旁有户人家，正向外搬行李，韦滂就趁机前去求宿。

主人说："我家的邻居有丧事，俗话说要'防煞'，煞鬼的模样非常吓人，常常到别人家来捣乱，进门就会伤害人和东西，所以我们才送家眷到亲友家去避一避。"韦滂说："只要你能让我借宿一夜，其他就不用担心了，煞鬼我自会对付它。"

听他这么一说，主人便将信将疑地答应了。随后，韦滂让仆人把马拴在马厩里，在厅里点起灯烛，又到厨房准备饭菜。

吃完饭后，韦滂让仆人住在侧屋里，自己在厅堂里搭了张床。两扇大门大开着，韦滂熄灭灯烛，拿着弓箭，盘腿坐在床上，专等煞鬼的来临。

到三更将尽，一个大盘子似的光团，忽然从半空中飞过来，像一团烈焰照耀着。韦滂一见大喜，暗中拉满弓弦，射出一支箭，一下子就射中了，只听得"啪啦"一声响，火光闪闪。韦滂连射三箭，箭箭射中。那光团终于慢慢暗下去，再也不能动弹，"咚"的一声落在地上。

韦滂叫仆人拿灯来看，原来竟是一个肉团子，四边都长着眼睛，眼睛张开就形成了光团。韦滂笑着说："果然是煞鬼不假。"随即吩咐仆人把这个肉团拿去煮，肉发出一股十分浓烈的香味。煮熟之后，拿出来切成肉丝，吃起来鲜美可口。

天亮后，房东回来，一看韦滂安然无事，很是高兴。韦滂说，煞鬼已经被他射死了，还拿出剩下的煞鬼肉，请房东品尝。房东见了，又是吃惊，又是赞叹。

母亲泪

一天夜里，一个村民卖了柴回家，忽然看见墙角站着一个披头散发的女人。村民先咳嗽一声，叫道：“这位嫂嫂，这么晚还在外面做什么？”

这女人不应。村民又叫一声，她还是不应。村民感到奇怪，上前用手搭在妇女的肩上，一把扳过来。

这一下可不得了，只听见女人“呀”的一声尖叫，原来是一个“舌头长八尺、鞋片倒头踏”的吊死鬼。村民虽然胆大，但这时也被吓得倒退了几步。

这当儿，村民猛然想到老辈人说过，吊死鬼最怕人的唾液，鬼沾到人的唾液，就会定身。想到这里，村民就拼命往吊死鬼嘴里吐唾液。

果然，吊死鬼的面孔一点点好看起来，慢慢地变成了一个中年嫂，看着村民，低头不响。

村民正好没老婆，看见她定了身形，心里蛮高兴，说道：“别走了，跟我过日子吧！”

女鬼笑笑，红着脸点了点头。时间一长，他们有了两个儿子。一个夏夜，两个儿子在院子里乘凉。这时，村民叫女鬼提一桶水。女鬼经过院子时，月光很亮，大儿子忽然叫起来：“哎！奇怪，妈妈怎么没有影子？”小儿子一看也叫道：“哈哈，妈妈没影子，妈妈没影子。”

儿子的话刺痛了女鬼的心，“嘭”的一声，女鬼跌倒在地，村民慌忙去扶，哪里还搀扶得起？只见女鬼跌倒的地方，留下一塘清清的水，像极了眼泪。

不知何时雨小了，“吱”的一声，车子进站了，众人鱼贯而入。开车的是位老司机，听说大伙儿刚才在讲故事，也跃跃欲试。他发动车子，娓娓道来：“有一天，我站在镜子前，一双冰凉的手突然捂住我的眼。‘猜猜我是谁——’声音阴冷恐怖……”

讲到这里，老司机顿了顿，见一车人瞪大了眼睛，竖着耳朵听，便接着说：“我淡定地回答‘你是鬼’。‘哎呀真没趣，又被你猜到了’，阴冷的声音瞬时变得娇滴滴的，女鬼变成一股烟又飘回了骨灰盒。笨老婆，玩了二十多年还没个够……”

老司机抱怨着，但大伙儿都看得出来，他长满皱纹的脸上，洋溢着满满的幸福。

（**本栏插图**：黄全昌）

红版编辑部各编辑邮箱：

姚自豪：yaobianji1950@126.com；
吕　佳：lujia411@yahoo.com.cn；
石莎莎：ssasha@163.com；
丁娴瑶：dingxianyao@126.com；
李　丹：lidan090@sina.com。

一粒米上京

□陈庆蔚

晚清时候，在一个江南村落里，搬来了一户曾姓人家。照理说，这村子虽小，但也水土肥美，物产丰富，村民们都过得有滋有味，可曾家就怪了，三年过去了，他们家和村民们格格不入，经济状况也和刚来时一样，一贫如洗，有时连一天三餐都吃不上。

更奇怪的是，曾家一家三口，个个肩不能挑、手不能提，没有半点谋生技艺。于是，有人猜测曾家是没落贵族，但若是这样，他们总该有些学问吧？哪里想到这家人统统大字不识一个，没有一个能读书习文的。

最稀奇的是，他们宁愿好几天饿着肚子，也不肯接受村民的好心接济，平日里仅靠曾老头和他儿子摸黑起来拾点牛粪或枯枝，卖点钱勉强度日。

就这样，在村民们的纷纷议论中，曾家始终保持着神秘感，成了大伙儿茶余饭后的谈资。

到了第三年的大年初十，曾老头难得没有干活，起了个早，小心翼翼地提着一小袋子铜板，上了趟镇。他走进镇上最大的米铺，对伙计说，要买店里最上等的白米。

米铺伙计愣了一下，随即乐起来："曾老爹，我劝你还是看看这边的米吧，就你那点钱，上等白米只能买半斤不到，这边的糙米，虽然次了点，却能扛回一大袋呢，比白米更顶饿。”

曾老头脸一沉，说：“废什么话，我就要白米，还要你们这里最好的，快给我称！”

伙计没办法，只好开始清点曾老头那袋子里的钱，那一枚枚铜板，全擦得亮晶晶的，看样子，每枚铜板都不知在曾老头手里翻来覆去看过多少遍呢！伙计数好了钱，找了个极小的口袋，装上了白米。

曾老头接过米袋，眼眶里竟然是泪花涟涟，他十分珍重地将米袋藏在怀中，弓着身子，走了。

当天晚上，曾老头把妻儿叫到床前，郑重地取出那一小袋米。妻子一见那白米，就忍不住大哭起来，曾老头的眼泪也是“滴答滴答”地淌个不停，只有曾家的儿子曾扬，才十几岁，自然啥都不知道。

原来，曾家本是皇城内数一数二的巨富之家，曾老头的爷爷在很早以前因偶然机缘救过驾，因而得到皇帝的封赏。曾家一族几代人蒙受祖荫，到曾老头这一代已是穷奢极欲，不仅子孙一个个不学无术，不思进取，甚至连亲戚都依仗着曾家之名，在外横行霸道，不可一世。

皇城乃是天子脚下，哪容得下曾家这般放肆？时间一久，曾家早已树敌无数，新皇帝登基之后，虽能一时念及曾家当年的救驾之恩，却捱不住群臣百官一本本的弹劾奏折和无数的唾沫星子，没两天就拿曾家开了刀。

曾老头对着儿子曾扬说：“三年前的今日，皇上在文武百官面前斥责了爹，说爹不学无术，贪图享乐，如果离了祖宗福荫，怕是连一年都活不下去。爹当时急了，居然与皇上顶嘴，说我们曾家没那么容易饿死，别说一年，三年也撑得过去。”

曾大娘抹着眼泪说：“也幸亏你爹当时这句话，皇上给了咱家一个最后的机会。”说着，她把白米交到儿子手中，“皇上答应，只要我们一家不受他人半点接济，能自给自足活过三年，将既往不咎，恢复封爵。”

曾老头叹了一口气：“我享尽荣华，从不曾想过，在外谋生是这等艰难。这三年里，我和你娘的身体都累垮了，要不是有这点盼头，哪里撑得到今天？现在我们年纪都大了，上京路远，只能靠你了……”

曾老头把那袋子白米郑重地交到儿子手中，嘱咐道：“当年皇上说，咱家好比硕鼠，几代人不思劳作，不知白吃了国家多少米。三年后如果回京，就得带回上等白米，以此验证我们曾家不靠皇粮也能养活自己。这袋米是爹这三年来省吃俭用攒下来的，好好带着它上京吧，咱家就靠你了！”

第二天，曾扬就带着那一小袋

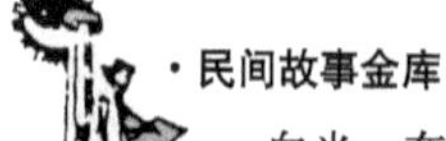

白米，在爹娘的万般期望中上京了。

途中餐风宿露，生活自然艰苦，可曾扬一直没敢动那袋白米，只是上山捡些柴火换口饭吃，饥一顿饱一顿，走过了一村又一村。

这一天，曾扬来到一个小镇，两手空空，只得上山拾柴。从天刚亮拾到烈日当空，好不容易拾得一担，换了五个铜板，正准备买个烧饼充饥，不料他伸手一摸，发现装米的袋子不知什么时候被划了个大口子，满满一袋米漏得所剩无几！

曾扬大吃一惊，这不是塌了天、陷了地吗？这可怎么好啊？曾扬一下子没了主意，可怜他一个半大孩子，直吓得蹲在路边放声大哭，哭得连饿都忘了。

路边有个卖青枣的，见曾扬哭得可怜，便过来询问。曾扬哭哭啼啼地说了自己千里上京的事，并告诉他，自己最重要的信物没了。

卖枣人好不奇怪："什么信物？"

曾扬抽抽搭搭地说："一袋米。"

卖枣人乐了："哈哈，这有何难，我这有银子，你去另买一袋就是。"

曾扬抹了把眼泪，扬起头说："不行，我爹说了，就算是走投无路，也不能收受人家半点施舍。"

卖枣人一愣，不由得微笑起来，觉得这孩子有这样的骨气，倒是难得，于是决定帮帮他。卖枣人想了想，说："既然你这么讲，我就不勉强了。要不这样，你买我一颗青枣，我就有办法不施舍你，反而有助于你，你看怎样？"

曾扬瞧了瞧那人，又瞧了瞧那筐青枣，觉得眼前这人不像个骗子，只是筐里的青枣实在不怎么样，看起来还生得很，估计他今天还没开张呢。

曾扬想了半天，左右没有办法，而且就算被骗也只是一颗青枣钱，于是将信将疑地买了一颗，放到嘴里，一咬，马上吐出来，哇，酸得掉牙！卖枣人“哈哈”大笑，捡起地上的枣，说道：“这枣核借我十天，我给你变个戏法，十天后你来这里找我。”

就这样，曾扬又疑虑又不安，在小镇上待了十天，幸好卖枣人没有失约，如期和曾扬见了面，并把枣核递到了曾扬手里。曾扬一看，不由得大吃一惊：枣核已经脱胎换骨，只三天，这貌不惊人的枣核，已经变成了一艘雕刻得美轮美奂的画舫！家道没有败落前，曾扬见过这种玩艺儿，这是微雕啊！

卖枣人说，他本已退隐，也算是俩人有缘，这回就破例了。他让曾扬把这个微雕拿到西街文玩店，就说是城东一个姓宋的卖枣人给的，这样就能够换一袋白米，说不定连上京的路费都有了。

曾扬听了，“扑通”一声跪在卖枣人面前：“大师，求你收我为徒！”

卖枣人说自己已封刀多年，不肯收徒，可曾扬死缠了数日，苦苦哀求，一片诚心，卖枣人终于应允。

苦练三月后，卖枣人对曾扬说：“入门靠师父，修行看各人。”留下这句话后，卖枣人便闭门不出，任曾扬再怎么求，他也不愿再教了。于是，曾扬拜别恩师，一边修行，一边继续上京。一路上走走停停，勤练手艺，途经千山万水，历尽坎坷磨难。

终于，五年后，曾扬风尘仆仆、衣衫褴褛，到了京城，跪倒在金銮殿上。他口称与圣上有约，现在回京面圣。

皇帝想了半天，终于想起有那么一回事，冷笑一声，看着阶下乞丐一样的曾扬，说：“朕有言，不许乞讨，可有违约？”

曾扬跪在地上，朗声奏道：“小民不曾受人半点施舍。”

“还有，答应过朕的米呢？”

“小民总算不负圣上所望，小民的米不敢称最，却也算世上难寻。”

皇帝一听来了兴趣：“当真？呈上来给朕看看。”

内侍呈上托盘，偌大的托盘中，只有孤零零的一粒大米。皇帝见了，勃然大怒：“你这刁民，敢戏弄朕！”

曾扬不慌不忙，说道：“请皇上仔细观看。”皇帝定睛一看，原来，那粒米竟是一个精美的微雕：一艘轻舟随风而行，一介渔夫卧船小憩，雕琢功夫神乎其神，作品活灵活现，巧夺天工！

皇帝大喜，不由得叹道：“这确是难得的米，一粒能抵千斤啊！”

从此，曾扬声名大噪，开设学馆广收徒弟，桃李满天下，成为一代微雕大师。曾家子孙个个传承手艺，修身养德，家族也真正兴盛了起来……

（题图、插图：黄全昌）

三棵树

□ 吴治江

杨林村是个小山村，村里有个叫郑志的少年。前年，他父亲因车祸丢了命；去年，母亲改嫁到外地。爹死娘嫁人，他默默地跟年过六旬的奶奶相依为命。

这天上午，郑志接到母亲的电话。母亲先说给他和奶奶寄了生活费，叫他去取，又说一个月前她生了个男孩，说他有了弟弟。郑志一听，猛地挂了电话。他越想越憋屈，越想越痛苦，于是手提镰刀，气喘吁吁地跑到自家林地里，一下扑倒在地上，大叫："我不要弟弟——"

在地上躺了半天后，郑志起了身，把锋利的镰刀尖狠狠地刺向树皮。平时他擅长画画，就用镰刀在白杨树上雕刻起了画。

第一棵树上，他刻了个女人头像，这是他妈妈，下边是一双充满怨恨的眼睛，这是他；第二棵树上，他刻了一个男人的头，这是后爹，还有一个小孩的头，这是弟弟，他还画了一条绳索，把两人牢牢地捆在这树上；第三棵树上，他刻了一座高楼，楼的周围飘洒着数不尽的钞票。

刻完后，郑志把刀一扔，躺在地上望着天空，泪水顺着眼角流到了地上。眼泪流干后，他爬起来大叫："我不要你们的钱，我自己挣，等着瞧吧——"

可是，大人挣钱都不容易，何

况一个嘴上无毛的小孩。四年后，他上了高中。几年间，他个子越长越高，日子越过越难，可母亲寄回的钱却没增加。起先，他难免有些怨言，慢慢懂事了，他知道弟弟渐渐大了，母亲的负担也越来越重，这么一想，他便坦然了。

有一天，郑志接到同学罗亮的邀请，去参加生日聚会，他最不喜欢这种活动，可罗亮很真诚，他不好拒绝，便买了个小礼物前去。

聚会很热闹，郑志应付一会儿后便来到阳台看花，他很喜欢一盆叫不出名字的红花。

正在这时，同学李康走了过来，说："这花几百块钱一盆呢，喜欢吗？"郑志说："还行。"他不想和李康多说，这家伙有钱，看人总是向下看的。

"还行？几百块一盆的花你说还行？好像你挺有钱似的。"李康一脸的不屑。郑志说："我哪有你有钱？可你除了钱还有什么？"李康生气地说："你不就成绩比我好吗？那有屁用！"说着，他伸手推郑志的肩，郑志向后一闪，突然感到肘部撞到了什么，紧接着，便听到"砰"的一声响，探头一看，花盆已被撞到楼下，摔得粉碎……

事后，郑志郑重地对罗亮表示自己必须赔那盆花，罗亮说不必，可郑志在心里发誓：卖血也要赔！

几天后，郑志打听到那盆花值五百，花盆一百。他手头只有一百多块，于是，他利用周末时间去建筑工地干活，一个月后，好不容易凑足了六百块。

一个星期天，郑志敲开了罗亮家的门，掏出六百块钱，郑重其事地交给罗亮的父亲，说："罗叔叔，我摔坏了您家的花，对不起，这是我赔偿的钱，请您收下。"

罗父赞许地拍拍郑志的肩，说："事情我都知道了，你的心意我们领了，赔偿就不必了。"郑志非赔不可，看样子不接受赔偿还真不行，罗父只好象征性地收下五十块钱，还一定要留郑志在家吃饭。饭桌上，罗父说："那花盆和花不稀罕，稀罕的是那养花的土。"

郑志不解地问："土有什么稀罕的？到处都有土。"

罗父告诉他：最好的天然花土是一种叫"牛屎炭"的土，这是一种泥炭，是天然沼泽地里经过几千年风化沉积形成的，但这东西正宗的比较难买，去年他托了几个人才买到十斤。

几百块一盆的花，有钱人才玩得起，郑志没把这花放在心上，可"牛屎炭"这名字却在他心里扎下了根。

这天是周日，秋高气爽，郑志又一次来到被他雕刻得伤痕累累的白杨树旁，树上的画基本上还能看清模样。他躺在地上，看着树叶飘落，又想起远方的母亲，觉得自己就像那离开树的叶子。

胡思乱想间，郑志忽然想到罗父说的“牛屎炭”。他查过资料，“泥炭”就是按不同程度分解的植物残体堆积物，既然这样，那树叶和泥土经过一定时间的风化、沉积，不也可以成为花土吗？要是那样，不值钱的树叶和泥土不就值钱了吗？

郑志兴奋地跳了起来，马上回家取来了锄头、筛子和刀，在这三棵树前挖了个坑，先铺了一层细土，又铺一层切细的树叶，适当洒一些水，就这样，一层土一层树叶，把坑填满了。

第二年春天，郑志刨出了他自制的“牛屎炭”，装了一小袋，直奔罗亮家。

罗父问了这土的来历，又仔细地看了、闻了、捏了，拍着郑志的肩，说：“这虽然不是正宗的‘牛屎炭’，但也是营养丰富的上好花土，我先用它试着种花，有了效果再告诉你，小伙子真不错！”

三个多月后的一天，罗亮叫郑志到他家，说他父亲有事。郑志忐忑不安地到了罗家，罗父一见他就说：“小郑，我好多位养花的朋友试用了你那花土后，都说好，要买，这个星期天你回家带几百斤来。”

星期天，郑志装了几袋花土，租三轮运到县城。在罗父的指导下，按不同重量分装成很多小袋，然后拉到一个花土销售处，大半天时间便卖完了，得了八百多块。郑志非常高兴，要分一半钱给罗父，罗父坚决谢绝了，看着郑志，他欣慰地说：“小郑，人小志大，你以后定有出息。这花土还可以进一步改进，加油！”

郑志衷心地向罗父鞠躬致谢：“谢谢罗叔叔！”

这以后，郑志经过学习、钻研，在树叶和泥土的选择上做了进一步的改进，他制作了三坑花土，卖了两千多块钱。这次成功令他信心大

增，在罗父的指导下，他制作了各类有机花土，并上网销售。

郑志高三这年，和罗父共同成立了一家花土公司，成了学校有名的小老板。可贵的是，他在创业的过程中，没耽误过一天的学习。

一眨眼，临近高考了。一天放学时，郑志突然接到了母亲的电话，母亲关心地询问了他的学习情况，还说打算回老家来陪他考试，顺便看看他是怎么制作花土的。郑志突然情绪激动地说："妈，您别、别回来，千万别回来！"说完，他立即挂了电话。

这时，罗父正好在郑志身旁，便关心地问为什么不让他妈回来，郑志说不想让她回来看到那"三棵树"。罗父越听越糊涂，问起"三棵树"的故事，郑志说，等高考完后带他去看。

高考后的一天，郑志带着罗父来到了他家的山林里，走到了那三棵树前。

罗父看了三棵树上那些还能勉强分清模样的画，奇怪地问："这些画是什么意思？"

郑志这才说出了他的身世和这些画的意思。罗父看着那三棵树，又看看郑志，说："当初，怨恨、自卑、嫉妒，是你心中的三棵树。如果任这三棵树疯长，撑破的就是你的灵魂。现在，你让它们上面的叶子落下，变成泥土，变成肥料，心中开出的就是鲜花。"

郑志满眼泪花，说："罗叔叔，您说得真好！"

一个多月后，郑志收到了大学的录取通知书。离开家乡时，他带上了两包花土：一包带到母亲那里，一包带到大学里。他相信，美丽的鲜花人人都喜欢，种花就要花土，他的花土已经注册了商标，名字就叫"三棵树"。

（**题图、插图**：陆小弟）

·本刊信息传真·

"青春励志·千校赠书"活动正式启动

2013年4月，为期一年的"青春励志故事"征文大赛正式落下帷幕，优秀作品选集《青春读本——80则感动中国的励志故事》将于四月底正式向全国发行。

为将青春励志故事带来的正能量传播得更广、更远，《故事会》编辑部现举办"千校赠书"活动。千校的范围包括全国的希望小学和民工子弟学校，请学校积极同我们联系。

学校索书时，请将附有学校公章和详细地址、邮编的《索书函》寄至：上海市绍兴路74号《故事会》编辑部 陶云韫收，邮编200020。一经确认，该校将获赠10本《青春读本——80则感动中国的励志故事》，数量有限，赠完即止。

·中篇故事（精编版）·

一个看似完美的计划，却隐藏着不为人知的漏洞。是阴谋？是意外？一切尽在掌握……

完美计划

□夏刚

1.我应该算庄主

讲这个故事，要先说一个地方。那地方叫“饮马山庄”，以前是一个废旧庄园，现在基本上就只剩下这个地名了。陈嗣从小就在这里长大，后来，他事业有成，但妻子王丽红不想随他进城，就住在庄园遗址旁边的宅院里。渐渐的，夫妻感情出问题了，最终陈嗣承诺给予二十万元的经济赔偿，可王丽红还是不同意离婚，要不是必须回来拿上次忘在家里的一份材料，顺便再谈谈离婚的事，陈嗣是根本不想开车回来的。

从城里到“饮马山庄”，车程两个小时，下了几天的雪，天地间白茫茫一片。陆续有车子从山里开出来，道路被车轮一轧，积雪被轧成了薄冰。陈嗣那辆“蓝鸟”车身轻，根本控制不住打滑的路面，最终滑进了路边的草丛里，熄火了。

陈嗣打开车门拿出行李，锁好车门后步行上山。他想着还要走十多里的山路，忍不住咒骂起王丽红来。

陈嗣正走着，后面传来汽车的喇叭声，一辆越野车慢慢地开到他身边，随即副驾驶的车窗摇了下来，一个帅哥大声问："兄弟，到'饮马山庄'还有多远啊？"

陈嗣探头看看车窗里面，有两男两女，还有空座，就说："我就要去'饮马山庄'，可不可以捎我一程？"

车上的人答应了。上车后闲聊，原来这几个人是自驾游去山上赏雪的，问路的是领队，车上的人称呼他"李队"。他们在地图上搜到半山腰有个"饮马山庄"，于是想今晚把车停在那里住一宿，明天继续爬山。

陈嗣一听，笑了，说："你们要去'饮马山庄'？那儿可不是农家乐，不过我老家就在那儿，我应该算庄主吧？"

车上的人一听，乐了，于是一路欢声笑语……

2.这真是意外

傍晚时分，一行人赶到了"饮马山庄"。屋里的王丽红听到车子的声响，便走了出来。那司机一见王丽红，不禁喜出望外："王丽红，没想到在这里遇见你啊！"嗨，原来两人是老同学，认识的。

王丽红一见司机，也很高兴："黄鹏，你……师兄，十来年不见，你还是那么玉树临风啊！"

两人说话间，王丽红的脸上飞快地闪过一抹羞涩之色，这个细节被一旁的陈嗣看见了，他心头顿时一颤，好啊，怪不得刚才觉得这黄鹏有些眼熟，原来就是王丽红相册里放在第一页、最大的那一张。据王丽红一次喝得半醉后透露，她在高中时暗恋了黄鹏整整三年！想到这里，陈嗣冷冷地"哼"了一声，不动声色。

凭空多了五个人，王丽红有点忙乱，她赶紧忙着张罗饭菜。陈嗣和黄鹏帮厨，李队带着那两个美女，拿着相机去山庄的周围逛逛。陈嗣去外面抱了一捆柴火回到厨房，看见黄鹏不在，随口问道："你那梦中情人呢？"

王丽红淡淡一笑："十来年了，还啥梦中情人啊！他刚才见水缸里没水，就挑水去了。"

陈嗣听了，心里一惊，紧张得声音都有点变了："你……你怎么能让他去挑水？"

王丽红说："我要忙做饭啊，人家是客人，柴米油盐放哪儿都不熟悉，你抱柴火去了又没回来……"

陈嗣愣了一下，发现自己有些失态，他连忙平静了一下神色，说："哦，但是……"可连他自己也不知道该说些什么，正胡思乱想着，忽听外面一声惊呼，陈嗣条件反射，立刻往外跑，跑出几十米远，拐过山嘴一看，不由得心里一紧：

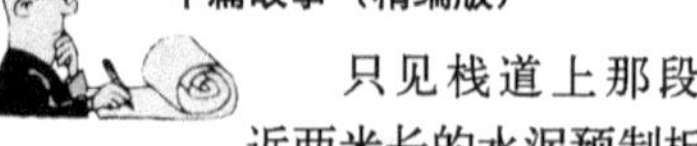

只见栈道上那段将近两米长的水泥预制板已经断裂，湿漉漉的，断裂的水泥板滑落在下面不远的灌木丛里，而栈道上留下了很明显的人跌落下去的痕迹。看来是黄鹏挑水返回的时候，水泥板断裂后摔下去了……

王丽红随后赶来，跪在悬崖边上，大声呼喊着黄鹏的名字，可是没有回音。李队和那两个女的也闻声赶到了现场，望着黑黝黝的深谷，他们也急得直叫着："黄鹏——"

李队试着探身向下看，想攀爬下去救人，可是被陈嗣拦住了，陈嗣是从小在这里长大的，对这里很熟悉，他说："这山谷据说深达百米以上，两边悬崖峭壁，从没听说有人下去过。下面的环境不是一般人可以掌控的。救人要紧，但自身安全也得注意。"

李队沉思了片刻，走到了一边，掏出手机拨打110报案，让他们带人进来营救。

几个人心急如焚，也不知道等了多久，李队的手机响了，110回电话来，说是赶来救援的人员发现半山腰有一段路滑坡了，那是进山的唯一通道，如今他们只能先抢险修路，等路畅通后，才能赶得过来。他们表达了歉意，让李队他们耐心等待。李队骂了一声，又试着拨打黄鹏的手机，可是和前几次一样，都没有回音。

陈嗣看着李队和队员焦急的模样，回过头来，带着责备的语气，对王丽红说："你怎能让他去挑水呢？你看，现在出人命了，咋办？"

王丽红止住了哭泣，对陈嗣的指责充耳不闻，只是呆呆地盯着灌木丛中断裂的水泥预制板，浑身禁不住直打哆嗦。

两个女的赶紧走来，扶起跪蹲在雪地上的王丽红，轻声安慰着。

李队问："你们说说，到底怎么回事？"

原来，在离王丽红家一百多米远的地方有一眼泉水，夏天不干涸，

冬天不结冰，而且水质清甜可口，于是王丽红家就把这泉水当做生活用水，只不过从家到泉眼那里得经过几米长的一段栈道。

陈嗣把刚才的经过说了一遍：水缸里没水，黄鹏自告奋勇地去挑水，却不小心摔下深谷……陈嗣说："这真是意外，刚才我和老婆都在厨房里，是听到声音才赶来的。"

李队点点头，说："我也没讲你俩涉嫌谋杀。你们第一次见面，无怨无仇，杀他干吗？"

李队说着，一边用手里的摄像机给现场摄像，一边让两个女的在附近转转。陈嗣猜想他们是不死心，还想找找能够到达深谷的路。不一会儿，两个女的回来了，对着李队摇摇头。

李队叹了一口气，收起摄像机，招呼大伙返回屋里。

3.恶魔般的男人

一行人本来是兴致勃勃地相约着登山赏雪，谁知道现在一个同伴生死不明，大家的心情十分沉重。还是李队沉稳，他到厨房帮着弄了一顿简单的晚餐给大家吃，还安抚了几句，让大家一边休息，一边等救援队的消息。

一会儿，陈嗣把李队他们安排进两间客房休息，然后和王丽红回到了卧室。

王丽红从刚才吃饭时起，就一直沉默不语，陈嗣也是一副心不在焉的模样。房间里的气氛一时压抑极了，两个人也都没有上床休息的意思，这么干坐了许久，王丽红才开了口："我就是想不明白，那黄鹏为什么不是滑倒失足摔下去，而是踩断了水泥预制板跌下去？要知道，那水泥预制板厚度可有12厘米，而且还是两个月前你新换的，怎么说断就断了呢？"

陈嗣抬起眼皮，盯着王丽红的眼睛，说："这人世间的意外，谁又能预料到呢？你有什么想法？"

王丽红瞪了陈嗣一眼，眼窝里湿漉漉的，一眨，泪滴就滚落了下来："他……是不是替我死的？"

陈嗣走上前去，拥着王丽红的肩膀，柔声说道："你怎么胡思乱想呢，这完全是意外，虽然他是你的初恋，可是不要让情绪影响了你的判断。"

王丽红挣脱了陈嗣的拥抱，她怒视了陈嗣许久，一开口，竟然说出了一番陈嗣完全没有预料到的话来："你可是名牌大学土木工程系的高才生，要想在一块水泥预制板上做手脚，还不是不费吹灰之力？我俩都知道，这山上少有人来，更不会有外人通过那条栈道去取水，可以说那块水泥板是我挑水时候专用

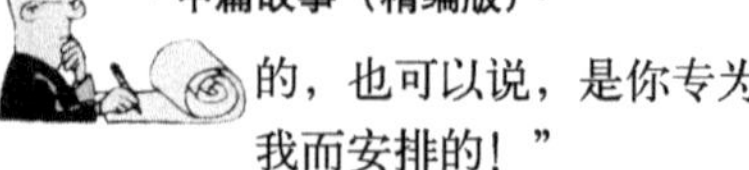

的，也可以说，是你专为我而安排的！”

陈嗣禁不住变了脸色，没想到这个高中毕业的小女人，竟然有如此敏锐的眼光和判断力，竟然会猜得到他内心深处最得意的谋划！

王丽红比陈嗣大三岁，他俩是在深圳打工的时候认识的。王丽红发现陈嗣在土木工程方面有天赋，就鼓励他重新参加高考读了大学，而且用自己打工的钱来供养他，直到毕业。后来，陈嗣在省城上班，前途无量，并且结识了一个才貌双全、家境富裕的女人，于是就想和没学历、没容貌、没见识的王丽红离婚，没想到王丽红坚决不答应。眼下的陈嗣，需要的是一刀两断，而不是阻碍他享受新生活的绊脚石，渐渐的，他便动了杀心。

可是此刻，陈嗣自然不能泄露出隐藏着的心机来，他立即换上了一副笑脸，说：“老婆，你是头一回遇到这种事，被吓着了，我不怪你胡乱猜想。其实，你想想，我哪会害你呢？我们之所以分手，是因为彼此长久不在一起的缘故。虽然遗憾，但即使分开，也可以做好朋友，我哪会要你死呢？”

王丽红听见这个“死”字，眼光变得恐惧起来：“黄鹏死了，你……你已经杀死一个人了，我要去报警！”说着，她转身就要往门外跑去。

陈嗣一把抓住王丽红的胳膊，恳求道：“丽红，你先冷静下来，不要冲动啊！”

王丽红一边竭力挣扎，一边泪流满面地哭诉着：“一个大活人就这么没了，陈嗣，不管我们之间有什么问题，都不能夺走无辜者的生命啊！你不就是要离婚吗？等我去报了警，等我们赎了罪，我就和你离婚，让我去报警……”王丽红由于激动，说话的声音越来越大，陈嗣早就被吓出了一身冷汗，他们的话可千万不能被客房里的人听到啊！

陈嗣没等王丽红说完，就一把捂住了她的嘴。没想到王丽红力气不小，一口咬伤了陈嗣的手指，还

推了他一个踉跄。眼见王丽红就要打开门了，陈嗣鬼使神差地伸出双手卡住了她的脖子，他的双手神经质地越卡越紧……

王丽红的双眼惊恐地瞪着，她不相信眼前丈夫的面目竟然会变得如此陌生。陈嗣的双手丝毫不放松，他心虚地为自己辩解："丽红，你可不要怪我，如果你肯早些和我离婚，哪来这么多问题……"

渐渐的，王丽红闭上了眼睛，她似乎是不想再看见眼前这个恶魔般的男人了，一会儿，她的身体瘫软了下去……

4. 一点嫌疑都没有

陈嗣轻轻地把王丽红放在地上，给房门下了小锁，侧耳一听，外面没有动静，这才长长地出了一口气。

王丽红宁死不离婚，逼迫他精心设计了一个"不在现场"的迷魂阵。原先的谋划是十分缜密的：陈嗣知道王丽红几乎每天都要经过栈道去泉眼挑水，于是计算了王丽红的身高、体重，以及一担水的重量，加上王丽红一双脚踩在上面的压强这些数据，运用自己在土木工程上的专业知识，算出了水泥预制板的使用疲劳极限，给王丽红量身定做了一块水泥预制板，在两月前带了回来，借口对栈道作"维护"，偷偷换上。如果不出意外，王丽红会在两月后的某一天，因为水泥预制板断裂，而掉下深谷"意外死亡"。

没想到人算不如天算，今天突然来了这么几个不速之客，那个黄鹏，在一个错误的时间，来到一个错误的地点，错误地去挑了一担水，结果错误地成了王丽红的替死鬼。

看着躺在地上的王丽红，陈嗣一时手足无措，这情形完全出乎他的意料，与当初的计划大相径庭。陈嗣似乎看到了自己的大好前途被摧毁殆尽；似乎看到在城里翘首以盼的女朋友离他而去。陈嗣在心里默默地为自己打气：不能这样，得快些想个办法，彻底解决王丽红这个麻烦！

陈嗣稳了稳手脚，强迫自己冷静下来。他低下身去察看躺在地上的王丽红，还学着电视里看到的样子，颤着手去摸摸王丽红颈部的动脉位置。天啊，竟然还有微弱的搏动，王丽红原来只是昏了过去！

高才生的脑子到底非同一般，陈嗣很快想出了一个办法，依此而行，可以完美地解决王丽红和黄鹏这两个大麻烦。陈嗣找来了两根绳子，然后扛着王丽红，悄悄地打开了房门。李队他们房间的灯光已经熄了——看来他们因为疲倦和恐惧，早早就钻进了温暖的被窝。

陈嗣借着雪地的微光，蹑手蹑脚地来到屋子旁边的树林里。他将一根绳子穿过王丽红后腰的皮带，越过一根横生的枝桠，然后打了一个结，让她就这么被挂在空中。接下来，陈嗣再用另一根绳子，绕过枝桠做了一个绳圈，绳圈的下头松松垮垮地套住王丽红的脖子……

将一切搞定之后，陈嗣再掏出随身带着的小刀，轻轻地在承受着王丽红体重的那根绳子上割着，直到听见了绳索发出将要断裂的声音。陈嗣做好这一切，听了听四周的动静，然后捡起一根树枝，一边扫着雪地上的脚印，一边倒退着轻轻返回屋里。

就这样，直到陈嗣离开为止，王丽红都还活着，只是被挂在枝桠上昏过去而已。陈嗣知道，几十分钟过去，那根穿过她皮带的绳子因为被割伤了，最终再也无法承受王丽红的重量而断掉。与此同时，王丽红的身体会掉下来，原本套在她脖子上那根松松垮垮的绳子却勒紧了，这样，王丽红就会被活活吊死。如果王丽红在绳子断掉之前醒来，那么她就会挣扎，这也会让那根绳子立即断裂……所有这一切，都会让现场表现出“自杀”的绝对真实感。陈嗣心想：王丽红，你这次是死定了，不会再有人做你的替死鬼了！

紧接着，陈嗣便进了屋，敲了敲李队的房门。门开了，陈嗣神色镇静地对李队说：“我刚才和老婆吵架了，今晚来和你挤挤。”

李队说：“我一直睡不着，想着黄鹏……唉，刚才是听见你们吵了几句，怎么了？”

陈嗣随手关上了房门，一边脱衣服一边说：“没什么，我就是埋怨她不该让黄鹏去挑水。她也很内疚，一直自责不已。”

李队说：“这是意外，谁也无法预料，你们不要自责了。刚才救援队联系我，说是明天一早就能进山。”

陈嗣点点头：“嗯，但愿吉人自

有天相。我老婆又是伤心又是内疚，我也能理解，因为……黄鹏是她的初恋啊，唉……”

李队也叹了一口气，两人钻进了被窝。陈嗣一直睡不着，虽然自己的计划十分周全，但他不知道最终能不能成功。如果王丽红果真死了，那他陈嗣是一点嫌疑都没有的，因为他整整一夜都和李队在一起。不过，从树林那边一直没传来什么动静……

5.李队笑了

清晨，陈嗣起床了，他到王丽红住的房间里转了一圈，故意大声叫了起来："老婆，你在哪里？老婆……"

李队站在门口，一边穿衣服一边问："怎么了？"

陈嗣装出十分慌乱的样子，紧张得说话都不利索了："我……我老婆不见了，被窝都是冷冰冰的……我去那边找，你们帮我去这边找一下……"说着，他向屋子左边的树林跑去。李队"嗯"了一声，带着闻讯打开房门的两个女同伴，往另一个方向找人去了。

陈嗣一边呼喊，一边钻进树林，他很快看见王丽红吊在树上一动不动，压在心上的那块石头不由得落了地，一阵欣喜涌上心头，他强压住喜悦，装模作样地惊叫起来："老婆，你怎么这样傻啊……"

李队他们三个人闻声赶来。一看，陈嗣正弯下腰，想捡起那根掉在地上的绳子，李队喊了一声："别破坏现场！"说着，他把手里的摄像机递给身旁一个女的，让她帮着摄像，陈嗣见此情景，心里咯噔了一下，不由得紧张起来。

李队走上前去，他身材高大，抱着王丽红的身体解开绳套，把她放在地上，用手指压压她的颈动脉，再翻看了一下她的眼睛，叹了口气，说："没救了。"

陈嗣挤出了几滴眼泪，悲声切切地说："老婆，都怪我啊，我不该埋怨你。黄鹏是意外啊，我们都没有责任，可是你怎么就钻了牛角尖呢……"

李队说："看样子是上吊自杀，不过，我们职责所在，要有确切的结论。"

陈嗣一听，愣了，"职责所在"，什么意思？你们是自驾游来山上赏雪的，这死人的案子，和你们有什么"职责"关系呢？陈嗣眨巴着眼睛开了口："请问你是……"

旁边一个女的说："他是市刑警队的队长，李队。"

啊，晴天霹雳，陈嗣的脑袋"嗡"的一声响……他听他们都叫"李队

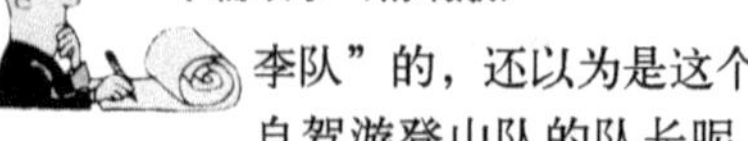

李队”的，还以为是这个自驾游登山队的队长呢，没想到竟然是市刑警队的队长！那么，那两个女的自然也是警察了！早知道这样，昨天要不要对王丽红下手，他还要三思而后行呢，现在骑虎难下，但愿这个李队不会发现什么破绽。

李队低着头仔细看了一会儿，眉头皱了起来。他再看看王丽红脚下的那根绳子，站起身，踮着脚，看了看那根枝桠，不由得点点头。

陈嗣心里发毛，不好的预感越来越强，他眼珠一转，立马哭着冲上去，抱起王丽红的身体就要跑：“她没死，我要送到医院去……”

李队一个箭步冲过来，把陈嗣摁倒在地，掏出手铐铐在他的双腕上：“你别装了，我相信王丽红不是自杀，而是被你谋杀的。还可以推断，黄鹏的死也不是意外！”

陈嗣挣扎了一下，喊道：“你冤枉好人，警察打人啦……”

李队抓起一把雪塞进陈嗣的嘴里，冷冷地说：“我发现王丽红脚下竟然没有垫脚的石块之类，我很奇怪，她上吊自杀，是跳跃着去做绳套，然后又跳跃着把头伸进绳套里？”陈嗣听了，后悔极了，当时自己只顾把王丽红抱着吊上去，怎么忽略了这个细节呢？

李队继续侃侃而谈：“枝桠上除了上吊的绳子外，还有一根多余的绳子，这也很奇怪……”陈嗣躲闪着李队犀利的目光，强作镇静地说：“或许……她是先用那根绳子上吊，结果断了，于是再换了另外一根？我怎么知道！”

李队笑了笑，说：“连上吊的绳子也有备用的，看来是存了必死之心啊！你看看雪地，没发现树林里还缺少一样不应该少的东西？”

陈嗣闻言，心里也猜中了八九分，果然，又听李队接着说道：“如果我记性还算好的话，应该会想起我们跑过来的时候，雪地上只有一行你的脚印。而昨天傍晚之后再没

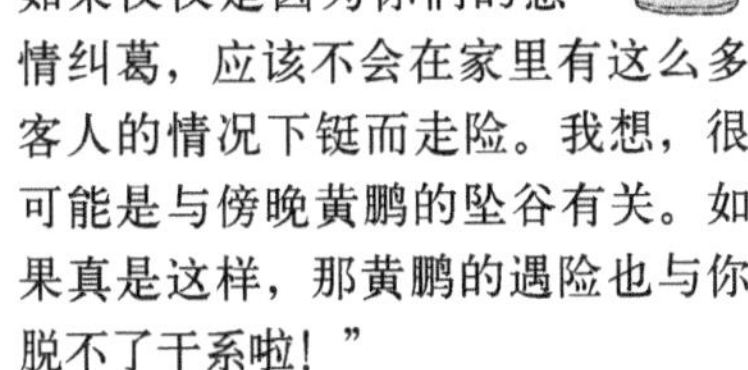

下雪，那么，王丽红要到这树林里来自杀，怎么没留下脚印？难道是飞过来的？”

陈嗣无法回答李队的问题，片刻后，他强硬地抬起头：“昨晚没下雪，是你一句话就能算数的？我不管你说什么，既然你是警察，相信应该能对王丽红的死亡时间做出准确的结论；也请你记住，我昨晚来你房间的时候她绝对没死，这一点，相信你们通过尸检是可以断定的，而后来我一直和你在一起！”

李队点点头，说：“这一点可能是真的，但我现在还可以告诉你一个对你非常不利的证据——你看见我们停的那辆车没有？”

陈嗣顺着李队手指的方向，看到了他们昨天停在房屋旁边的那辆越野车。李队继续说：“那车上，黄鹏刚安装了一个最新版的行车记录仪。它有一个功能就是‘移动侦测’，凡是在它的摄像头范围内，景象产生了任何移动变化，它都会自动开启并录制。”

陈嗣条件反射似的张大了嘴，满脸惊愕。

李队说：“存储卡是16G的，它的红外线录制功能，相信已经把昨晚树林里的一切活动都保存下来了。”陈嗣想说什么，可是不知道怎么开口。

李队想了想，又说：“现在的问题是你杀害你妻子的动机，如果仅仅是因为你们的感情纠葛，应该不会在家里有这么多客人的情况下铤而走险。我想，很可能是与傍晚黄鹏的坠谷有关。如果真是这样，那黄鹏的遇险也与你脱不了干系啦！”

李队旁边一个女同伴说：“可是我们按你的要求，在黄鹏坠谷地点的附近仔细检查过了，没有发现可疑的地方……”

李队沉思片刻：“或许，我们可以把那块水泥板带回去再检查检查。”

陈嗣听到这里，浑身瘫软，站也站不稳了。

就在这时，天上忽然传来一阵轰鸣声，一架小型直升机飞下了深谷。不一会儿，李队的手机响了，他一接听，顿时大喜：“黄鹏没事？那太好了，天佑好人啊！”原来，黄鹏掉在了谷底厚厚的植被和积雪上，然后滚到了谷底的温泉边，才让他没被摔死、没被冻着，真是大难不死。

陈嗣看着越野车，想着那个摄像头，又想起水泥板、那根绳子和脚印，这些数不清的证据像是扑面而来的雪花一样，压得陈嗣说不出话来。他不禁叹了一口气：唉，我那么高智商的布局，怎么不如老天算得周全呢……

（题图、插图：杨宏富）

有这样一个行当，入行的人，无论是胸怀绝技、无人可敌，还是身处乱世、走投无路，都不能坏了规矩。否则，后果将不堪设想……没错，盗亦有道，说的就是这个理儿。

凡事留一线

□ 郑小亮

1.遇上高手

很早的时候，盗窃这行当是分门派的，大致分为“通天门”、“遁地门”，还有“人和门”。

元末明初，“人和门”里有个老盗贼，叫陆云鹤。

这天，陆云鹤正在都城大街上闲逛，寻找着目标。突然，他眼珠子一动，发现前方有两个人，一前一后走着，其中一人，竟然对着一个老人下手行窃。陆云鹤见了，心里气恼，紧走几步，走上前去，伸手对着刚才行窃的那人拍了一下肩膀，随即怒目圆睁：“你是哪个门派的，竟如此不地道？”

那人打了个激灵，回过头来，瞪着陆云鹤，吼道：“老东西少管闲事，大爷我是——”说罢，那人竖起了如刀切般齐整的食指和中指，在陆云鹤眼前晃了晃。

陆云鹤点了点头，一声冷笑，说：“原来你也是‘人和门’的，大家都是同道。可是，‘人和门’的宗旨是财不全收、凡事留一线。本门十大

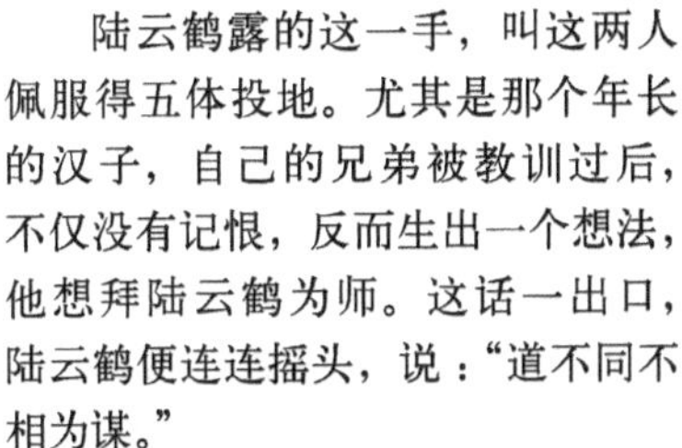

规矩你坏了三条——一是不对童叟下手，二是财不全收，三是只巧取不豪夺。你刚才对着一个花甲老汉下手，而且把手伸向他唯一的钱袋，失手后扯掉袋子就跑，你自己说说，这是‘人和门’弟子所为吗？”

那人“哈哈”大笑：“什么‘人和门’？大爷只知道银子到手就好，本地道上的朋友都这样。你讲规矩，别在都城混，哪儿凉快上哪儿！”

陆云鹤摇了摇头，叹了口气，说：“唉，世风日下，本门的规矩都被你们这些不肖之徒败坏了，看来你是不见棺材不掉泪……”

陆云鹤话还没说完，那人倒先火了，竟然抢先动起了手，一个马步冲拳，狠狠地朝陆云鹤面门砸来。陆云鹤没躲没闪，待虎拳逼近，忽地伸出两根手指，夹住了那人的手腕，不管那人怎么使劲，手臂都没法缩回去。不一会儿，整条手臂便被夹得酸软麻痛，整个人不由得瘫倒在地。那人知道遇上高手了，实在受不住啦，杀猪般地嚎叫起来：“哎哟，高人饶命啊！”

就在这时，那人身旁年纪稍长的汉子朝陆云鹤一拱手，说：“前辈饶命，我兄弟俩有眼不识泰山，请看在都是道友的分上，饶了我兄弟……”

听了这话，陆云鹤的气才稍稍平缓了下来，他对那个年长的汉子微微点了点头，说：“这才像话！”说罢，他松开了手。

陆云鹤露的这一手，叫这两人佩服得五体投地。尤其是那个年长的汉子，自己的兄弟被教训过后，不仅没有记恨，反而生出一个想法，他想拜陆云鹤为师。这话一出口，陆云鹤便连连摇头，说：“道不同不相为谋。”

那汉子不罢休，长跪不起，一个劲地苦苦哀求，并诉说了自己的家世：他叫阿虎，弟弟叫阿豹，两人自幼父母双亡，相依为命，迫于无奈才干了这营生。

陆云鹤听了，不觉动了恻隐之心，他这人，一向吃软不吃硬，见此情景，心也不由得软了下来，叹了口气，说：“罢了，也算我们有缘，老朽行将就木，看在你还懂事的分上，就收你们为徒吧。”

从此，阿虎、阿豹兄弟俩就跟着陆云鹤在都城闯荡开了。陆云鹤的身手简直是炉火纯青、出神入化，尤其他那招“幻影手”，令兄弟俩目瞪口呆……

2.分道扬镳

那天，陆云鹤到集市现场传授绝技，俩徒弟紧紧相随。一会儿，陆云鹤盯住了一个身穿绸子大氅的胖子，他装作若无其事的样子上前拱手作揖，面露微笑地和胖子说着话。不一会儿，只见陆云鹤的双手在那胖子身上疾速游走，有如蜻蜓点水一般，那胖子竟丝毫没有察觉。不多时，陆云鹤便走了过来，在俩徒弟面前一扬手，一张银票便亮了出来。

师父出手快如闪电，俩徒弟瞠目结舌，陆云鹤“嘿嘿”一笑，说：“瞧见了吧，这就是‘人和门’的绝学——‘幻影手’。想练成非得下苦功不可，什么时候才算大功告成？喏，双手快到能轻松取出鼠夹上的诱饵而手不伤，将几粒绿豆混于红豆之中，向上抛撒，未等豆子落地，便能从中挑出绿豆，到了这时候，才算成了。”

让陆云鹤意外的是，阿虎和阿豹眼明手快、禀性聪颖，只一年不到的工夫，便把“幻影手”使唤得滴水不漏。就在这时，都城狼烟四起，时局大乱，陆云鹤把两个徒弟叫到跟前，说：“我再没什么本事可教给你们了，都城乱得很，你们还是到外地谋生吧。不过，为师还有一件事要交待——盗亦有道，以后你们不管走到哪里，一定要谨遵我们‘人和门’的规矩，财不全收，凡事留一线……”

兄弟俩领命，含泪和师父拜别。此时的都城，兵荒马乱、民不聊生，虽说兄弟俩的“手艺”尽得师父真传，可功夫再深，没处下手也是白搭，这以后的日子该怎么过啊……

阿虎想离开都城，可阿豹不愿意，他想了想，说：“哥哥，我有办法，保证我俩衣食无忧。”

当晚，阿豹带着阿虎，摸到了郊外一座破庙里，阿虎问来这里干吗，阿豹一副神秘的样子，没有作答。入夜后，阿虎耐不住瞌睡，早早地睡下了。半夜里，他被噩梦惊醒，隐约听见外头三更梆响，借着月光一看，咦，阿豹去哪儿了？

没一会儿，阿豹风尘仆仆地回

来了，怀里还揣着个包袱，他进来后，解开包袱往地上一放，里面“哗啦”一声，掉出了几个银锭，差点把阿虎吓了一跳，问道：“阿豹，这些是哪里来的？”阿豹“嘿嘿”一笑，说是刚才溜进一家富商的府上，顺手牵羊拿来的。

阿虎听了，脸一下子沉了下来：“你怎么能干这种事，师父平日里的教导你都忘了？入府盗财是‘通天门’的活路，不是我们‘人和门’所为。虽然你盗的是富商，但眼下战乱，富人的日子也未必好过，这几个银锭，说不定就是他家的活命根本，凡事留一线，你不能断了他们的活路啊！”

阿豹不高兴了，说：“哥哥啊，你干吗把师父的话那么当真？如今世道不太平，为何就不能变通一下呢？难道真让尿憋死不成？”争辩了几句后，兄弟俩一直干坐着，谁也不肯再多说话。

天一亮，兄弟俩又为离不离开都城争辩了起来，吵了几句后，阿豹说：“哥，我俩志向不同，不如就此分别吧，我还是想留在这里谋活路，如果……你在外头混不下去了，就回来找我。”说罢，阿豹把昨夜入府盗窃的银锭分了一半给阿虎。

见阿豹态度坚决，再说无益，阿虎摇摇头，只能任由他去了，临别前，阿虎千叮万嘱：“千万记着咱们‘人和门’的规矩——财不全收，凡事留一线……”

阿豹很不耐烦地说：“好了好了，我知道了，哥哥放心吧！”

3.烫手山芋

阿虎带着盘缠，见车乘车，见船坐船，那一天，他来到了一个繁华小镇，阿虎见这镇子安宁、祥和，便暂居下来。

江南一带自古就是富庶之地，阿虎落脚的地方，可称得上是鱼米之乡，有钱人不少。牛刀小试后，阿虎暗自庆幸，这地方选得不错，既避了战祸，又能衣食无忧。

这天，阿虎瞄到一条“大鱼”。一眼望去，那人身着青衣，一副书生打扮，肩上背着一个不起眼的包袱。阿虎心里揣测起来：此人若真是读书人，带的应该是衣物，不会如此沉重；若是书册，则会码放方正，有棱有角，不会像现在这样凌乱；再瞧那人留意包袱的神情，看似无意，却是有心，而且一直是放心不下的样子，阿虎很快明白了：这包袱里，装的肯定是好东西！

阿虎笑了笑，迅速靠了上去，没想到青衣人很是警觉，立刻捂紧了包袱。阿虎心头一沉，看来此人很老到，一定是走南闯北、见过风浪的人物。

“人和门”的绝学可不是浪得虚名，就那一眨眼的工夫，阿虎便施展“幻影手”，把青衣人的包袱摸了个遍，在一堆杂物中间，摸到了一个圆滑、温润的东西，他来不及细想，迅速把那东西掏出来，敏捷地藏进怀里。随即，阿虎加快步子，离开了青衣人，拐进了一条小弄堂，这才从怀里取出东西细看。到手的是一个玉把件，老坑冰种，光洁润透，水头十足，难能可贵的是，这块玉居然是极品的“血沁玉”，这玉胎体里的血沁，竟如小溪般潺潺流动着，阿虎顿时猛吃一惊，心“怦怦”直跳：这不会就是“脱胎”吧？

“脱胎”这物件儿，世人大多只闻其名，未见其状。据传说，一整座玉矿里，至多只有婴儿枕大小的一块“脱胎”料，去掉毛坯，精雕细琢后，器物只剩拳头般大。“脱胎”又被称作“玉精灵”，神奇之处在于民间传闻它有生命，可招财进宝、驱邪避灾。

阿虎按传闻所说验证了起来：将那块玉放进怀中，温暖一会儿，不到一炷香的工夫，便感觉怀里由温变热，待拿出来一看，发现玉胎内的“血液”流速加快，整个玉件“刷”的一下通体变红，玉胎正中，仿佛还有一颗心脏在“扑扑”跳动！

这果然就是“脱胎”，没想到传说中的宝贝，此时此刻，居然会在自己手中！阿虎的心不免狂跳起来，摸不准刚才那青衣人到底是什么来路，但有一点可以确定，这人绝对不是普通的商贾之流。

阿虎这人，自小心地善良，尤其是受师父教诲后，做的虽是鸡鸣狗盗之事，但求温饱而已，从不奢想大富大贵。眼下这宝物太过珍罕，就怕自己福薄没命享用，说不定还会带来意想不到的灾祸。想到这里，阿虎有点后怕，急忙朝青衣人离开的方向奔了过去。

宝物被偷，那青衣人浑然不觉，

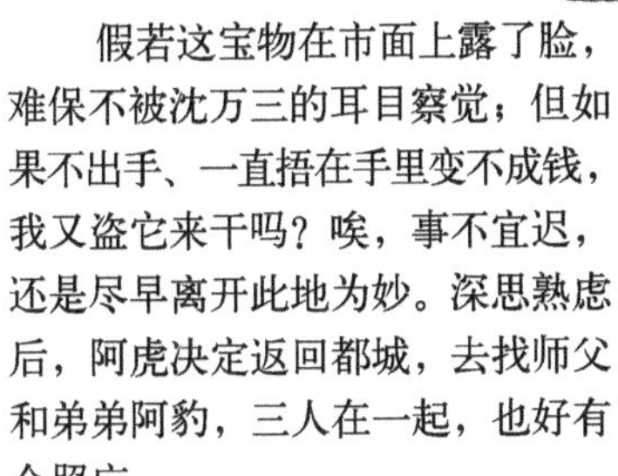

此时他已站在渡口边，等候船只。阿虎想施展他的“幻影手”，把那块玉塞进青衣人的包袱，就在快要靠近青衣人的时候，阿虎握着这人间至宝，不免犹豫起来。

就在那一瞬间，一个念头从阿虎脑子里蹦了出来：这宝贝还是自己留着吧！就这样，他的“幻影手”伸进青衣人的包袱后，塞进去的不是“脱胎”，而是一个银锭。目送青衣人坐的船在江面上消失后，阿虎总算舒了一口气。

可没过两天，阿虎便开始后悔了，他发现手上的宝物压根儿就是个烫手山芋。原来，那青衣人走后没多久，阿虎看见大街小巷满眼都是青衣人的画像，缉拿他的赏银居然是整整十万两！细看缉拿告示，上面写得明明白白：那青衣人竟然就是江湖上极富盛名的“蜀中大盗”倪大裘，这个倪大裘盘踞蜀道之上，称霸一方，就连官府也奈何不得。更要命的是，倪大裘不仅功夫了得，而且心狠手辣，说一不二。

再细细一看告示，阿虎更是头大如斗：许下重金缉拿倪大裘的，竟是身居此地、富可敌国的巨商沈万三，这“脱胎”玉器，就是倪大裘从沈府盗来的。沈万三跟当朝皇帝交情非同一般，他这一跺脚，方圆千里都得天塌地陷，现在可怎么办？

4.剑走偏锋

假若这宝物在市面上露了脸，难保不被沈万三的耳目察觉；但如果不出手、一直捂在手里变不成钱，我又盗它来干吗？唉，事不宜迟，还是尽早离开此地为妙。深思熟虑后，阿虎决定返回都城，去找师父和弟弟阿豹，三人在一起，也好有个照应。

就这样，阿虎离开了小镇。一路上，阿虎小心翼翼，不敢生事。没想到船过运河靠岸后，麻烦终于来了，就在渡口边，阿虎一眼便看出：左右两侧停靠的“划子”上，站着的根本不是渔夫，分明就是些形迹可疑的江湖混混！

上岸后，阿虎疾步快走，不一会儿便进了密林。正走着，突然，林子里响起一声“唿哨”，一群人忽然一下子围了过来，阿虎暗暗叫苦：除了刚才那几个乔装成渔夫的汉子，领头的那位，正是那个青衣人——倪大裘！

阿虎还没来得及细想，锁骨已被倪大裘拿住，动弹不得。倪大裘开门见山，厉声说道：“把东西交出来，否则要你命！”阿虎痛得直发抖，回道：“好汉饶命，你们认错人了。”

倪大裘冷笑一声：“一路上，只有你近过我的身，不是你还能是谁？少啰唆，快交出来！”说罢，他又

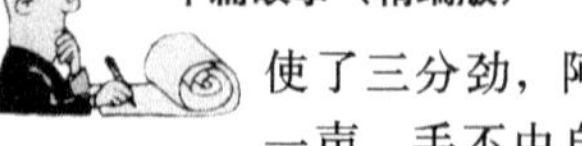

使了三分劲，阿虎惨叫一声，手不由自主地往怀里伸去，乖乖地交出了“血沁玉”。

财宝失而复得，倪大裘和手下欢呼雀跃，这时，有人提醒了：“怎么处置这家伙？干脆做掉吧！”阿虎的心“咚咚”直跳，干脆两眼一闭，等着受命。谁知倪大裘长叹一声，摆了摆手，说：“罢了，放他走吧。”

阿虎简直不相信自己的耳朵，倪大裘的手下也都大惑不解，这时，只听见倪大裘“哈哈”一笑，说：“东西交出来就算了，这人很地道，他偷去我的货后，还往我的包袱里塞进一个银锭，这做法我早有耳闻，是‘人和门’的规矩，财不全收，凡事留一线。当初‘人和门’定这规矩，为的是给人留下生机，尤其是偷窃外乡人的财物，若照单全收，人家会流落街头，生死难卜。‘人和门’跟我‘通天门’不同，他们只谋财不害命……喂，这位道友，你那手法应该是江湖失传已久的‘幻影手’吧？呵呵，了不起，我算见识了！”阿虎连连点头，心里的石头总算落了地……

别了倪大裘那帮子人，几经辗转，阿虎终于到了都城，毫不费力地找到了师父陆云鹤。重逢时，阿虎很是高兴，陆云鹤却是一脸哀愁。阿虎疑惑地问：“师父，您这是……”

陆云鹤唉声叹气，沉吟很久，才领着阿虎来到城郊一处荒野，拨开蒿草，朝里面一指，继而便背过身去。阿虎好奇地朝里一看，蒿草堆里赫然露出一座坟包，墓碑上刻得清清楚楚：阿豹！

阿虎顿时一声惨叫，扑倒在坟头上。陆云鹤一脸悲色，缓缓说出了阿豹遇难的经过：

自阿虎离开后，阿豹便来到城郊讨生活，哪知此处跟城里毫无区别，根本没法下手谋财，于是他就想做点“通天门”的营生，没想到这乱世之中人人自危，有钱人的府上戒备森严，无机可乘。那天阿豹实在饿极了，恶向胆边生，居然想做一手“遁地门”的买卖。

说起这“遁地门”的勾当，连江湖上许多黑道人物也不屑一顾。说白了，干的活儿就是盗墓取财。

花了很长一段时间踩点后，阿豹终于找到一处好地方，从墓碑上的文字来看，墓主人是大户人家的老太爷，里面的陪葬物应该价值不菲。那天刚入夜，阿豹便操起铲子开工了，干了约莫两个时辰，便掀开了棺木……

5.救命之术

阿豹点上火把一照，不由得心里一喜，墓室棺椁里好东西不少。阿豹拿出袋子装了个不亦乐乎，确信没有遗落后，才准备离去。就在阿豹转过身子准备走时，无意中往棺椁内瞟了一眼，突然，他发现墓主人已经腐烂的尸体嘴里，像是有什么东西，正发出幽幽的光来。他好奇地走过去，伸手往里一掏，竟然掏出了一颗鸡蛋大小的珠子，那珠子光滑圆润，在这漆黑之夜，透出的光晕竟如萤火一般。

那一刻，阿豹好不高兴，却还是有点犹豫：插手“遁地门”的买卖勉强可说是迫不得已，但师父和哥哥再三叮嘱，切切不可忘掉“财不全收”、“凡事留一线”的门规，这可怎么办？袋中的财物价值不菲，这珠子更是难得一见的宝贝，说不定价值连城，丢弃哪一样都舍不得啊！阿豹咬咬牙，心中暗想：不管那些破规矩了，这事儿除了自己，只有天知地知，还是钱财要紧，于是当机立断，藏好珠子，一走了之……

没过几天，阿豹心痒难搔，忍不住到了附近最大的一家古玩店，想变卖那颗珠子。看到珠子，店掌柜瞪大了眼，吃惊地问：“你这东西从哪里得来的？”阿豹谎称是祖传之物，掌柜二话没说，出价白银五千两，并让阿豹在店里等着，他回府去取银票，阿豹顿时喜出望外。哪知道阿豹等来的不是银票，而是一群怒气冲冲的汉子，也活该阿豹倒霉，古玩店的掌柜居然就是那墓主人的后人，更叫人吃惊的是，那颗珠子竟然就是传说中的“镇魂珠”，据说可保尸身千年不腐。

那家人到墓地看了，证实老太爷的安息之地的确被惊扰了，他们并没有将阿豹送官究办，而是在家族的祠堂里动了私刑。

黑道上的消息传得很快，陆云鹤闻讯后，凭着一张老脸去说情，哪知那家的大当家一口拒绝，说：“凡事得有个规矩，此人若是仅取财物，我尚能放他一马，但他竟从我先人口中抠出镇魂珠，毁坏我先人的仙身，你说，这岂能饶恕？”

看来这大当家见多识广，说出的话头头是道。其实，他所言不谬，虽说“遁地门”的勾当为人唾弃，但也有本门恪守的规矩，那便是只动棺椁，不扰尸身。

几句话说得师父哑口无言，阿豹连喊冤枉，说他打开棺木时，尸体本来就已腐烂，跟他取镇魂珠无关。可惜这一切都已无从证实，人家怒气冲天，哪里肯听？一顿棍棒后，阿豹被打得奄奄一息，不久便命归黄泉了。

陆云鹤刚说完，阿虎捏紧了拳头，恨恨地说：“阿豹说尸体腐烂跟他无关，一定不会有假，师父，这个仇我无论如何得报！”

陆云鹤没有接话，只是缓缓地说道：“当年，我‘人和门’弟子大都是迫于生计，才干了这个无耻的行当。为此，为师早就叮嘱过你们，要谨遵本门规矩，不可逾越，规矩是祖师爷传下来的，殊不知祖师爷早已捏准了人的软肋，那便是欲望难平，得一斗想一升……阿豹有今日，完全是他咎由自取，怪不得别人！”

阿虎听了，狮子般地怒吼着：“师父不必多言，这混沌乱世，成王败寇，没什么规矩可讲，我失去了唯一的亲人，这个仇一定要报！”

陆云鹤眉头紧锁，半晌才开口说：“你一意孤行，我也无话可说，在你舍身报仇之前，让为师再传你最后一招‘救命术’。”

阿虎大喜，急忙凑上前来，没想到师父突然抽出一把短刀，狠狠地朝阿虎腿上的筋脉砍去。阿虎惨叫一声，随即跪地，痛苦地喊叫：“师父，你为何要害我？”

陆云鹤泪水涟涟、悲声切切：“徒儿，其实我‘人和门’的规矩便是救命术，凡事留一线，留下的是一线生机。现在阿豹已死，为师不想你重蹈覆辙，为此才断你筋脉。等伤愈后，你会变成一个瘸子，根本无法报仇，即便要报仇，想必人家也不会对一个瘸子下死手，这就是为师授予你的最可靠的‘救命术’啊……”

几个月后，陆云鹤和阿虎便在都城销声匿迹了。后来，江湖上再也没听说过有“人和门”这样一个门派了……

（题图、插图：谢　颖）

延伸阅读

您想阅读这位作者的其他精选作品和创作感言吗？请扫描右边的二维码。更多精彩，立刻体验。

冷面包与热面包

国外一所监狱有东西两个区，常发生越狱事件。为加强管理，监狱长把年轻、暴躁的犯人集中到西区，其余犯人集中在东区。

一天，监狱长来到西区，宣布说：“由于监狱经费紧张，从今天起，给你们供应的面包质量会下降！”然后，他又来到东区，说：“我们善待每位犯人，只要你们服从管教、严守纪律，日后伙食会越来越好。”

过了三个月，西区犯人颓废了不少，更无心逃亡；东区则相反，犯人领到的面包一顿比一顿热乎，吃起来感觉很好，人们也从不抱怨。

其实，两区的面包原本一样，监狱长只是下令送餐前，把东区的面包加热一两度，西区的放冷一两度。靠着变换的冷热面包，狱区再没发生过一起越狱事件。

越来越热的面包，催生出乐观的心理，将摧毁演变成拯救。

（作者：何慧慧 推荐者：兰明芳）

穿皮鞋的快递员

有一个快递员，平时爱穿擦得锃亮的皮鞋。

那天，快递员到一家公司收快件，客户填完单子，快递员核对时冷不丁地说：“啊，收件人的地址，正是我念书的大学。”

原来，那快递员竟然是个学财会的大学生。客户忍不住为他惋惜，没想到快递员却笑了，他说，知识是没有白学的，其实，送快递需要有好的统筹才会提高效率，比如把客户按地域、业务类型建立分类档案，通常看到客户电话，就能知道他的位置，大概送什么，需要带多大的箱子……

没过多久，这位客户得知这个快递员升主管了，因为他是公司唯一有大学学历的快递员，是唯一坚持穿皮鞋的快递员，是唯一建立客户档案的快递员，是唯一没有接到客户投诉的快递员……

是的，认真是有力量的，足以让小小的青涩橘子开出花来。

（推荐者：子 夜）

请总理跳舞的女孩

一天，一位外国总理到一所大学视察。因时间有限，他在演讲完后临时取消了学生提问环节。一个叫茱莉亚的女生知道后，觉得特别失落。

这时，一阵钟声传来，校园汇报演出马上就要开始了。茱莉亚闷闷不乐地来到礼堂。突然，她远远看见总理坐在前排，跟着音乐的节拍点着头。

瞬间，她想起什么，径直走到总理跟前，优雅地说：“总理先生，我想请您跳一支舞，可以吗？”

总理猝不及防，愣了愣，还是高兴地接受了。全场的人都不知道发生了什么，直到总理绅士地站起身，挽起她的手，缓缓步入舞池，这才爆发出雷鸣般的掌声。

在大家的注视下，她和总理翩然起舞，并借机提了6个问题，总理都一一作了圆满的回答。

后来过了很多年，茱莉亚当选了该国历史上首位女总理。提及当年邀请总理跳舞的故事，她意味深长地说：“当因为变故，你未能按原本的设想实现目标时，不要放弃、绝望，或许换一种方式就将收获更多。”

（**作者**：张小平 **推荐者**：兰明芳）

身体最重要的部分

母亲常问儿子：身体的哪部分最重要？年幼时，儿子给她的答案有耳朵、眼睛，但她说都不是。

直到有一年，爷爷去世了，大家都很伤心，连父亲也哭了。这时，母亲看着儿子，问：“孩子，你现在知道身体的哪部分最重要了吗？”

儿子感到有些诧异，因为他一直都以为这个问题只是自己和母亲之间的一个游戏。

母亲似乎看出了儿子的心思，说：“这个问题也许你已经听腻了，但只有知道这个问题的答案，你才能真正地成长。”

后来，母亲告诉他：身体最重要的部分是肩膀，因为它在朋友或亲人哭泣的时候，能够托住他们的头，给他们安慰和鼓励。

母亲希望在他心中，有足够的爱；在他肩上，有足够的力量。

没错，身体最重要的部分，是时刻为他人准备的爱与力量。

（**编译者**：陈荣生 **推荐者**：兰明芳）

（**本栏插图**：安玉民 梁 丽）

让你忘记我

□ 梅　冰

大成这个人呀，嘴大爱吃，无论什么吃食都要弄来尝一尝。不过他有个癖好，再鲜美、可口的吃食都必须蘸着大酱吃，没有大酱，他一天也活不下去。幸好老婆桂花做的大酱那叫一绝：即使没有鱼和肉，咬一口大葱，蘸一口大酱，“嘎嘣”一响，这日子就是神仙过的了。

大酱好吃，桂花好看，桂花说要做一辈子大酱给馋嘴男人吃，大成说要吃一辈子“桂花牌”大酱。日子正蜜里调油，不料大祸从天而降，桂花病了，而且是绝症，无力回天，眼看着就像深秋的桂花树那样花落叶败。那一天，桂花却挣扎着起了床，大成泪水涟涟地惊问：“干什么？”

桂花说：“家里酱没了，我再做两坛子。”

大成怎么拦也拦不住，只好眼看着骨瘦如柴的女人日日支撑着身子，气喘吁吁地熬制着大酱。几个礼拜下来，两坛大酱终于做好了。

那一日，桂花颤颤巍巍地捧着酱，心满意足地说：“大成，这些酱够你吃上一阵子的了，记住了，左边这坛是先做的，要先吃，两坛大酱吃完后就再找个女人，让她给你做酱吃……”

终于有一天，油尽灯枯，桂花走了。大成想她，便天天有滋有味地吃大酱，一吃大酱，桂花的音容笑貌便活灵活现地出现在眼前，大成的眼泪便止不住地流。时间一长，眼泪流光了，可大成还是没日没夜地想着自己心爱的女人。

这天，村里的尖嘴媒婆走进了

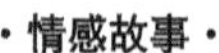

大成的家，看着灶冷锅净的光景，媒婆满脸笑容地说要为大成做媒，还说那女子水灵灵的，保管大成看了欢喜……

大成正蘸着大酱吃大葱呢，什么菜也没有，可吃得美得不得了。他听了媒婆的话头也不抬，指指桂花做的那坛酱，说："那女人做的酱，能有桂花做的好吃吗？"

媒婆一下子噎住了，这村子里谁不晓得桂花是头一个巧手媳妇，她做的酱不知道有多少男人梦里都咂巴着嘴哩。媒婆没话说了，撇撇嘴，一扭一扭地走了，留下大成继续吃他的大酱。

渐渐的，大成舍不得像以前那样大口大口地吃大酱了，以前海吃，是因为桂花会做，是因为幸福的日子万年长。现在不同了，没有人为他做大酱了。可就是这样细细地吃、慢慢地品，第一坛大酱还是吃完了，大成只好开了第二坛。

可只吃了一口，大成的眉头就皱起来了，不好吃，不仅不香，还有一点酸，这是怎么回事？难道是放的时间长了？不会的，以前桂花做的酱，放上好长时间也没变酸。

就这么着，大成的胃口不行了，吃什么都没劲，饭量一下来，脸上就没了光彩，说话、干活就没了中气，整个人看上去恹恹的。大伙问大成这是怎么了，大成摇摇头不肯说，能说桂花做的酱不好吃吗？

这天，大成正愁眉苦脸地要吃饭，有人轻轻柔柔地敲响了门，开门一看，大成心里"咯噔"一跳，因为来者是他的邻居——陈芳。

陈芳的老公在外面做生意发了财，搭上了别的狐媚子一样的女人，两年前跟她离婚了，到现在陈芳一直没再找人，尖嘴媒婆一次次上门都被她给回了。当然，这不是令大成心跳的原因，实际上以前大成和陈芳恋爱过，只是后来阴差阳错，两人各走了各的道。因为这一层微妙的关系，两家鸡犬相闻，却很少走动，现在陈芳来干什么？

陈芳不是空手来的，手里还端了一个大海碗，只见她一本正经地说："大成，吃饭哪，喏，我新近才学做的大酱，不知道做得好不好，也不敢拿给别人尝，怕人家笑我手笨，你住得近嘛，所以先给你尝一尝。"陈芳说着放下碗，一阵风似的走了，人虽走了，空气中还留着一阵若有若无的余香。

一闻到这香气，大成一个虎跳，身子蹦了起来，因为这香气他曾经很熟悉，是陈芳身上的，这使得他既脸红又骂自个儿没出息。更使大成一跳三尺高的原因是，那香气中还掺杂着另一种诱人的味道，那是大酱的味道，而且是桂花做的大酱中才特有的味道，可眼下这味道，却是从那只大海碗里散发出来的，那是陈芳做的大酱啊！

大成顾不上多想了，他浑身颤抖，口水都要淌下来了，一把端过海碗细细打量，里面的大酱，正闪着诱人的酱紫色光泽，再挖一勺塞进口中……啊，久违了的甜香，久违了的感觉，久违了的情感，浑身的毛孔刹那间都张开了，大成贪婪地呼吸着，正是这个味，让他的眼泪都快下来了。

等稍稍冷静下来后，大成警觉地反问自己：别人做的酱难道能赶上桂花做的？是不是自个儿的舌头出现了错觉？他小心地再捧出了桂花留下的那坛大酱，一尝，味道真的不好吃。

大成脸色苍白地愣了半天，忽然狠狠一巴掌打在自个儿脸上，流着泪骂道："你这狼心狗肺的东西，这么快就忘了桂花啦？"骂完，他一把将陈芳送的酱倒进了泔水缸内。

日子一天天地过着，大成还是吃着桂花留下的那坛大酱，他从心里告诉自己这坛大酱很好吃，一定要做出津津有味的样子吃下去，可是，舌头实在不争气，他骗不了自己。

就在这时，陈芳又送来一海碗大酱。陈芳走后，大成用汗津津的手端起碗，想倒了，可是端了半天还是放了下来，然后小心地舀了一勺放进嘴里，慢慢回味着，自言自语地说："桂花，我只是吃她的酱而已，因为她做的酱里有你的味道。"

可是，陈芳的海碗再大，盛的酱再多，也有吃完的时候。那一天，海碗里的酱没了，大成正口里寡淡、百爪挠心，那个尖嘴媒婆又上门了。

媒婆上门自然是做媒，大成听了，还是一副冷冰冰的样子，指了指陈芳送的大酱，说："你说的那个女人，她能做出这样的大酱吗？"

谁知这回媒婆没有知难而退，反而笑嘻嘻的，说："你这么说我倒不服气了，来，尝尝这个女人做的酱。"媒婆说着，从随身带的包里拿出一个玻璃瓶子。

大成不好驳她的面子，便漫不经心地接过来，打开……一打开他就愣住了，老婆的气息、家的气息、曾经快乐的气息扑面而来，陈芳会做跟桂花一样的大酱，怎么这个女的也会？

媒婆叹了口气，说：“这女的，就是我上次要跟你说合的那位，你想都不想就回绝了人家，可把人家气哭了好多回。想知道是谁吗？傻小子，她就是陈芳！”大成听了，愣了。

以后的日子，就是顺风顺水、顺理成章。新婚之夜，花好月圆，陈芳含羞告诉大成：“真像做梦一样，我们终于走到一起了……是桂花姐得病后偷偷告诉我做大酱的秘诀，她说了好多种配料，其中有两味最重要，一是八月才开的桂花，我们这儿不长桂花树，所以今年一到八月，我就到南方采摘桂花，然后小心封存起来，等到做酱时用。”

大成心尖颤栗着，说：“想不到你这么用心，那第二种配料……”

陈芳把头低下去，像是蚊子在哼哼似的，说：“桂花讲，是心，用全部的心思去做……”她最后才道出了全部真相：“桂花姐临走前故意把第二坛大酱做差了，她这么做，就是让你慢慢接受我，慢慢忘了她……”

大成把陈芳搂在怀里，说：“从此以后，又有人为我做大酱了，我要天天吃你做的大酱，因为里面有桂花，真好！”

（**题图、插图**：安玉民 梁 丽）

·本刊信息传真·

故事会■新浪 微故事大赛

4月征集主题：偷

篇幅最短、含“金”量最高的故事，等待你的挑战！

《故事会》杂志和新浪微博（weibo.com）联合主办微故事大赛继续进行，邀请各路故事名家、草根英雄和世外高人展开较量！

本次大赛所有作品通过新浪微博平台征集（搜索#微故事大赛#），每月一个主题，当月设金奖1名，奖金1字10元（字数低于120的按120字计），银奖2名，奖金1字5元，另设年度奖项。优秀作品将在每月的《故事会》上刊登，并结集出版。2月童话故事结果已经揭晓，详情请登录故事中国网（www.storychina.cn）查看。

4月微故事征集主题：偷。小偷为贼，大偷为盗，偷钱、偷物、偷人、偷心，凿壁偷光，偷天换日，一个偷字，可以衍生出无数故事……正文字数在130以下，力求情节出人意表，立意隽永深远，文字鲜明生动。本月的微故事达人或许就是你！截稿日期：4月21日。（本期刊物特别选登2月微故事大赛优秀作品，详见P13）

谁封了我的账户

□汪　志

郑光平原是“晨峰酒家”的老板，由于他脑子灵活，诚信经营，生意很红火。一年前，远在深圳的表哥请他去打理一笔大生意，于是他将店转让给了一个叫张涛的朋友经营。

这天，妻子从老家打来电话，说自家的银行账户被法院封了。郑光平一愣，这个账户开了十几年啦，家里的大小收支，酒店的业务往来都用这个账户，怎么会被封呢？

郑光平正丈二和尚摸不着头脑，电话里，妻子带着哭腔说：“光平，刚才法院的人送来了传票，说有人告你欠100多万，叫我通知你赶快回来应诉，你快回来吧。”

郑光平快要气炸了，自己远在深圳，又没欠人家钱，平白无故账户被封，又被告到法庭，真是活见鬼了。他左思右想也没有眉目，只得立刻回家。

拿到法院传票和起诉书，郑光平才知道是一个叫张万有的人告了他，说他的“晨峰酒家”欠下酒款100多万元，多次索要无果，现要求法院判决归还。

郑光平觉得奇怪：张万有是谁？自己不认识啊；再说了，那个店一年多前就转让给了张涛，他欠下的钱，凭什么告我？

郑光平立即拨打张涛的手机，却被告知对方手机已停机；他又驱

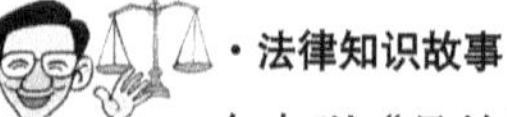

车来到“晨峰酒家”，发现店门已关，还被贴了封条，郑光平有点懵了。

没办法，郑光平来到了法院，法官告诉他，因他的店欠人家货款一直不还，根据债权人申请，法院查封了他的账户及店铺。郑光平连忙解释，说这个店早就转让给了张涛经营，边说边拿出转让协议书：“法官同志，这个店早跟我没关系了。”

法官看了看协议书，说道：“可是，据我们调查，‘晨峰酒家’的字号及业主还是你郑光平啊！”

这时，原告张万有来到了法院，一下子跪倒在郑光平面前：“郑老板，你就高抬贵手吧！这100多万都是我向亲戚朋友借的，如果你不给我，我可就活不下去了。”说着，他拿出了十几张欠条，上面除了“晨峰酒家”的章子外，还有“张涛代（郑光平）收”的字样。

郑光平将转让协议交给了张万有：“你应该跟张涛要啊，为什么告我呢？”

张万有看了后说道：“我可从来没见过这个协议啊，而且我只认营业执照上的酒店字号和业主名字。张涛亲口跟我说，他只是个打工的，我不告你告谁？”

此时，郑光平的鼻子差点气歪了，多怪自己一时大意啊！当初，他将店转让给张涛时，就想到去做工商变更，将酒店字号及营业执照业主全部注销，叫张涛重新命名注册，可张涛说：“大哥，你这个‘晨峰酒家’字号老，牌子亮，如果重新命名注册，我一切都得从头开始……不如让我继续发扬光大这个老字号，有朝一日你郑老板不在深圳干了，回来我再把这个店还给你。”于是，郑光平就答应了张涛，可想不到被他钻了空子，并且惹上了官司。

半个月后开庭，由于有那份转让协议，而且实际经营者确实是张涛，法院判决追加张涛为共同被告，承担连带支付欠款责任……

律师点评：

《谁封了我的账户》故事主要涉及了一个法律问题：即民事法律行为的变更。根据《中华人民共和国民法通则》规定：“民事法律行为可以采取书面形式、口头形式或其他形式，法律规定用特定形式的，应当依照法律规定。”

故事中，郑光平从形式上看虽然与张涛签订了书面转让酒店的协议，但关键是该店系经过工商登记并有字号的个体工商户。那么，合法有效的转让除了有书面协议，还须通过“工商变更”这个特定程序，否则，可能会产生“连带支付”等问题。

（题图：安玉民 梁 丽）

·神探夏洛克·

血字缉凶

一位电脑程序员被发现死于家中，在他身边有一行血字：111000。神探夏洛克鉴定，字迹为被害者亲手所写。经排查，只剩下四位嫌疑犯：

A. 布莱德利，美国人，被害者的同事，曾与被害者有瓜葛，不过后来重归于好。

B. 詹姆斯，美国人，是被害者的邻居，高中数学教师，两人关系不错，但听说被害者欠了他一笔不菲的债。

C. 石田五十六，日本人，是程序员在日本旅游时结交的好朋友，两人关系一直不错，但最近因为某些事闹翻了，关系紧张。

D. 珍妮，英国人，演员，是被害者的女友，二人最近正为结婚的琐事忙碌，偶有争执。

如果您是神探夏洛克，根据现有信息，觉得凶手最有可能是谁呢？

此题可加故事会微信参与有奖竞猜！具体方法详见P81

超级视觉　玫瑰色的回忆

回忆有时就像这朵玫瑰般苍白。但用一个小小的方法，就能瞬间润色回忆。请盯着左边的绿色部分看30秒，然后迅速将视线转移至右图，你会发现……

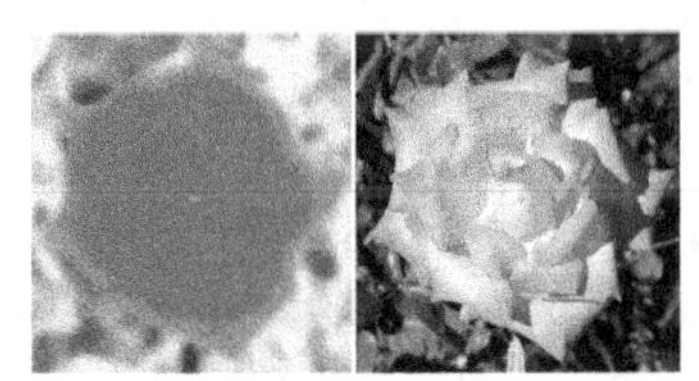

思维风暴　小鹿你往哪儿看

你敢接受这个挑战吗？只移动一根火柴杆，让小鹿的头转往另一个方向，而且要保持图案的形状不变。限时3分钟，开始！

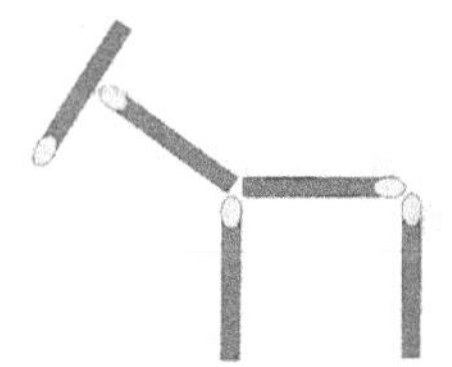

疯狂QA

一天，老李开车时不小心撞上了电线杆，发生了车祸。警察赶到现场后，发现车上有个死人，老李却说那人的死与他无关，而警察也信了，你知道是为什么吗？

想知道答案吗？方法一，直接扫描二维码。方法二，登录http://t.cn/zYXbABn，查询“动感地带”答案的同步更新。方法三，购买4月下《故事会》！动感地带，与你不见不散。

这样寻亲很特别

□ 马奕彦

救助站收容了一个流落街头的老伯，听他口音是本市人，但一问三不知，看样子，是“老年痴呆”病人。上哪去找他的家人？大伙儿都十分着急。

这一天，救助站值班的小方给老伯换洗衣服，突然，从贴身的内衣口袋里发现了一个手机。顿时，小方喜出望外，赶紧给手机充电、开机，翻开电话簿一看，又失望了，根本一个号码都没储存。

小方正发愁着呢，手机铃声响了，他急忙接听。

手机里响起了亲切的女声：“您好，您是吴有道老先生吗？”小方一愣，顺嘴“嗯”了一声。

“您最近身体怎么样？”对方非常热情，嘘寒问暖一番后才“奔”到了主题，“哦，吴老先生啊，我们是保健品公司的，有种新产品……”

要在平时，小方早就挂电话了，可这会儿却激动异常，他耐心听完，装出亲和的口气，问对方是怎么知道自己号码的。对方没有直接回答，而是语气神秘地说：“我们还知道您孙子刚出生，对了，本公司的婴儿奶粉也很不错哦……”

小方越听越开心，忙问：“贵公司送货上门吗？”

对方一听，乐坏了，信誓旦旦地说：“当然可以，您家的地址是西碚区解放路682号201室，对吧？”

小方开心得一蹦三丈高，为了确定信息来源的可靠性，他又装出好奇的样子，继续问对方怎么会对这些信息掌握得那么清楚。

对方以为有生意可做，便不再遮遮掩掩了，爽快地说：“不瞒先生说，这些花高价买的个人信息，全是最新出炉的，还能不清楚吗？”

“真是亲人哪！”挂了电话，小方忍不住哼起了《感恩的心》……

特殊的日子

□一 冰

这天早上，老约翰随意地翻看着一本旧日历。忽然，他“哈哈”笑了起来，对妻子老朱莉说：“今天是一个特殊的日子，你猜猜？”

“情人节？”老朱莉歪着脑袋想了老半天，但她又马上否定了自己的猜想，“情人节早过了，是……结婚纪念日？”

“不是。”老约翰不乐意了，“你怎么连结婚纪念日都忘了！”

老朱莉有些不好意思了，继续猜道：“儿子的生日？”

“不是。唉，儿子的生日你难道也不记得了？”老约翰把手里的日历往床头柜上一扔，声音有些重，显然是生气了。

老朱莉见状，连忙又猜了四五个日子，都不对，老约翰的脸色越来越难看。

“算了算了，我不猜啦！”老朱莉也有点生气了，转身想去厨房。老约翰望着她的背影，嘟囔了一句：“哼，笨蛋一个！”

老朱莉听到后，立即转过身，指着老约翰的鼻子说：“你说谁笨蛋？你才是笨蛋！”

老约翰伸手拨开了老朱莉的手指，叫道：“你这个糟老婆子，说话好听点行不行？”老朱莉跳了起来：“我说话就这样，怎么了？”说着，她随手抓起桌上的一本书，狠狠地向老约翰砸去，老约翰闪身躲过，仓皇逃进卧室，拿起床头柜上的日历，塞进老朱莉的手里，说：“你看看今天是什么日子吧！”

老朱莉一看日历，那是去年的今天，有她写的一句话——“今天是不吵架、不打架纪念日。”

最佳人选

□ 李雪涛

有一天，艾琳带儿子去一家新开张的餐馆吃饭。餐馆老板是个女的，五十多岁，胖胖的，面相非常和善。

女老板见艾琳抱着孩子进来，赶紧迎了过去。她伸手不住地抚摸着艾琳儿子的头，笑容满面地说：“乖，真乖，好可爱呀！”

艾琳点了饭菜，一边跟儿子吃着，一边用心观察着这个女老板。艾琳发现，只要有带孩子来的顾客，女老板都要迎上去，不是摸摸孩子的头，就是费劲地弯下腰去，抱起孩子，嘴上亲热地说着：“乖，真乖，好可爱呀！”

眼前这情景，让艾琳一阵惊喜。原来，艾琳前不久刚从父亲那里继承了一大笔财产，她打算创办一所育儿院，眼前这个女老板，那么爱孩子，正是院长的最佳人选！

吃过饭，艾琳把一个女服务员叫出门外，问道：“你们的女老板，是不是非常喜欢孩子？”

女服务员两手一摊，耸了耸肩：“不，我们老板一点也不喜欢孩子。她有四个孩子，她辛辛苦苦把他们拉扯大，可孩子们成家立业后，没有一个对她好的，所以她被孩子伤透了心。”

艾琳惊讶地说：“不会吧，你看她对顾客的孩子多好呀！”

“是这样的——”女服务员说，“正因为我们老板对孩子深感失望，她就开了一家宠物医院，将情感完全寄托在宠物身上。前不久，宠物医院被检疫部门查封了，还罚了款，她就改开了这家餐馆。在我看来，她对待宠物的习惯一时还没改过来……”

怎样去追女朋友

□ 曾蔚兰

有三个老乡，一个是大学生，一个是公务员，一个是小老板。这一天，他们在一起聊当初是怎么追到女朋友的。

大学生先开了口："我追女朋友的时候，给她弹吉他，吹口琴，拉二胡，那些曲子的音符，全是用她的生日、手机号、家里的门牌号排列组合的。当然，大于7的数字减7。你们想想，这样的曲子该有多浪漫，自然，她就答应嫁给我啦！"

接着，公务员开始介绍"恋爱经验"。他说，读高中时，班主任很严格，上课时同学们的手机全得关机放在桌上，调成振动也不行。

多年后，公务员结婚了，班主任来赴宴，一看，新娘竟然就是当年公务员的同桌。这时，公务员笑着说："老师，您还记得当年上课时我总趴在桌上咳嗽吗？其实都是在掩护她，她手机正嗡嗡振动呢！"

小老板说的事是这样的：当年他谈恋爱的时候，女朋友租住在四楼，总受五楼的欺负。有一次，楼上一盆水泼下来，把女朋友窗外晒的被子弄湿了一大片。

"那天我正好在场，一看那情景，气坏了，想上去说理，怕不是人家的对手，便灵机一动……"

小老板打来满满一大盆水，从窗口顺着墙全倒了下去，紧接着，就听到下面一片哗然。片刻之后，一楼、二楼、三楼的人抱着被淋湿的衣物全上来了。于是，小老板也抱着湿棉被，带着大伙儿冲上楼去，把五楼那家伙狠狠地揍了一顿。

"女朋友佩服得一塌糊涂，觉得我有勇有谋，然后，你们懂的……"

（**本栏题图、插图：**包丰一 顾子易）

看看她是谁

□崔 陟

方主任最近很忙，除了日常工作外，他还经常出入歌厅、洗浴城，算得上一个风流人物啊！小姑娘认识了一大堆，什么小芳、小乐、小丽的，他也说不清有多少了。

这天，方主任收到一条短信，上面是这么说的：“大哥，你好，我是小娇。最近手头有点儿紧，请你按下面的账号打5000块钱。不然的话，我就把咱俩的事全抖落出去，你不仁就别怪我不义！”

方主任看了只是微微一笑，因为近来这样的诈骗信息太多了，小儿科。

过了几天，方主任又收到同样的信息，这回他心里有点儿发毛了，隐隐约约觉得是有这么个小娇，和自己有一腿。想到这，他心里开始犯嘀咕了，小娇就像噩梦里的魔鬼一样总是缠着他。

没想到两天后，这个小娇又发来信息了，说再不打钱就找上门来。方主任顿时急出了一身冷汗，心神不定地回到家，不料进门一看，立刻惊呆了：老婆正和一个女孩子说着话呢，他一下子呆若木鸡，不知所措了。

老婆面色严肃地问：“你过来，看看她是谁？”

方主任瞅了一眼女孩子，模样真是有点熟。我的妈呀，这天杀的丫头，竟然真的找上门来啦！他一紧张，只觉得眼前一黑，身体朝沙发上一歪，软绵绵地倒下了。

不知过了多久，方主任有点意识了，蒙胧间，他听见老婆对那女孩说：“丫头，你小时候舅舅就最疼你了，多年不见，你看，把他一下子欢喜成了这样……”

533
2013
SEMIMONTHLY
下半月刊
4月

欢迎登录本刊主办的"故事中国网"（www.storychina.cn）

STORIES
2013年4月
下半月刊・绿版
社 长、主 编：何承伟
副社长：夏一鸣
常务副主编（兼绿版负责人）：吴 伦
副主编（兼红版负责人）：姚自豪
本期责任编辑：朱 虹
电子邮箱：zhong98305@sina.com
绿版发稿编辑：
刘迎曦 黄美舟 颜轶超 陶云韫
美术编辑：王怡斐
电脑制作：郭瑾玮
本社办公室电话：021-64375030
上半月刊编辑部电话：021-64310547
下半月刊编辑部电话：021-64336469
（上海市绍兴路74号 邮编：200020）
主管、主办：上海世纪出版集团
出版单位：《故事会》编辑部
发行范围：公开

出版、发行总监：张 凯
电话：021-64313938
广告业务：上海故事会文化传媒有限公司
广告总监：张 淮
广告业务：021-34010383
广告投诉：021-64333738
广告经营许可证
沪工商广字3100320080016号
发行：中国图书进出口上海公司

买床

一对夫妻去家具店买床。售货员指着一张床推销道：“二位请看，这一款用料上乘，底部有超大的储物空间，可用来存放被褥衣物。”说着拉开了床板，果然床下面的储物箱很大。

丈夫看了看，开玩笑道：“这么大，不但能放被褥，就是藏个人也不成问题啊。”不料老婆一听就怒了：“你是打算背着我藏小三吗？这床我不买了！”说完扬长而去。

丈夫正想追过去道歉，不料售货员却拽住了他，低声说：“储物箱的两侧都设有透气孔，即使真藏人，也不会觉得憋闷！”

（焦淳朴）

（本栏插图：包丰一）

下身不禁冻

这天，天气很冷，女儿上身穿着新款羽绒服，下身穿着裙子就想出门。老妈见了，叮嘱道：“你下身穿得太少，快去加条裤子！”

女儿却说：“我上身穿得多，不会冷！”

老妈一听就生气了：“下身跟上身比不禁冻，下身得多穿点儿才行。大家冷的时候都是跺脚，你见过有人冷得捶胸吗？”

（赵　盈）

真瞎假瞎

丈夫陪妻子逛街，突然一个戴墨镜的乞丐拦住了他们，说：“行行好，我是个瞎子……”丈夫正准备掏钱，妻子赶紧拦住了他：“得了吧，明显就不是瞎子。”

丈夫想了想，指着妻子问那个乞丐：“这个女的漂亮不？”

乞丐看了看，说：“漂亮！”

丈夫笑着对妻子说：“哈哈，我看他是真瞎！”

（张　梓）

招 牌

有位大爷路过一个水果摊，看见摊子前竖着一个招牌，上面写着几个大字：香蕉1元1斤。大爷挑了一串，小贩称后说："五斤多，十元钱！"

大爷不禁疑惑地问："一元钱一斤，怎么会……"

小贩指着招牌说："看清楚了，是一元九毛九一斤！"

大爷忙弯腰细看，只见"1元"大字的右下角有两个很小的"9"字。他摇摇头，抬头对小贩说："我要先去买块放大镜，再到医院治治腰！"

（肃 宁）

过期了

有个男生睡前觉得肚子饿，正好看到寝室桌上有一个面包，便拿起来就吃。一旁的室友见状，忙提醒道："哥们，这面包不太新鲜了，保质期好像就到今天。"

男生一听，急忙看了一下手表，惊叫道："妈呀，23点59分都过了！只剩几秒钟了！"说完，他一边盯着手表上的秒针，一边迅速地啃了几口。当秒针走到零点的时候，他急忙收住口，放下面包，大叹一声："唉，现在不能吃了，过期了！"

（陈福国）

不是牛粪

新婚不久，妻子满面春风地对丈夫说："我同事说我结婚后，更像一朵鲜花了！"

丈夫不以为然地说："人家是逗你玩的吧？我怎么没感觉呢？"

妻子见丈夫无动于衷，便说："哼！他们还说你了呢。"

"说我什么？"这下，丈夫紧张了，"难道说我是牛粪？"

妻子"扑哧"一声笑了："瞧你紧张的，他们可没说你是牛粪……"

丈夫长长地舒了一口气，不料妻子马上补了一句："他们都说你是复合肥。"

（刘 宁）

灰头土脸

奶奶最近赶起了时髦，非要孙子教她用QQ聊天。这天，奶奶指着孙子的QQ好友头像问："这些有颜色的是什么意思？"孙子解释说："这些是在线的好友。"

奶奶又问："那、那个一跳一跳的呢？"孙子笑着回答："那是有人在跟我说话了。"

奶奶又指着几个不在线的好友头像问："那这些灰头土脸的是不在了吗？"

孙子一听，惊讶地问："您怎么知道的？"

不料，奶奶露出一副不屑一顾的表情，说："都贴黑白照片了，肯定是不在了。"（芸　芸）

要命的口音

报社的编辑接到一个读者的电话，说是要向他们提供素材。

编辑就问："您贵姓啊？"对方操着浓重的方言说："我姓要，要命的要。"

编辑心想，哪有这个姓啊，于是又问了一遍。结果得到的还是相同的回答。

正当编辑百思不得其解之时，只听电话那头传来了十分着急的声音："我姓要，要命的要。你们咋连打篮球的要命（姚明）都不知道哇？"

（顾　嘉）

留宿寺庙

有对小夫妻外出爬山，不料被大雨困在了半山腰，幸好旁边有一座寺庙，好心的方丈收留他们住宿。

丈夫知道妻子平时说话比较随便，便在她耳边叮嘱道："你可千万别在方丈面前提秃子这个词哦！"

妻子冲丈夫点点头，说："这个我知道！"

丈夫想了想，又提醒道："对了，连梳子也不能提！"

妻子偷偷一笑，说："你就放心吧，我又不是傻子！"说着，转身对方丈说："方丈大师，您看我们都淋湿了，请问您这里有吹风机吗？"

（丁　然）

夸老伴

几位老大娘聚在一起夸老伴。张大娘说："我老伴是部队的狙击手，百发百中，人称'弹无虚发'！"

王大娘接着说："那有啥稀奇！我老伴当年可是游击队的神枪手，当时为节省子弹，他一枪必须打中两个敌人，这叫'穿对儿'，一穿就是两个！"

这时，李大娘抢过话茬，十分得意地说："一下穿两个算啥呀，我老伴不穿则罢，一穿必定六个！"

大伙听后惊呆了，齐声问："你老伴也是当兵的？"

李大娘哈哈大笑道："不，他是卖糖葫芦的！"

（木 木）

不值钱

爸爸带着六岁的儿子第一次坐公交车。上车后，爸爸往自动投币机里投了一枚硬币。儿子见状，就对爸爸说："爸爸，也给我一个硬币，我还没投钱呢！"

爸爸笑着说："你是小孩，乘车不要钱。"

不料，儿子扬起小脸，生气地说道："哼，这么说，我就不值钱了？"顿时，一车厢的乘客笑得前仰后合。

（乐 乐）

正正

儿子刚上小学。这天放学回家，他对爸爸说："爸爸，我想改个名字叫正正。"

爸爸疑惑地问："为什么？你的名字不是挺好听的吗？"

不料，儿子一本正经地说："今天我们班选班干部时，是在名字下面画'正'字。要是我叫正正，还没投票，我就先有十票了。"

（孙 平）

本栏欢迎来稿，读者、作者可将有新鲜感、有精彩细节的笑话佳作投寄给我们。来稿一经采用，最高稿费为一则100元。本期责任编辑电子信箱：zhong98305@sina.com。

答对有奖

□刘力超

周末，我们兄妹三人到爷爷家吃饭。开饭前，我们正在玩手机，突然，老爸清了清嗓子说：“吃饭前我先说个事。”顿了顿，声音陡然高了八度，“都给我放下手机，认真听！”我们几个惊愕地抬起头，望着他。

老爸神秘地说：“老家的房子拆迁了，一共三十万的补偿款到了爷爷手上。今天要和你们说下分钱的事。”

一听是这好事，我们顿时精神一振，身子一下挺得笔直，全神贯注地注视着老爸。老爸接着说：“不过呢，要拿到这笔钱，必须答对一个问题！”我们听了，都是一怔。

老爸继续大声说道：“上个星期，我们在爷爷家吃饭时，爷爷说了三件事。谁答得上来是哪三件事，三十万全归他。两人答对，就两人平分；全都答对，就分成三份；倘若没人答得上来，那么这笔钱就由我保管。”

我们一听，个个惊讶得张大了嘴，眼光一下子落到爷爷的脸上。爷爷没有说话，只是摇了摇头。我忽然间明白了老爸的用意。每次在爷爷家吃饭，我们都只顾玩手机，根本不去听爷爷说了些什么。老爸显然要借这笔钱来惩治我们。

我拼命想了一下，爷爷上次到底说了些什么啊？可一时间什么也想不起来。我悄悄看了一眼大哥和小妹，他们也都是满脸的愧疚和迷茫。

老爸依旧用严厉的眼光扫视着我们，说：“谁答得上来？答对了，现场兑奖！”现场一片沉默，我们都一声不吭。

“都答不上来吧？”老爸冷笑道，“因为你们从来不把爷爷当回事！你们一年就来爷爷家几趟，爷爷多想和你们说说话，可你们呢……”

老爸越说火气越大，最后斩钉截

铁地说："给你们三天的期限，谁第一个想到正确答案，钱就是谁的。三天一过，你们要是都答不上来，这钱你们就别指望了！"

回去后，我想了一夜，可那天在爷爷家的记忆仍是一片空白。第二天，大哥打电话问我有没有想到答案，我说没有。大哥提议，不如兄妹三人碰个头，把各自想到的说出来，拼凑一下。我想也只能这样了。

等我们三兄妹聚集后，大哥率先开口了："那天我似乎听到爷爷提到'专家'这个词，你们说，爷爷为什么在吃饭时提什么专家？"

我想了想，一拍大腿，说："爷爷平时爱看新闻，说不定是在抨击时下的专家泛滥。"大哥和小妹一听，觉得倒也合情合理。

第一件事算是有答案了。小妹紧接着说，她依稀听到了"银行"这个词。我和大哥一听，不约而同地说："莫非爷爷要把这笔钱存到银行里？"

这么着，第二件事也有了个比较靠谱的答案。接下来，大哥和小妹都把眼光投向了我，我一个激灵，脱口而出："耳朵！是爷爷说的！"

大哥和小妹用匪夷所思的眼光盯着我，一下子从银行变成了耳朵，这也差得太远了。我们三个皱着眉头，猜了一大堆答案，最后勉强选了一个："莫非爷爷是说自己耳朵不太好？"

小妹一下子泄了气："完了，三件事都是蒙的！"我们都深有同感。

大哥一拍大腿："干脆，打电话问爷爷得了！"可谁还有脸问呀？面面相觑了一阵，我拉下脸说："小妹，还是你问吧，爷爷最疼你了！"

小妹经不住劝说，硬着头皮拨通了爷爷的电话。她先甜甜地喊了声"爷爷"，接着便支支吾吾起来："呃……没事……我就是想问问你吃饭了吗……"

我们在旁边不停地打手势，提醒她问正事。哪知电话打了五分钟，小妹却只字未提 答案的事，最后放下手机，把脸一捂说："饶了我吧，我实在问不出口。"

回去后，我想想仍心有不甘。我知道，如果我问爷爷，他肯定会告诉我的。犹豫了好久，我还是鼓起勇气打了爷爷的电话。可当我一听到爷爷的声音时，羞愧之心又立刻占了上风，那句话就是说不出来。结果也和小妹一样，东拉西扯聊了一会儿就挂了。

很快，三天的期限到了，老爸把我们召回家。听了我们的答案，他嘿嘿一笑："你们的答案很一致嘛，看来商量过了吧？"小妹迫不及待地问："是不是对了？"

老爸也不回答，而是神秘地笑着说："爷爷告诉我了，你们三个都给他打了电话。"听到这里，我和大哥不禁对视了一眼，原来大哥后来也偷

偷打了。

只听老爸哈哈大笑道："可你们都没有向爷爷要答案。其实我并没有说不准向爷爷要答案，你们干吗打了电话又不问呢？"听到这里，我们都低下头，脸红红的不说话。

老爸接着说："你们是心里有愧不敢问吧？这很好啊，说明你们还是知错了。"

我忍不住问道："爸，那我们的答案对吗？"老爸微微一笑，说："还是让你爷爷说吧。"我们三兄妹忙围在爷爷面前坐好。记忆中，我们还没有这样认真听爷爷说过话。

爷爷呵呵一笑，说："上回吃饭，我和你们说，最近我去参加了很多讲座，听说那些专家讲一堂课就收入好几万。我就在下面想啊，如果我的孙子能认真听我讲话，我一分钟倒贴他一万块！"我们顿时发出"啊"的一声，都羞愧地低下了头。

"最近一次呢，我去听了个理财讲座。"爷爷接着说，"听完课就有一家银行找上我了，动员我把钱拿去投资，听得我真有点心动了。我就跟对方说，过两天我孙子孙女回来吃饭，我得听听他们的意见……"听到这里，我们的心都提到了嗓子眼上。

爷爷微笑着继续说道："可我说了这两件事，你们却没有一个在听。刚好，人家银行又打电话来了，问我孙子孙女回来了没。我就说人倒是回来了，可就是没带耳朵回来……"听完这些，我们几个既惭愧又失望，三个答案，竟没有一个沾边的。

老爸看着我们的神态，忽然哈哈大笑，从口袋里摸出三本存折往桌上一放，说："都拿去吧，一人十万。"我们顿时又惊又喜，却又迟疑着没有伸手去拿。

"拿着吧！"老爸意味深长地冲我们说，"就冲你们给爷爷打了电话却没有问答案，今天又认认真真听爷爷说了一回话，这是你们应得的！"

打这以后，我们兄妹三人定下了一条规矩：每回去爷爷家吃饭，进门前关机。

（**题图、插图**：安玉民　梁　丽）

酒店服刑

□张淑霞

老佩克是镇上著名的大亨，他有个宝贝儿子叫小佩克，从小就被纵容得骄横跋扈，目中无人。这天，小佩克酒后驾车，剐坏了一辆摩托车，他不但没有向摩托车的主人拉尔斯道歉，反而蛮横地把对方的眼睛都打肿了。

按照当地的法律规定，小佩克应该被处以十五天的拘留。他父亲老佩克听说后，赶紧找到警察局长求情：如果警察局长能够让小佩克不进拘留所，自己愿意多交罚款，多补偿受害者拉尔斯，甚至可以为镇上的穷人捐一笔钱；但如果警察局长不通融，那么他就把这些钱全交给律师，用无休止的官司把这个处罚无限期地拖延下去……

警察局长想了一会儿，叹了口气，说："如果我的通融能够换来您的良心发现，我没理由不答应您。您的宝贝儿子的刑期将在监外执行，您看我让他住进镇上最好的大酒店如何？不过我们可要说好，您除了要兑现自己的诺言，还必须为您儿子在酒店的一切消费埋单！"

老佩克转了转眼珠，说："那当然，不过，我儿子每天的菜谱，我都要亲自过目。如果他的酒瘾犯了，你们得让他喝酒，还要给他配上全镇最好的服务员，让他住最高档的房间……总之，一切都要最好的。"

警察局长点头答应了。第二天，小佩克就住进了全镇唯一的五星级大酒店的总统套房，老佩克将十万美元打进了酒店的账户。

五星级酒店的服务果然很好，每顿饭都是顶级料理换着花样做，可奇怪的事情发生了：每次饭菜送进去，都几乎原封不动地退了回来。没过两

天，小佩克捎出话来，他只要方便面和瓶装矿泉水，别的什么也不要！

听到这个消息，老佩克也纳闷了：儿子什么时候变得如此节俭了呢？但他一向放任儿子，所以也没有多管。

就这样，一连十几天，小佩克天天只要矿泉水和方便面。到了刑期结束那天，老佩克去接儿子，当他看到小佩克的时候，不禁愣住了。只见小佩克头发乱糟糟的，像煮烂了的方便面；身子摇摇晃晃的，像一摊烂泥。一出房间的门，他就一下子抱住了父亲，大声嚷道：“爸，我要吃大餐，我快饿死了！”

老佩克糊涂了，问：“儿子，一开始我们天天给你送大餐，是你自己要我们送方便面和矿泉水的啊！”

小佩克摇了摇头，沮丧地说：“你们送的大餐，我不敢吃啊，我怕里面有尘土，有唾沫，有慢性毒药啊！”

老佩克生气地说：“别胡说！这里是五星级大酒店，怎么会有那些东西？”

小佩克一脸苦相地说：“你去看看那个给我送饭的服务生就知道了。”

老佩克怒气冲天地喊道：“谁是给我儿子送饭的服务生？你给我站出来！让我看看你究竟长得有多恶心！”

话音刚落，警察局长拉着一个眼眶发黑的年轻人走了过来，笑了笑说：“就是他！这次事故的受害者——拉尔斯！”

老佩克一看，顿时火冒三丈，冲着警察局长就吼了起来：“你搞什么鬼？为什么安排这个家伙去伺候我儿子？”

警察局长微微一笑，说：“佩克先生，我用自己的名义担保，他绝对没有在您儿子的饭菜里做手脚！这可是完全按照您的要求安排的哦！”

老佩克一愣，诧异地说：“什么？我的要求？”

警察局长点点头，似笑非笑地说：“因为在我们镇上，级别最高、服务最好的酒店服务员就是拉尔斯！”

（**题图、插图**：安玉民　梁　丽）

谁都有尊严

□朱允菊

这年头，干什么事都要排队，买房拿号要排队，春运买票要排队，连上个幼儿园也要彻夜排队。这不，刚过六月份，大刘就开始犯愁了，宝贝儿子马上要上小班了，可家附近只有一所公立幼儿园，每年报名都要提前排队，不然根本进不去。可是，大刘工作太忙，没时间通宵排队。

思来想去，大刘灵光一闪，突然有了主意：在家附近有个乞丐，可以找他日夜在幼儿园门口排队。很快，大刘找到了那个乞丐，和对方说好：每天一百块工钱，由乞丐帮大刘排队。

不料，大刘还是来晚了。当他领着乞丐，来到幼儿园门口时，不禁倒吸了一口凉气。原来，前面早就黑压压地排了几十米的长队，有的带了凉席，有的带了遮阳伞，还有的连帐篷也带上了，都做好了打持久战的准备。不过，大家很自觉，按照先来后到的顺序，自行编了号码。

大刘皱着眉，朝乞丐一瞪眼，说："还傻愣着干吗？快排好队！"他自己则忙着从前往后数人数。最后，大刘发现自己已经排到了50号。于是，他指挥乞丐找了张硬纸板，写上大大的数字"50"，让乞丐拿在手里。

临走前，大刘鄙夷地看着乞丐，命令道："听着，你可给我看紧了，千万别偷懒！要是让别人插了队，我扣你的工钱！"乞丐拍了拍胸脯，大声说："你放心吧，我一定好好排队。"大刘这才走了。

就这样，乞丐在幼儿园门口安营扎寨了。每天，大刘都会抽空去看一眼，生怕那乞丐偷懒。好在，那乞丐一直兢兢业业地守着。只是，排队的人越来越多，可幼儿园的招生告示一

直没有贴出来。

眨眼，六天过去了。这天，大刘突然接到乞丐的电话："快，幼儿园开始报名了！"大刘心急火燎地赶了过去。果然，招生告示贴出来了，园方根据排队的次序开始招生。

可是，大刘的运气实在太背了，轮到他时，刚好没有名额了。大刘气得直跺脚，却又无可奈何。看来，儿子只能去昂贵的私立幼儿园了。

这时，一旁的乞丐小心翼翼地提醒道："老板，请把我的工钱结一下。"

大刘一听，就火冒三丈地说："名都没报上，你还好意思问我要工钱？最多给你一半！"说罢，很不情愿地掏出了三百块，说，"喏，一天只能算五十块，六天总共三百块！"

乞丐有点生气地争辩道："老板，我们一开始明明讲好是一天一百块的，你怎么能变卦？"

大刘瞥了乞丐一眼，没好气地说："你不就是个穷要饭的，又没给我办成事，给你这么多就不错了，还嫌多嫌少，爱要不要！"说罢，扔下钱转身就走。

刚走没几步，就听身后有人说话了："大兄弟，我这里多了一个名额，我把这个名额让给你吧。"

大刘忙转过头，只见一个衣着得体的老人，手里举着一个"45"号的牌子，正跟乞丐搭讪呢。

大刘喜出望外，转身跑了回去，对老人说："谢谢啊！"

不料，乞丐拦住了他，板着脸说："这位老哥是把名额让给我，跟你有啥关系啊？刚才，咱俩已经结完工钱，没有雇佣关系了。"

大刘没办法，只好走到老人跟前，央求道："大叔，你把名额给我成吗？大不了，我掏钱买！"老人笑了笑，冷冷地说："你觉得，我像个缺钱的人吗？"大刘仔细一看，这老人戴着瑞士名表，脖子上的金链子那叫一个粗，一看就是个有钱的主儿。

大刘纳闷地问："大叔，你为什么要把名额让给一个乞丐呀？非亲非故的？"老人义正词严地说："原本，他是跟我非亲非故，可现在我们很熟了。昨天下午，我突然中暑晕倒，他立刻找来凉水，还帮我刮痧。他救了我，你说，我该不该把名额给他？"

一席话把大刘噎得够呛，过了好久，他才喃喃地说："那……那你把名额给他，也浪费啊，他根本没孩子上幼儿园呀！"

话音未落，乞丐说道："谁说浪费啊？"说着，他从老人手里接过"45"号的牌子，递给排在他后面的一个大妈，大声说，"这个名额，我要送给这位大姐的小孙女。这几天，她给我喝矿泉水，给我买盒饭，还给我点蚊香……总之，他们都拿我当人！"

听到这里，大刘满脸羞愧地走了。

（**题图**：陆小弟）

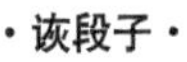

眼睛小好处多

◆ 眯着看，不会看走眼。
◆ 开会睡觉像沉思。
◆ 用眼药水会比较省。
◆ 眼睛小，有个好听的说法是“风景名胜一线天”。
◆ 作弊时老师不容易发现。
◆ 可以天天看宽屏幕电影。
◆ 不会被人说见钱眼开。
◆ 一般不会出现大小眼的问题。
◆ 下雨不容易进水，下雪不容易进雪，下冰雹不容易进冰雹。
◆ 节约面部用地，可以转让给鼻子和耳朵。
◆ 聚光。大家看手电筒小头的光多亮？这个发明就是受到了小眼睛的启发。（**推荐者**：曹绍明）

俏皮话

◆ 别的女孩是千金，你却是千斤顶啊！
◆ 知不知道有个词儿叫：心有余而胃不足。
◆ 人倒霉，喝凉水也会塞牙；水更倒霉，被喝也就算了，还要被困在人的牙缝里。
◆ 别对我放电，我老婆有来电显示。
◆ 卸妆卸得迟，是不想面对现实。
◆ 我看起来太胖，是被生活打肿的。
◆ 我是一个特别有计划的人，就是从来没执行过。
◆ 胖子的好处是人多的时候可以坐副驾驶位。
◆ 不识岳母真面目，只怨还在租房住。
◆ 我祈求上天让我发达，但上天一直让我发福。（**推荐者**：木子李）

果蔬趣话

◆ 榴莲：别人是百闻不如一见，俺是百见不如一闻。
◆ 苹果：自从为电子产品代言后，俺的内涵和身价均成倍增长。
◆ 番茄：俺既能当蔬菜，又能当水果，职场最爱多面手。
◆ 豆角：有豆的猪肉不能买，有豆的蔬菜放心吃。
◆ 香菜：俺的成功秘诀就是“一招鲜，吃遍天”。
◆ 莲藕：藕断丝连，只因俺还没有遇到一个快刀斩乱麻的高人。
◆ 洋葱：谁的眼泪在飞？谁剁俺，谁的眼泪就在飞。
◆ 柿子：真担心自己变得过于成熟，那样很多人会把俺当软柿子捏。

（**作者**：詹　华；**推荐者**：西　西）

·诙段子·

食物的羡慕

- 石榴：我羡慕花生，住着两居室，不像我，一大家子挤集体宿舍。
- 花生：我羡慕瓜子，一人一间房，住着舒服，不像我，还要合租。
- 瓜子：我羡慕馒头，长得又白又丰满。
- 馒头：我羡慕包子，不仅烫的发型漂亮，而且肚子里还有货。
- 方便面：我羡慕麻花，那小辫子梳得太有女人味儿了。
- 麻花：我羡慕油条，那小辫子比我的粗多了。
- 油条：我羡慕臭豆腐，虽然身上的味儿不纯，却依然惹人喜爱。
- 臭豆腐：我羡慕芥末，总是能够让人感动得泪流满面。
- 薯条：我羡慕西红柿，一看就是混娱乐圈的超级明星，相当红。
- 西红柿：我羡慕葡萄，人家可是真真正正红得发紫。
- 葡萄：我羡慕红枣，不仅红，而且甜美，更重要的是有人“捧”。
- 红枣：我羡慕西瓜，不光长得丰满，而且还有一颗红心！
- 西瓜：我羡慕板栗，有人争着对它进行“炒”作。（**推荐者**：爱情解药）

令老外纳闷的俗语

- 打狗看主人——打狗就打狗，看主人做什么，又不是打主人。看到主人，谁还敢打他的狗？
- 不打不相识——中国人见面难道都要打一架，是不是疯了？
- 吃着碗里的望着锅里的——望着锅里的还怎么吃？不看碗里，会不会把食物送到鼻子里去？
- 吃不了兜着走——吃不了就吃不了，兜回去也还是吃不了，有什么用？
- 车到山前必有路——公路都修在山边？我的车到山前，发现的怎么是悬崖？
- 拆东墙，补西墙——为什么要拆掉东墙才能补西墙？为什么不能拆掉西墙补东墙？
- 不入虎穴焉得虎子，舍不得孩子套不住狼——为什么要用自己的孩子去套一只狼？
- 不到长城非好汉——到了长城难道就都成了好汉？梁山好汉难道都到过长城吗？
- 公鸡下蛋，母鸡打鸣——天下奇闻，没见过公鸡会下蛋母鸡会打鸣。

（**推荐者**：吉　安）

（**本栏插图**：安玉民　梁　丽）

有些东西，珍贵之处不在于其价值，而在于经过岁月的沉淀，留在人心中的那份念想，那份情意……

老白家的树

□宾　炜

吴百万是县里的首富，身家过亿。他这个人不但有钱，还很有闲情逸致，喜欢四处游山玩水，淘古玩珍品。

这天，吴百万叫上几个好友去登山，结果在半山腰发现了一棵荔枝树。那是一棵野生荔枝树，光看树龄，至少在三百年以上。吴百万一眼就相中了这棵树，他绕着树转了好几个圈，越看越喜欢，寻思着怎么把它弄回去。挨着荔枝树有几间茅屋，此时正有一个满头白发的老头坐在屋前削篾。

吴百万笑呵呵地过去搭话："大爷，这棵树是您的吧？卖吗？我出两万块。"

"不是我家的。"老头摇了摇头说，"那是人家老白家的。"

吴百万忙问老白家在哪儿。老头说："出远门啦，快回来了。"

知道树的主人那就不难办了。吴百万谢过老头，往不远处的一个村子走去。哪知到了村子一问，村里压根没有一家姓白的。村民告诉他，已经来过好几拨人想买树了，都被那怪老头一句话打发了。

吴百万这才恍然大悟，嘿，看不出来这老头还挺狡猾的，你不卖就不卖嘛，还说不是自家的。吴百万当然不会轻易罢手，他打听到老头有一个孙子叫二宝，在镇上卖猪肉。

于是，吴百万赶紧来到镇上，找

到了二宝。他把二宝请到饭店，两杯酒下了肚，这才说了自己的事。

二宝一听，笑着说："我爷爷还真不是骗你的。他打小就跟我说，那树是人家老白家的，不准我们动。"

吴百万一愣："真有老白家？在哪儿呀？"

二宝笑着指了指屋顶。吴百万怔了怔，猛地想起老人的茅屋顶上有个巨大的鸟窝，不禁哑然失笑："你是说那个鸟窝？"

二宝点点头，说，"我们家屋顶上不是有个大鸟窝吗？住的是一种大白鹤，个头挺大，脚跟竹竿似的，年年都飞来，住一阵又飞走。"

吴百万哈哈大笑道："老人家挺有趣啊！他再喜欢鸟，可那鸟窝是搭在你们家屋顶上的，又不是在树上，没啥影响啊？"

二宝说是呀，可他爷爷就是不肯卖，没辙！他还说，从他老爸这一代就已经搬到山下住了，只有爷爷喜欢一个人住在茅屋里，看样子打算和那些白鹤做一辈子邻居了。

吴百万觉得要买成树，只有从老头的孙子这里下手了。他沉吟片刻道："二宝兄弟，我是真心喜欢那棵树，帮帮忙，我出三万，其中一万归你。"

二宝一听，顿时两眼放光，想都没想就答应了。

事不宜迟，第二天，吴百万就开车过来，在镇上接了二宝一块进山。两人爬到茅屋前一看，老头还坐在屋前削篾。

二宝又是带酒又是带肉的，打算先把爷爷喝迷糊了，再提买树的事。老头见了孙子，心情大好，果然是一点儿没防备，说喝酒就喝酒，不知不觉，就有了六分醉意。

二宝一看是时候了，一边给爷爷倒酒，一边说："爷爷啊，这位吴老板看中咱们家这棵树了，你看他都来两趟了，既然他诚心买，价钱也公道，就成全他了吧？"

哪知老头还不迷糊，不假思索地晃起了脑袋，说："那可不成。都跟你说了，那树是老白家的，不是咱们的东西，怎么可以替人家做主呢？"

吴百万微笑着指指屋顶，说："大爷，咱们打开天窗说亮话吧。您说的老白家不就是上面那个鸟窝吗？"

"对呀，是鸟窝，是白鹤家。"老头倒是承认了，"你别看现在没有鸟，再过个把月，人家就该回来了。"

吴百万和二宝不禁对视一眼，心想这老头跟他们装糊涂呢，口口声声都说树是老白家的，仿佛真把白鹤当成人了。

二宝有些急了："爷爷，这树怎么就是老白家的呢？这块地是咱们家的，树也应当是咱们家的啊！"

"人家比咱来得早！"老头放下酒杯，慢悠悠地说，"凡事总得讲个先来后到吧？”

吴百万有些哭笑不得，跟这老头说话，简直是对牛弹琴。

老头一边唠叨着，一边起身走到床边，慢慢躺了下来：“你们哪，别指望了，我看人家老白家也不会卖的……我喝多了，得睡一会儿……”说着，居然很快打起了呼噜。

二宝生气地一跺脚：“这老头，也不知犯了什么邪！”爷爷不点头，他也没办法。两人只好回去从长计议。

琢磨来琢磨去，吴百万突生一计，问二宝：“你爷爷对你怎么样？”

“还能怎么样？”二宝说，“我是他唯一的孙子，这棵树迟早由我说了算。你要是愿意等，绝不会落到别人手上。”

吴百万神秘地笑道：“那就好，不用等，咱们干脆给你爷爷来个苦肉计，保管他会痛痛快快地卖给我。”

二宝一听，马上来了精神。吴百万的主意是这样的：让二宝假装给他写张欠条，然后他一逼债，老头能眼看着孙子受苦吗？

开始二宝还有点犹豫，但经不住金钱的诱惑，还是咬牙同意了。

为了把戏演足，两人耐着性子等了一个星期，进山时吴百万还叫上了人，带上了锯，志在必得。

老头一见吴百万，笑呵呵地说：“你又是来买树的吧？我跟你说过了，树不是我的。”

吴百万也不说话，冲二宝一使眼色。二宝马上扑通跪在爷爷跟前，喊道：“爷爷，救命啊！”

老头吓了一跳：“救啥命？”

吴百万一抖欠条，正色道：“您孙子借了我三万块赌钱，输光了。如今还钱的期限到了！”

老头果然中计，一巴掌扇在二宝脸上，骂道：“你这个不成器的东西！”

二宝捂着脸喊道：“爷爷，你救救我！”老头问：“咋救？”

“树！”二宝指着树嚷嚷，“吴老板答应我用这棵树抵债。”

老头一怔，不禁望着树发起了呆。二宝一看有戏，抱着爷爷的腿就哭：

“爷爷啊，咱让他砍了吧！我知道您老人家舍不得这棵树，可您能眼看我进监狱吗？”

老头长长地叹了口气，说：“老板啊，看来你是非要这棵树不可呀！”

吴百万脸一红，心里有些惭愧，但戏还得演下去，就硬着心肠说：“大爷，您要是让我把树砍了，您孙子的债就一笔勾销。您看着办吧，要树还是要孙子？”

老头微微一叹：“老板哪，我从来没说过不许你们砍树呀！我只是说不能做主，因为这树不是我家的。你要砍就砍吧，我也拦不住你。”

吴百万一听，心中大喜，当下就说：“大爷，那我们就动手了。”

不料，老头又说：“树是人家老白家的，你要砍就砍，可要是弄坏我的房子怎么办？”

吴百万乐了，说：“大爷，弄坏您的房子，我不但负责修好，还给您补偿两千块钱。”说着，他就观察起来，看哪里适合下手。可细瞧之下，却发现荔枝树的几根枯枝和茅屋的一面墙连成了一体，要砍倒这棵树而不破坏茅屋，还真不容易。

吴百万只好向老头求教说：“大爷，您看该怎么砍？”

老头指着茅屋的墙角，让吴百万带来的工人从那儿开始扒开。扒着扒着，就扒到了屋顶，忽然露出了一根枯树枝。显然这根树枝就是荔枝树的，估计茅屋在翻修的时候，把这根树枝裹了进去。

老头让工人顺着树枝继续往前扒。吴百万见这情形，忙说：“大爷，算了，这根树枝我不要了，别扒坏了屋顶。”可老头不管他，仍然执意要扒。那树枝越露越长，最后竟一直伸到了鸟窝底下。这下所有的人都看清楚了，那只巨大的鸟窝原本就是筑在这根树枝上的。

老头淡淡地说：“二宝呀，我说这树不是咱们家的，你们还以为我说胡话。你想想看，咱家这房子最多也不过一百年，可人家白鹤早把这窝建在这根树枝上了。你倒说说看，这树到底是谁家的？”二宝愣住了。

吴百万默默地注视着那只鸟窝和被破坏的茅屋，良久不语。最后，他叹了口气，说：“大爷，您说得对，既然树不是你们家的，那我就不砍了，房子我负责修好，债呢，也清了。”说罢把欠条刷刷刷撕了。二宝一看，急了：“吴老板，你不想要树了？”

“想要呀！”吴百万笑着拍拍他的肩膀，说，“可你爷爷说得对，树是老白家的，人家会同意卖吗？”

（题图、插图：谢　颖）

延伸阅读

您想阅读这位作者的其他精选作品和创作感言吗？请扫描右边的二维码。更多精彩，立刻体验。

·新传说·

对手

□张春风

丁局长退休后，日子过得有些无聊。这天，他看见居委会门前贴着一张告示，上面说：居委会要组建一个乐队参加比赛，招收乐手。丁局长顿时喜上眉梢，因为，他会拉二胡，而且自认为拉得还不错，这下可以有点事做了。

第二天，丁局长就拿着二胡，乐呵呵地去报名了。走进居委会，丁局长看见黑压压的一群人。真没想到，小区里藏龙卧虎，不少人带着乐器等在边上，一个个跃跃欲试。

很快，乐手报名者一个接一个地上台表演。丁局长听了半天，不禁暗自窃喜：这些街坊邻居的水平太低了，连音都不准。

终于，轮到丁局长展示了。居委会王主任笑眯眯地说：“老丁，你拉一个试试？”丁局长点点头，故作谦虚地说：“那我就献丑了，拉一段《赛马》。”

说罢，丁局长就拉了起来。那二胡，在他手中有如神助，曲调高亢激昂，尤其是最后的马叫声，简直惟妙惟肖。

一曲终了，现场掌声雷动。王主任赞叹地说：“看来，这音乐素养还是文化人玩得转呀！老丁，乐队的二胡手非你莫属啊……”丁局长挺了挺肚子，得意地笑了。

丁局长这么一拉，后面好几个人都不敢拉了，直接弃权了。最后，只剩一个小老头，头发花白，穿着朴素，手里也抱着一把二胡。不过，那二胡破破烂烂的，跟他的穿着一样寒酸。

这时，小老头怯怯地问：“王主任，

我……我能试试吗？”王主任一看，原来是二单元的老李。前几年，老李下岗了，之后在街口摆了个修鞋摊，勉强维持生计。

王主任鼓励道：“行啊，咱们公平竞争，快给大家拉一段。”老李坐了下来，憨厚地笑了笑。丁局长看了看他，心想：我倒要听听，你能拉出什么好曲子？

老李不说话，微微闭上了眼睛，轻轻拉了起来。顿时，一段婉转哀伤的曲子缓缓传了出来，正是瞎子阿炳的名曲《二泉映月》，那琴声如泣如诉，听得让人肝肠寸断。听着听着，丁局长的额头开始冒汗。真没想到，老李拉得这么好，快赶上专业水平了。丁局长心里明白，自己和老李差的不是一个档次啊。

老李拉完最后一个音符，过了好久，大伙儿才回过神来，纷纷叫好，很明显，比刚才丁局长的掌声响多了。

顿时，丁局长的脸臊得跟红柿子一样，真想找个地缝钻进去。王主任拉着老李的手，激动地说：“老……老李啊，你藏得可太深了，牛！实在牛啊！让我大开眼界！”

最后，王主任宣布，入选名单要过几天才宣布。丁局长拎起二胡，沮丧地走了。

此时，老李被大家围着，高兴地傻笑着。平日里，他只是个修鞋匠，从没像今天这样长脸。这时，有个街坊竖起大拇指说：“老李，你真厉害，把人家局长都比下去了！”

老李好奇地问：“什……什么局长？”街坊说：“你不知道啊？刚才拉《赛马》的，以前可是工商局局长哦，前不久才刚退下来的！”老李一听，顿时脸色变了变。

话说，丁局长遇见了高人，回家后立马蔫了。老伴儿关心地问：“你怎么了？突然像霜打的茄子似的？”

丁局长只是叹着气说：“没啥，就……就是心里有点闷！”

老伴儿好奇地问：“你不是去居委会拉二胡吗？选上没？”

真是哪壶不开提哪壶，丁局长只好硬着头皮说：“还不知道呢！我就是闲得慌，去玩一玩，真选上了，也不一定乐意去呢。”老伴儿点点头说：“那就好，可别把身子累坏了！”

接下去的几天，丁局长每天茶饭不思，想当年，他在单位里说一不二，不料，退休后，竟然被一个修鞋匠给比了下去，真丢人啊。

几天后，王主任突然找上门来，笑眯眯地说：“老丁，赶紧收拾一下，去居委会排练吧，就等你这个二胡了。”丁局长愣了愣，诧异地问：“我……我被选上了？”

王主任点了点头，说：“是呀！其实呢，老李拉得也不错……”顿时，丁局长的心提到了嗓子眼儿。不料，王主任继续说：“不过，他的曲调太悲了。现在，大家生活条件那么好，干吗搞得苦大仇深似的。所以，大家一致觉得，你的《赛马》更好，更鼓舞人心……”

一听这话，丁局长心里顿时乐开了花，看来，群众的眼睛是雪亮的。就这样，丁局长昂首挺胸进入了乐队，每天排练，忙得不亦乐乎。

这天，丁局长排练完，一路哼着小曲回家。碰巧经过老李的修鞋摊，发现老李的右手竟然缠着纱布，丁局长关心地问：“老李，你的手怎么了？”老李微微笑了笑，说：“没事，前几天切菜不小心，把手指给割伤了。”丁局长也没放在心上，转身回家了。

第二天，丁局长照常去居委会排练，刚走出几步，忽然听到一阵慷慨激昂的二胡声。“咦，有人在拉《赛马》？”丁局长停下脚步，饶有兴致地听了起来。这不听不要紧，一听丁局长就再也迈不开步子了，越听越惊叹。这技巧，这情感，远远高出自己啊。

丁局长循声望去，原来，琴声是从二单元传过来的，再一看，这不是老李家吗？顿时，丁局长被搞糊涂了：咦，老李的手不是受伤了吗？怎么拉二胡还那么厉害呢？

当天回家后，丁局长思来想去，还是不明白。老伴儿听说后，不禁笑了：“那还用说嘛，老李当然要退出了。”丁局长好奇地问：“为什么呀？”

老伴儿惊讶地说：“你难道不知道，老李的儿子就在你们局里上班？虽然你已经退了，但你的一帮老部下还在掌权呢，他还不知难而退啊？”

丁局长顿时恍然大悟：那老李明明比自己技高一筹，但后来听说了自己的身份，怕儿子在局里受到牵连，这才假装受伤，主动放弃了机会。王主任没办法，只好退而求其次，找了个冠冕堂皇的理由，让自己加入了乐队。丁局长越想，心里越不是滋味，仿佛这个二胡乐手的名额是别人施舍给他的。当官时，丁局长就从没占过别人的便宜，现在，他更不想占。

当天，丁局长就给王主任打了

电话："不好意思，我……我最近身体不适，想退出乐队。"王主任急了："老丁，你……你这唱的是哪一出呀？马上就要演出了，你可不能半路撂摊子啊？"可丁局长已经下定了决心，匆匆挂了电话。

接下来的日子，丁局长天天把自己关在家里，无忧无虑地拉着二胡。好几次，王主任摁响了门铃，丁局长都假装没听见，愣是不开门。

这天，丁局长从外面回来，刚想上楼，被王主任逮了个正着："老丁，你……你啥意思啊？"丁局长苦笑道："没啥意思，我身体不舒服，有点力不从心，没办法参加乐队了。"

王主任着急地说："哎呀，本来居委会经费紧张，只招一个二胡手，但我们研究了一下，觉得一个二胡手感染力不够，双管齐下才有劲儿。所以，希望你重返乐队。刚才，老李已经答应了，你来不来？"

丁局长愣住了："真的？"王主任点了点头，说："千真万确！"

丁局长咧嘴笑了："刚巧，我的病也好了！那成，我来！"

王主任不住地摇头，说："真奇怪，老李也说，他的伤不碍事。"

第二天，丁局长拿着二胡，意气风发地赶到排练现场。此时，老李已经早早地到了。奇怪的是，他的右手仍旧缠着纱布。

丁局长诧异地问："咦，老李，你的伤还没好吗？那怎么排练？"

老李笑而不答，用左手拿起弓，拉了起来。

这一听，丁局长不禁又惊出一身冷汗，他万万没料到，老李的左手，竟然比右手拉得还要好……

（题图、插图：刘为民）

·本刊信息传真·

法律知识故事征文

本刊推出的"法律知识故事"，通过发生在我们身边的、短小而具体、在法理上容易混淆的个案，生动、形象地宣传法律知识。为鼓励作者深入生活，写出高质量的法律知识故事，我刊决定面向全国征文。本次征文也欢迎读者和法律界人士提供相关素材、案例，一经录用，即付稿酬。

来稿方法：1．从邮局寄发，请在信封上注明"法律知识故事"字样，本刊地址：上海市绍兴路74号《故事会》杂志社，邮编：200020。2．从网上传递，可寄以下信箱：fabianji@126.com，请在主题上注明"法律知识故事"字样。凡已和我刊编辑有联系的作者，稿件可继续投给原编辑。

还不起的人情债

□杨汉光

这年暑假，张伟明带着妻子和女儿到广州游玩。走在大街上，妻子柳玉忽然问道："伟明，你在广州不是有朋友吗？怎么不找他们？"

张伟明摇摇头，说："找他们干什么？麻烦！"

柳玉反问道："有机会都不见面，那还是朋友吗？"

张伟明觉得妻子的话不无道理，这些年，他跟好多朋友都渐渐疏远了。于是，张伟明决定找一回朋友。柳玉提议说："最好找当大官的。"

张伟明当即给一位当局长的朋友打电话。这位局长叫林俊华，是张伟明大学时的哥们。这林俊华真够意思，立马亲自开车过来，把张伟明一家三口接到一家高级酒楼。到酒楼后，张伟明才发现，在广州的几位老同学和家属都来齐了，坐了满满一大桌。

几家人其乐融融，谈笑风生，他们喝了几瓶好酒，吃了许多山珍海味。林俊华埋单的时候，柳玉悄悄瞄了一眼账单，这一桌竟然吃了六千多元。

接下来的两天，林俊华带张伟明一家游遍了广州城，最后还帮他们结了住宿的账，买好回家的车票。临别时，张伟明紧紧握住林俊华的手，反复叮嘱："兄弟，你到蒙山一定要找我。"柳玉和女儿也挥手喊道："林局长，欢迎你到蒙山来。"

没想到，过了几个月，林俊华真的到蒙山来了，他打电话告诉张伟明，说是还带着另外几个老同学和家属。张伟明一放下电话，柳玉就皱起

了眉头："他们来我们这种小地方干什么？"

张伟明着急地说："没时间说这些了，他们已经在来的路上了，我们得赶紧筹钱。家里有多少钱？全部拿来给我。"张伟明家里并不富裕，夫妻俩那点工资除了维持生活外，还要供女儿读大学、赡养老人，日子过得紧巴巴的。

柳玉问丈夫准备拿多少钱来招待这些人，张伟明叹着气说："你知道的，人家是住惯高级酒店的，这么一大帮人来吃住，至少要七八千元。"

柳玉吓了一大跳："要这么多？"

张伟明苦笑着说："林俊华在广州招待我们，最少花了一万。"

柳玉一听，生气地说："他是当官的，我们花的可是自己的血汗钱。"

张伟明无奈地说："那也没办法，现在是还人情的时候。人家招待了我们一万，回他八千我还不好意思呢。"

柳玉几乎要哭了："可招待你的朋友后，女儿的学费就没有了。"

女儿阿玲一听要动用自己的学费招待朋友，也坚决反对。

张伟明气呼呼地说："在广州时，我本来不想找朋友的，你们非要我找。享受朋友招待的时候，你们美得像神仙。现在朋友来了，你们却不让我招待人家，成心要我丢人是不是？"说着，转身出了门。

张伟明走在路上，正低着头苦苦思索对策，忽然听到有人喊他的名字。张伟明抬头一看，迎面走来的是他的高中同学周青松。周青松去年刚当上了局长，经常请张伟明吃饭。

周青松关心地问："怎么啦？几天不见，愁眉苦脸的。"张伟明叹了口气，把事情的来龙去脉说了。

周青松一听，哈哈大笑道："兄弟，我当是什么大事呢，这点小事，包在我身上！"

张伟明是个心高气傲的人，连连摆手说："不不不，我……我还是自己想办法……"

"你能有什么办法？"周青松拍了拍他的肩，豪爽地说，"你就放一百个心吧，我保证好好招待！"

张伟明沉默了一会儿，无奈地说："兄弟，多谢了！"

回到家，张伟明把遇到周青松的事告诉了柳玉。柳玉一听，乐坏了："这下，咱可以把女儿的学费省下来了！"

张伟明却苦着脸，心情沉重地说："唉，我又欠下一笔人情债了。"

果然，没过多久，周青松就带着女儿来到张伟明家。周青松的女儿叫阿蕾，和张伟明的女儿阿玲差不多大。一进门，周青松就叫两个女孩站在一起，左右上下仔细打量，然后笑着说："伟明，你看咱们的女儿长得多像。"

阿玲和阿蕾长得确实很像，张伟明就顺着老同学的话说："对，就像一对亲姐妹。"

周青松神秘地说："比亲姐妹还要亲，我想让她们变成一个人。"

张伟明有些莫名其妙："变成一个人？"

周青松笑笑说："我想请阿玲帮我女儿考一场试。"原来周青松的女儿准备参加公务员考试，可这孩子读书向来不行，而阿玲从小成绩就好，所以周青松才想到冒名顶替这一招。

不料，阿玲一听，当场反对。张伟明也怕事情败露，耽误女儿的前程。

周青松却拍着张伟明的肩膀，说："老兄，你放一百个心，我女儿是到广东考公务员，那里根本没有人认识她和阿玲，两个孩子又长得这么像，肯定没事的。"

张伟明这才稍稍放了心，可阿玲还是不愿代考。张伟明只好把女儿拉到角落里，小声说："你不是帮阿蕾考试，而是帮爸爸还债。爸爸求你了！"见父亲都这么说了，阿玲只好勉强答应了。

几天后，阿玲带上阿蕾的身份证，去广东参加公务员考试。

没过多久，阿玲回来了。张伟明和妻子迫不及待地问女儿考得怎么样。阿玲摇摇头说："肯定考不上。"

张伟明一下子着急起来："题目很难？"

阿玲淡淡地说："题目很容易。"

柳玉不解地问："那怎么会考不上呢？"

阿玲解释说："走进考场的时候，我看见那么庄严的地方有那么多认认真真的考生，忽然改变了主意，就没有答题，交了白卷。"

张伟明气得火冒三丈，问女儿为什么要这么做。阿玲郑重地说："阿蕾没有付出任何努力，连考场都没有到，自然应该得零分。爸、妈，我们还是另想办法还这笔人情债吧。"

柳玉气得大叫起来："你这孩子，怎么这么糊涂？周叔叔会恨死我们的，以后再也没有还债的机会了。"

张伟明却突然跌坐在沙发上，如释重负地说："不，这样也好，明天我无论如何也要想办法去把那笔钱给还了！从此以后，不相往来，一了百了……"

（**题图、插图**：张恩卫）

·新传说·

我们有办法

□翟德军

如今，城里人都喜欢到乡下度假，以此放松心情，舒缓压力。这不，洪亮是个工作繁忙的都市金领，这个周末，他开着私家车，带上老婆孩子来到朋友推荐的一户农家乐游玩。

车子到达农家乐时，已是中午，洪亮一家便来到饭馆吃饭。饭馆的老板是个皮肤黝黑的汉子，是洪亮朋友的远房亲戚，看上去挺热情的。

很快，菜上来了。不料，儿子小海一看到菜，居然吵着嚷着要吃麦当劳。洪亮和老婆阿芳劝了一阵子，小海就是嘟哝着嘴不肯下筷子，搞得洪亮兴致全无。洪亮只好把老板找来，问他这里有没有麦当劳。

老板一听，哑然失笑道："我们这乡下地方，没有这洋玩意。孩子不吃饭，这事好办，我们有土办法，让我们家小林跟他玩一玩就行了，不过……这是要收费的。"

洪亮一听，心说乡下人还挺会做生意的。不过，既然出来了，就不能心疼钱，洪亮同意让小林过来。一转身的工夫，虎头虎脑的小林就来了，这小林跟小海差不多大。小海见了，还有些怕生。

小林却是个自来熟，拉着小海的手说："不饿就先别吃了，我们出去玩一会儿吧。"说着，伏在小海的耳旁说了两句，小海就跟着小林跑了

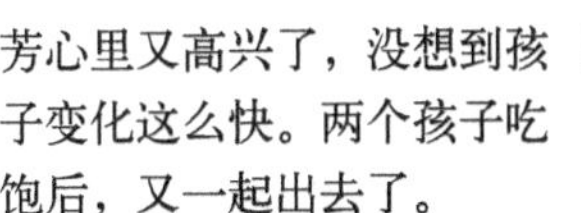

出去，阿芳叫都没叫住。

阿芳有些担心，孩子都没说上哪儿，这里是山野，外面有野狗、蜜蜂、毒蛇……阿芳这么一说，洪亮也担心起来，毕竟就这么一个宝贝孩子啊。

不料，老板见状，笑着说："你们就放心吧，小林带他到河边捉鱼去了。"

洪亮一听，脑袋嗡的一声："可别掉到河里呀！"阿芳更是眼泪都快要下来了。老板笑了："没事的，水只到脚脖子，不会有事的。"

听了老板的话，洪亮两口子稍稍安了点心，但是没过多久，阿芳又担心起来，找到老板问："那条河，就没有深的地方吗？"

老板忙安慰道："你们放心吧，就算有深的地方，我们也有办法，我们家小林会水。"

把孩子的安全，交给一个差不多大的孩子，洪亮一听就不干了："快点把两个孩子找回来。"老板同意带他们去找，但他们还没出门，就见两个孩子跑了回来。只见小海满身是泥。阿芳忙上去问："是不是掉河里了？"

小海没理会妈妈的问话，走到饭桌前，拿起一个三和面饼就咬了起来，边吃边说："我们回来吃口饭，吃完了，我还要去。"

小林也过来吃了起来，说："要不是他饿了，我们还能玩一阵子。"

看着小海狼吞虎咽的模样，阿芳心里又高兴了，没想到孩子变化这么快。两个孩子吃饱后，又一起出去了。

洪亮和老婆还是放心不下，索性不吃饭了，跟着两个孩子到了河边，果然，这河最深的地方才到小腿肚子，洪亮和老婆放心地让他们玩了。

等两个孩子玩累了，洪亮便把他们一起带回农家院，两个孩子开始比赛谁吃得多。看来，这乡下人还真是有办法。就这样，一家人度过了一个快乐的周末。

可是回家之后，没过几天，小海的老毛病又犯了，吵着嚷着不肯吃饭，还说要和小林一起吃。洪亮实在没有办法，只好给农家乐老板打电话求助。

老板呵呵一笑说："没事，我们有土办法，你答应小海下周再来一次，就好了。"

洪亮一听，心想，这些乡下人真会做生意，有哪个风景区能让一家人连去两趟的？但有什么办法呢？为了儿子，洪亮只好又带着老婆儿子去了那户农家乐。

到了那里，小海一看到小林，别提有多高兴了。两个小伙伴一起吃，一起玩，小海都不想走了。洪亮一看，这可不行，忙跟老板说："你们再会做生意，也别这么干呀！我们总不能天天来吧！"

不料，老板还是那句："你不用

着急，我们有土办法。”他让两个孩子再玩一会儿，说是一会儿他们回来，洪亮就能走。

洪亮听了，将信将疑，看小海现在的兴奋劲，今天恐怕又要留宿了。

过了半个小时，小海居然哭着回来了。再看他身上，浑身脏兮兮的，全都是泥土草屑，连衣服扣子都丢了，不用问这是打起来了。

阿芳急了，朝老板喊起来：“你们家小林把我的小海打成这样，你看怎么办吧？”

不料，小林怯生生地走进来，说：“阿姨，我没打他，我和他玩摔跤，他摔不过我，气哭的。”

老板笑着说：“你看看，我说没事吧，这回小海能走了。”说着，把嘴凑到洪亮的耳边说，“而且再也不会来了。”

洪亮还是很生气，嚷嚷道：“哪有你们这么干的，你等着，我回城里检查一下，我儿子要是有什么事，我跟你们没完。”老板还是笑着说：“你放心好了！”

洪亮开车回去了。没过几天，他就发现小海喜欢吃东西了，不再挑食了，还指定要吃粗粮。洪亮好奇地问儿子：“这些粗粮，以前你连碰都不碰，现在怎么这么爱吃？”

小海边吃边说：“你不知道，吃粗粮长劲儿。等我有了劲儿，我再去找小林摔跤，我一定要把他摔倒！”

洪亮不禁哑然失笑：看来，让孩子受点委屈，不一定就吃亏。过几天，他还要再去一趟农家乐，跟老板当面说声谢谢。

（**题图、插图**：刘为民）

绿版编辑部各编辑邮箱：

吴　伦：wulun54@126.com

朱　虹：zhong98305@sina.com

刘迎曦：liuyingxi1203@163.com

颜轶超：yanyichao1004@sina.com

黄美舟：huangmeizhou@163.com

陶云韫：taoyunyun1101@163.com

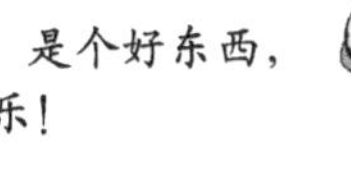

如今，“正能量”一词红遍大江南北。“正能量”是个好东西，它可以让自己快乐，更能传递给他人，让更多的人快乐！

人人都爱正能量

□刘丹

充错话费

李亮是一家广告公司的设计部职员，最近一直在为竞争设计部总监这个职位而努力。这天，他正在开会阐述设计方案，忽然收到一条短信，上面写着：手机成功充值一百元。李亮没有理会。不料，过了几分钟，一个陌生电话打了过来，李亮忙按了拒绝键，顺便关了机。

会议中场休息时，李亮开了机，又一条短信跳了出来：你好，早上我充值时，不小心按错了键，把一百元话费充到了你的手机上。能否帮我把话费充回来？不胜感激！李亮看了一下，正是刚才自己没接的那个陌生号码，确实和自己的号码只差了一位。

李亮立刻发了条短信过去：对不起，我刚才有事没接你的电话，我这就上网把话费给你充回去！接着，他立马上网给对方充了一百元，并发短信告知了对方，然后关机，继续开会。

李亮不知道，他这一关机，让那个充错话费的人很难过，这个人叫孙涛。此时，他正一个人坐在医院的病房里，心情复杂地看着自己的手机。此时，距离收到李亮的回复短信已经一个多小时了，可他手机里的话

费却依旧没有变化。

就在昨天，孙涛拿到了医院的诊断书：肝癌晚期。当时，他就在心里不停地问自己：不是说好人有好报吗？自己开了一家小理发店，每个月都去给养老院的老人免费理发，遇到周围有困难的人来理发也不要钱。可老天爷为什么偏偏让自己摊上这样的病呢？而现在又遇上这么个不讲信用的人，孙涛的心情更坏了。

孙涛不甘心，又打了几次电话，对方一直关机。最后他气愤地发了条短信：你可以不还我这一百元话费，可你不能言而无信，你这样说谎话的骗子最可恨！

这时，孙涛的儿子来到病房，孙涛看着一脸倦容的儿子，小声问："得不少钱吧？"儿子忙说："多少钱咱都得把病治好！"

孙涛摇摇头，心想：存折上那十万元是给儿子结婚用的，而且就是把钱都花了也治不好自己这病。他叹了口气，又问："我让你给我拿的本子带来没？"

儿子点点头，递给孙涛一个本子。孙涛翻开本子仔细查看，最后在本子上算了一笔账，一共四千三百元！这是来他的理发店办卡的所有顾客卡里的余额。现在自己病了，理发店要关门了，可家里正缺钱，这钱还要不要还？还要不要做个讲信用的人？孙涛不禁在心里画了一个问号。

再次充错

话说这边，李亮公司的会议直到下午五点才结束，最后老总采用了李亮竞争对手的设计方案，这让李亮很是懊恼。他打开手机，只见孙涛的短信又跳了出来，看到孙涛指责的话语，李亮不禁怒火攻心。他立刻就把电话拨了过去，生气地说："你这人怎么回事？我明明已经把话费充了过去，你怎么还在纠缠？"

孙涛也不客气地回敬道："你说充就充了吗？我的手机里一毛钱都没多！算了，我没有心思为了一百元钱和你计较！"说着挂了电话。

李亮被孙涛一阵抢白，气得正想再和孙涛理论一番，但猛地停了下来：听对方的口气，还真不像说假话的样子，难道这一百元真的没充回去？这么一想，李亮赶紧上网查看刚才的充费记录，哎呀，还真是忙中出错！刚才输入电话号码时，竟把其中两个号码按反了！

李亮犹豫了：是再给对方充一遍，还是给第三方发个短信，告诉他具体情况，让他给孙涛回充过去？可如果第三方不答应，自己就会损失一百元。

冷静了几分钟后，李亮还是给孙涛发了一条短信：我刚才查了一下充值记录，发现我把你的号码输反了两位，也就是说，这钱我又充错给了别人。这是我的疏忽，我这就再给你充一百元。

孙涛收到李亮的短信后，不禁愣住了，回想一下对方在处理这件事的态度上，也确实不太像骗子。他想了想，立刻给李亮发短信：这件事原本是我的疏忽造成的，已经给你添麻烦了。这样吧，你把对方的手机号码告诉我，我自己和他联系吧！

孙涛的短信刚发过去，手机传来了提示音：手机成功充值一百元。他忙给李亮打了电话："小兄弟，这事不太合适吧，应该由我去找对方要那一百元话费。"李亮忙说："不用了，是我弄错了号码，还是由我来解决吧！我估计对方也会理解的！"

放下电话，李亮心里也轻松了不少。他又给第三方发了短信，告知了具体情况。不到半个小时，他的手机就收到了充费成功的短信。本来李亮因为设计方案落败的事心情很不好，可这来了又走、走了又来的一百元话费，却莫名地让他的心情好了一些。想了想，他又给孙涛发了条短信，告诉孙涛，那个第三方已经把话费给他回充过来了。

看到短信，孙涛心里突然觉得很温暖，看来这世上好人还是挺多的。

诚信至上

第二天一早，孙涛把儿子叫到病床前，递给他两张纸。一张上面是几十个人名，每个名字后面都有一笔金额；另一张是一则告示，上面写着：本店因故不能继续营业，请在本店办卡的顾客朋友，速来退卡返钱！最后，孙涛叮嘱儿子把告示贴在理发店的门上，并且让儿子这几天呆在理发店里，给顾客退卡返钱。

办完这些，孙涛心里的石头落了地，心想：我就是死了，也没什么对不起自己的事了。可没过多久，孙涛就接到了儿子的电话。儿子告诉孙涛，

在退卡时，很多顾客都问理发店为什么不开了，儿子就告诉了他们孙涛的病情。结果好多顾客都不要钱了，说孙涛是好人，他们得为孙涛做点什么。

孙涛听完，告诉儿子这钱不能要。儿子却说，那些顾客根本不接钱，他也没办法！孙涛心里又是一阵感动。

这事儿还没完，也不知道是谁把孙涛这件事反映给了报社。报社记者亲自来医院采访了孙涛，说他这种讲诚信的做法值得表扬和推广，因为现在的社会太需要这种正能量了。

孙涛有点不好意思地笑笑说："我除了要感谢我的这些老顾客们，更要感谢一位不知名的小兄弟！"接着他就给记者讲了他和李亮充话费的故事。

很快，这个故事就见报了，还受到很多网友的追捧，大家纷纷给孙涛捐款。李亮也在报上看到了孙涛的故事。同事问他："李亮，那个给孙涛回充话费的人就是你吧？"

李亮点点头，说："按他的描述，应该是我。这个孙涛还真是讲诚信，把挣到手的钱又拿出来，冲这点，我还挺佩服他的！不像现在很多商家，一夜之间人去楼空，骗老百姓的钱。"

晚上，李亮给之前那个号码发了条短信，在确认对方真的就是报上所说的孙涛后，他给这个号码充了五百元的话费。之后他又给孙涛发了条短信：孙大哥，在报上看到你的事后，很佩服你的为人，特意为你充了五百元话费，能力有限，还望理解！

孙涛看到短信后，眼眶发红，他给李亮回道：啥也不说了，兄弟，谢谢你！

一个月后，李亮意外地被公司任命为设计部总监。领导说，虽然他没有拿下上次那个项目，但之后他仍然保持着一贯的工作热情，这正是总监这个职位所需要的。再加上公司也知道了他那个充话费的故事，李亮对那件事的处理方式也为他加了不少分。

事后，李亮感慨万千，他在微博上写道：正能量是个好东西，它可以让自己快乐，更能传递给他人，让更多的人快乐！人人都爱正能量！同意的，请转发吧！

（**题图、插图**：谭海彦）

您手中有没有得意之作？本刊辟有二十多个原创性栏目，如新传说、我的故事和中篇故事等；您读到或听到什么有趣事可以和大家一起分享吗？3分钟典藏故事、外国文学故事鉴赏和谈段子等都是本刊推荐性栏目。热忱欢迎来稿，可从邮局寄发，也可从网上传递。邮寄地址：上海绍兴路74号《故事会》杂志社，邮编：200020；如为电子邮件，本期责任编辑信箱：zhong98305@sina.com。

阿P办实事

□伊　杰

最近，阿P家的巷子口有个下水道井盖坏了，露出一个黑乎乎的洞口。作为巷子全体居民心目中的平民领袖，阿P一边在洞口四周拉起红色警戒线，一边跑去找有关部门。

哪知这一跑，把阿P跑晕了，进了哪个单位，都叫他去找有关部门。阿P被人家当皮球踢得团团转，跑了四五天，烟也散了整整一条，还是没人管。

眼看那洞口接连吞了几只猫和狗，居民们怨声载道，阿P心里不淡定了：连这样一个小小的问题都解决不了，他阿P这面旗就算倒了！

阿P决定另辟蹊径来点绝的。有什么绝招立竿见影呢？阿P在家苦苦思索至半夜，突然有了灵感。他兴奋地跑去敲楼上老胡家的门，咬着耳朵交代了一番。

第二天一大早，两人来到洞口，老胡探头瞧了一眼，说："阿P，你还真的要下去呀？"

"得下！不掉人，人家不会来。"阿P胸有成竹地说，"这叫舍不得孩子套不住狼。"

老胡皱着眉头说："下面可臭呢，你真的要亲自下去呀？要不咱们另外找人吧。"

阿P一摇头："不用，谁叫我是阿P呢！"他找来一根长竹杆，哧溜一下就滑了下去。幸好下面的污水并不深，只到膝盖处，就是臭气熏天。

阿P差点窒息过去，不过他很快挺了过来，捂着鼻子朝上面喊："快，给电视台打电话！"

过了一会儿，老胡趴在洞口说：

“糟糕，电话没人听，人家还没上班哩！”

阿P顿时傻了，说起来也怪自己操之过急，没考虑到这点。

老胡叫阿P还是先上来，等人家上班了再下去也不迟。阿P一打量，下来还容易，要上去可就难了。没办法，我忍！可这一等就等了一个多小时，阿P被洞内的恶臭持续攻击，渐渐有些支持不住了。

忽然，老胡兴奋地喊道：“好消息，电视台上班了，说马上就派人过来。阿P，你再坚持一下！”

阿P顿时精神一振：“你叫他们千万别忘了带摄像机来！”

哪知就在这时，洞口突然探出一个陌生男人的脑袋，大呼小叫地喊道：“还真的有人掉下去了！别怕，兄弟，我是登山队的，马上救你上来！”

阿P心想不好，这家伙来得真不是时候。正想着怎么骗开他，那“活雷锋”已经爬了下来，把手一伸说：“兄弟，受苦了。”

阿P往旁边一躲：“大哥，不用了，我那个……”

活雷锋大声说：“你还客气啥？难道你还想等着上电视？”

阿P忙说：“哪里？怎么会？”

“那就别磨蹭了，这儿能臭死人！”活雷锋不由分说，拿一根绳索往阿P身上一套，把两个人牢牢绑在一起，喊了声，“抓紧了！”

阿P哭笑不得，事到如今也没办法，心说也好，等你走了我再下来。

只见活雷锋手脚并用，像只蜘蛛一样抓着石壁就往上爬。一眨眼，就轻轻松松把阿P背了上来。趁这机会，阿P大口大口地呼吸着清新的空气。

那活雷锋拍拍阿P的肩膀，爽快地说：“今天遇上我是你走运，以后小心点！”说罢就走了。

阿P好不容易喘过气来，老胡低声问：“阿P啊，这下怎么办？电视台的人就快来了。”

“我再下去。”阿P咬咬牙，说，“我可不能功亏一篑！”

老胡转身去拿竹杆，但已经迟了，电视台的车刚好来了。看到扛摄像机的记者向自己跑来，阿P立刻扑上去诉起了苦：“记者同志，你们看看，这个洞害死人哪！”

带头的一个胖子一愣：“你就是受害人？你爬上来了？”

阿P愣愣地点点头。胖子一脸的不悦：“你都上来了，我们还拍个屁呀！”

阿P急了：“拍拍这个洞也好啊，还有我这个倒霉鬼，我还没换衣服呢！”

胖子背着手，往阿P身上瞧瞧，往洞口瞄瞄，也不说话。阿P急忙掏出烟敬上，小心翼翼地问：“您看，还是有一定价值的吧？”

胖子沉吟道：“除非这样，你再

掉下去一次，我们来个情景重现。”

阿P吓一跳：“掉？怎么掉？我慢慢下到下面让你们拍，总可以了吧？”

“非掉不可！”胖子摇摇头，说，“不掉不真实。”

阿P一咬牙，豁出去了，掉就掉，他又不是没下去过，无非是方式不同而已。

胖子喊道：“准备！”阿P慢吞吞地走到洞口，顿了顿，把眼一闭，硬着头皮跳了下去。

不料，胖子找来根绳子把他拉上来，摇摇头说：“不行，不够自然，一看就知道是摆拍的！”

阿P哆嗦着说：“那再拍一次！”这回阿P假装平时走路的样子，往洞口走了几步，没有停顿就跳了下去，结果还是不够理想。就这么折腾了七八遍，胖子总算拍到了满意的镜头。此时阿P已被污水溅得满头满脸，浑身又脏又臭。周围围观的群众也越来越多。

接下来，是电视台采访受害者和现场群众。不用说，阿P和大伙一致强烈谴责有关部门光吃饭不干事，任凭这个洞口在这儿害人。结束后，胖子跟阿P握了握手，说这片子明天晚上就能播出。

记者一走，大伙儿纷纷拥向阿P，掌声与欢呼声经久不息。阿P自然意气风发，刚才所吃的苦头，全不在话下。

第二天吃过晚饭，阿P就瞪大双眼坐在电视机前。哪知一直看到晚上十点，新闻都播了几遍，就是不见他掉洞里的镜头。

阿P坐不住了，打了个电话去问胖子。胖子回答说：“真是万分抱歉啊，今天刚刚接到通知，我们市正在迎接卫生城市检查，这个时候播出明显要唱反调，领导已经喊停了。”

阿P破口大骂：“你坑爹呀！害我白跳了多少次！”他气得把话筒就是一摔。

这时，老胡带着左邻右舍拥了进来，大伙都说没看到新闻，问阿P是不是被人家耍了。

阿P有苦难言，面对大伙怀疑甚

至嘲笑的眼光，他猛地站起来大喊一声："我阿P不把这件事搞定，誓不为人！"大伙瞬间静了下来。

只见阿P铁青着脸说："事到如今，我不得不用杀手锏了！"说着，他拿起手机拨了个号，"喂，杨副市长吗？我是阿P呀，老同学，听不出来啦……"边说边走进了卫生间。大伙一听阿P这两句开场白，纷纷惊讶得张大了嘴巴。

过了一会儿，阿P打完电话出来，对大伙宣布："我阿P保证，明天，大家想看也看不到那个洞了！"

第二天一早，阿P刚走出门，几个邻居兴奋地冲他招手："阿P快来看，那个洞被盖上了！"阿P背着手，慢悠悠地走过去。那个洞口果真已被盖上了井盖，好多人正在高兴地议论着，都说是阿P的功劳。

阿P淡淡一笑："小菜一碟！我阿P想要办的事，有哪件办不成的？有些手段，我只是不想轻易动用罢了。"说完，他在一片赞叹声中得意地走了。

下午，阿P正在家休息，老胡惊慌失措地闯进来："阿P，外面来了一帮有关部门的，听说要找你呢！"

阿P心里一惊，随即镇定从容地走了出去。一看，巷子口停满了车辆，站满了戴大盖帽的人，有城管的，有市容办的，还有警察，把下水道井盖那里围得水泄不通。

有人大喊："阿P来了！"马上就有个大盖帽上来问："你就是阿P？我们是市卫生联合治理组的，听说这儿有个井盖坏了，正要来换，可是一看已经换好了，群众都说是你换的？"

阿P故作惊讶："不是你们换的吗？我是打了电话报告，可我哪有井盖换啊？"

话音刚落，警察上来了："阿P同志，昨晚市容所里失窃了一只下水道井盖，小偷作案的过程被监控拍到了，跟你有点像呀，麻烦你跟我们走一趟。"

围观的群众一听，都傻了：阿P偷井盖？

好个阿P，虽然丑行被当场揭穿，但仍然脸不红心不慌，他大义凛然地振臂高呼："我跑断腿都找不到你们，如今不用找了你们却自个儿来了！我不偷你们的井盖，你们会来吗……"就这样，阿P叫嚷着被警察带上了车。

因为偷盗公共财物，而且又刚好撞上风头，阿P被拘留三天外加罚款才得以脱身。当他郁闷地回到巷子口时，只见那儿彩旗飞舞、锣鼓喧天，一条横幅挂在半空：欢迎阿P回家！

阿P一扫郁闷的心情，激动地想：只要真心实意为群众办好事，群众就会爱戴，区区三天拘留加罚款又算得了什么呢？

（**题图、插图**：顾子易）

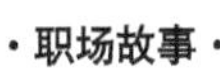

·职场故事·

一着险棋

□张运国

吴董是个局长。这天，他正在办公室里忙，忽然一个叫刘明的年轻人走进来，掏出一张纸，说："吴局长，这是我的辞职书，我想辞职，请你批准。"

吴董仿佛五雷轰顶，愣怔了半晌都说不出话来。刘明是个大学毕业生，半年前通过市里的公开招聘，被安排在吴董的手下当办事员。刘明第一天来报到上班时，市里李部长亲自带着一群人，包括电视台记者，隆重地把他送到局里来。

临走时，李部长当着众人面，语重心长地对吴董说："小刘是大学生，是我市实施人才战略招聘来的重点人才，放在你这里，你一定要好好培养，出了什么问题，我拿你是问哦。"

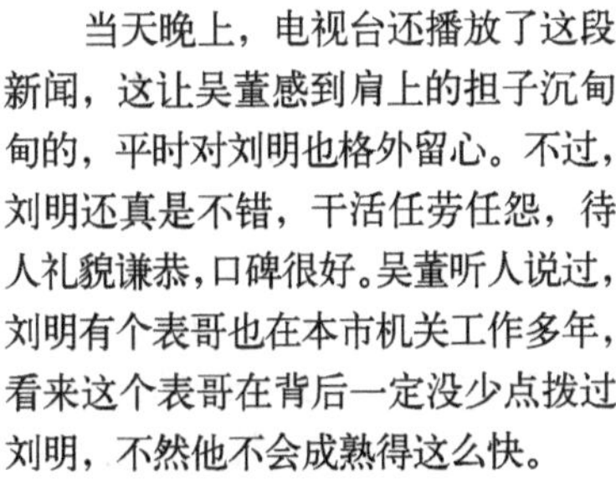

当天晚上，电视台还播放了这段新闻，这让吴董感到肩上的担子沉甸甸的，平时对刘明也格外留心。不过，刘明还真是不错，干活任劳任怨，待人礼貌谦恭，口碑很好。吴董听人说过，刘明有个表哥也在本市机关工作多年，看来这个表哥在背后一定没少点拨过刘明，不然他不会成熟得这么快。

可现在刘明却突然要辞职，这着实让吴董转不过弯来，干得好好的，怎么说辞职就辞职呢？如果真放他走了，一旦李部长知道了，怪罪下来，自己无论如何也不好交代。

吴董连忙端起一杯水，递到刘明手里，说："是不是有人欺负你，或者工作上遇到什么困难？你说出来，我来帮你。"

刘明摇摇头，说："没有人欺负我，大家都待我很好，工作上也没有什么困难。只是，人各有志，我就是不想待在这里，想到外面去打拼一番。"

吴董知道一时半会也劝不住刘

明，再说这事也不适合在办公室里谈得太深，于是他收起辞职书，说："辞职书先放我这里，你也不要和别人讲，回去后你再好好想想，这事一定要慎重，关系到你的一生。我听说，你有个表哥也是公务员，你是不是去征求一下他的意见？"

刘明却一根筋地说："我已经想好了，是慎重决定的，不必征求别人的意见。"

吴董摆摆手，说："今天先谈到这里，过几天我们再议。"

送走刘明，吴董抱着脑袋想了又想，一时理不出个头绪来。这时，电话铃响了，是李部长打来的："吴局长啊，那个刘明在你那里干得怎么样？"

吴董一个激灵，连连说道："好啊好啊，小刘真是个难得的人才，任劳任怨，干得很好，群众评价很高。"

李部长在电话那头嗯了两下，便挂了电话。可吴董却惊得目瞪口呆，这个刘明刚要辞职，李部长就打电话来询问，这里面一定有关联。吴董觉得，他必须不惜一切代价，把刘明留下。

第二天，吴董把刘明请到一个饭店里，点了几个菜，然后语重心长地说："小刘啊，当公务员可能收入不是最高，可你想过没有，公务员有保障啊，有前途啊，有朝一日混出来了，实惠多了去了，你眼光可得放长点啊，千万别只看到眼皮底下那一点蝇头小利啊，所以你还是早早收回辞职书吧。"

刘明端起一杯酒，恭敬地说："吴局长，你的心意我真的领了，但辞职是我经过深思熟虑的，你就成全我吧，反正我现在还在试用期。"

吴董摇着头，真诚地说："小刘啊，你来局里上班这么长时间，也怪我太忙，对你关心不够，有什么难处你就直说。但是，在辞职这个事上，没商量，请你支持配合我的工作。"

刘明低头想了一阵子，然后说："我想好了，还是辞职。"

吴董脸上的汗都流下来了，他有些生气地说："我说了那么多，你就是铁石心肠也该被打动了。机关这么好，你为什么非要辞职？"

刘明脱口而出："我来局里上班这么长时间，真没看到有你说的那么好，对我没有吸引力。"

吴董似乎明白了什么，叫来服务员，说："结账！另外再给我拿两瓶好酒，都开到发票里。"

服务员开好发票，又把两瓶包装精致的酒放到吴董面前。吴董把酒推到刘明跟前，说："看到没有，这就是公务员的好处，吃完饭嘴一抹，大笔一挥，完事！这两瓶酒，你带回家给你爸喝，问问他同不同意你辞职。"

刘明把酒推了过来，说："吴局长，你也别费心了，你的意思我明白。但是，公务员这些特权不是人人都能享有的。我去意已决，望你早点批准。”说完,连个招呼也没打,转身走出饭店。

这时，李部长的电话又打来了：“我听说那个小刘好像有点不安心工作，是不是啊？”

吴董连忙说：“没有没有，他工作非常安心。”

李部长若有所思地说：“如果他有什么新情况，你要及时跟我说一下。”

挂了电话，吴董额头上的汗止不住地往下流，看来要留住刘明得走一步险棋才行，不然不仅留不住他，自己也得跟着受牵连。

几天之后，吴董把刘明请进办公室，笑吟吟地说：“小刘啊，你是我们市里引进的优秀人才，放走你，我就成了罪人，所以我要破例想办法把你留下，就算担再大的风险，我也愿意。喏，我们研究了，决定任命你为科长，破格提拔。任命书在这里，你自己看吧。”

说着，吴董把任命书递到刘明手里。刘明接过来一看，顿时脸红了起来，争辩着说：“吴局长，你误会了，我要辞职并不是为了当官啊，我是想走自己的路，到更能发挥自己专长的地方打拼。”

吴董拍拍刘明的肩膀，和蔼地说：“理解理解。但是，你也应该理解我的一片苦心，你目前还处于试用期，按规定是不能提拔任用的。我这么做，走的是一着险棋，目的只有一个——那就是要留住你。为了这张任命书，我跟其他几位局长差点打起来了。现在，你不会再坚持要辞职了吧？”

刘明愣怔了一会儿，最后有些无可奈何地点点头，说：“既然吴局长这么器重我关心我，我如果再不识抬举，那就不够意思了。我向你保证，绝对不再提辞职的事，一定安安心心工作，不辜负你的期望。”吴董听了，很感动，把刘明的手拉得紧紧的。

随后，刘明走出办公室，找到一

个没人的隐秘处，掏出手机小声说："表哥，你真厉害，真跟你说的一样，我这着险棋走对了，吴局长已经任命我当科长了。"

表哥在电话那头得意地一笑，说："怎么样，按我说的做没错吧？吴董的脉我早给他号准了，他肯定会想办法留住你，其实留你是为了他自己，不然他怎么向李部长交代。你表哥在机关里干了半辈子，虽然什么也不是，但对官场上的道道还是清楚的。"

刘明心有余悸地说："我现在心还在怦怦怦地乱跳，万一吴局长同意了我的辞职，我岂不把后路给断了？"

表哥呵呵一笑，说："我跟你说过的嘛，这是一着险棋，但是成功的可能性远远大于失败，因为李部长在电视里讲的话，他吴董就是有一百个胆子也不敢不听呀。不然，像你这样没背景没靠山没金钱的农村娃子，不知道干到哪年哪月才能当上科长。再说，真批准你辞职了，你不是还有个开公司的同学吗？怕什么？好了，现在你已经是科长了，就别再朝三暮四了，好好干，争取三五年后再上一个台阶，到时候还是我来帮你。"

就这样，刘明被提拔后，工作更加努力勤奋，深受好评。

这天，吴董找到李部长，神秘地说："市里分配到我们局的人才小刘，前些日子执意要辞职，我怎么劝也没劝住……"

李部长高兴地打断说："好啊，那就批他辞职嘛，反正是试用期。我正好有个亲戚想进机关，苦于没有空位呢，他辞职了刚好可以顶缺。我连着几次打电话问这事，就是为的这个。怎么样，小刘走了吗？"

吴董怔了半晌，一脸沮丧地说："可是，我已经想尽办法把小刘给留下了，现在干得正欢呢，看样子他肯定不会辞职。当初，您送他来时，不是亲口交代过，一定要留住小刘这样的人才，否则拿我是问？我是按您说的在做啊！"

李部长恨铁不成钢地摇着头，说："我那是场面上的话，又有电视台记者在一旁，不那么说该怎么说？你这人怎么这么幼稚！"

李部长说完转身就走，吴董跟傻了似的，半晌回不过神来。

（题图、插图：刘斌昆）

2013年4月(上)动感地带答案

神探夏洛克：C.因为111000二进制转十进制是56。

疯狂QA：因为老李开的是灵车。

思维风暴：

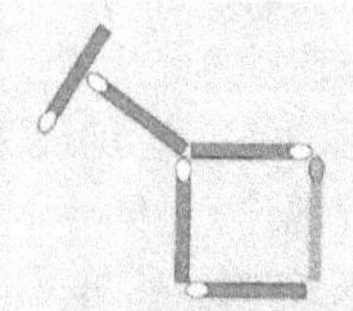

3月(上)神探夏洛克答案更正：通知警方逮捕医生，因为医生治疗的方法就是摘取疼痛的器官。

故事会·新浪微故事大赛

3月优秀作品选登　主题：吃的故事

@正版无字仓颉　面就蒜，给座金山也不换！这句话老吴以前常挂嘴边。当了领导后，老吴回家吃饭越来越少。这天好不容易回了家，吴嫂特地给他做了卤面。饭毕，老吴说：下午还有会，晚上就不回来吃了。两小时后，吴嫂将老吴和一个女人堵在宾馆床上。老吴沮丧地问：你咋知道的？吴嫂抹泪：中午你吃面没就蒜。

@四季春风80　黑子结婚了，娶的是当年高中的班花，大家私底下逼问黑子，是如何把班花追到手的？黑子说："我家做盒饭生意，她的工作比较忙，经常找我订盒饭，她订十块钱的，我就给她送二十块的盒饭。"众人了然："哦，原来是加量不加价。"黑子嘿嘿一笑："对啊，后来她长胖了，就只能跟我了……"

@MTDYXGS　男孩每天上班都要在饭盒里带上自己做的泡菜，他的脑海里有一幕幻景：那个新来的女孩走过来碰碰他的肩膀，对他说："嗨，我能尝尝你的泡菜吗？"可是这一幕他等了三个月，一直没有发生。这一天他鼓起了勇气，朝女孩走过去："嗨，我能尝尝你的春卷吗？""好的！"她等这一幕也等了三个月。

@茫然小黄瓜　神路过一村，见一穷人在吃树皮，心生不忍便收了他的味觉。于是，穷人吃树皮时不再感到苦涩，不再愁填不饱肚子。十年后，神再次路过，见那个失去味觉的穷人仍在吃树皮，而其他村民却因为勤劳耕作，已经吃上了粮食。

@吃素的沙漠狼　记者得知眼前这个瘦弱的小男孩，为了养活脑瘫的父亲，成天沿街乞讨吃糠咽菜，心里一阵酸楚。他带着男孩去了饭馆，特意要了鸡鸭鱼肉。菜上桌后，男孩直咽口水却不动筷子。别不好意思！记者给他夹了块肉。男孩红着眼圈说：我也想吃，可吃胖了，谁会信我是乞丐，讨不到钱，爸爸靠啥养活？

@路兰庆　放假，他给老娘打电话说：不回去，准备考研究生。傍晚，他打工回来，在书桌前坐下，给快餐店打电话：你好！送一份蛋炒饭。然后又一头扎在书堆里。很久，很久，饭也没有送来。他又拿起电话，电话里却传来熟悉的声音：儿！娘在车上了，娘给你做了三鲜水饺。他扇自己的耳光：打错电话了！

@fkmyou　局长退休后，张副和王副竞岗。一番明争暗斗后，因上头迟迟不公布，除了他俩，谁也不知结果，这让下面的人猜测不已。而小李选择了张副并顺利成为他的嫡系。众人问他原因，他悄悄说："还记得上次局里吃饭吗？张副点了一桌子辣菜，不吃辣的王副一句话也没说，这不是明摆着张副上去吗？"

总统带来的阴凉

法国前总统雅克·希拉克身高近1米90，年轻时被称作“大个子雅克”。2002年，他成功连任总统后，许多人找他签名。由于个子高，希拉克常因签名累得腰酸背痛，但还是乐此不疲。

这年夏天，希拉克走在巴黎街头。有个小孩走过来，瞅着他笑了笑，什么也没说，便钻到他身后。希拉克走在前面，小孩跟在后面；他加快脚步，小孩也小步快跑……过了两个路口，小孩依旧紧跟不舍。希拉克不禁有些疑惑，他弯下腰，友善地对小孩说：“你是想要我的签名吗？你带纸和笔了吗？”

不料，小孩摇摇头，说：“我没带纸和笔，也不想要你的签名。”希拉克愣了一下，又问：“那你为什么一直跟着我？”小孩指着天上火辣辣的太阳，说：“我觉得走在你的影子下会凉快些……”希拉克望着自己的身影，恍然大悟，继续弯着腰把孩子护在身下。

“你愿意为孩子带来阴凉吗？从现在起，面对孩子时请弯下腰……”希拉克连夜写出一篇演讲稿，取名《我愿为你带来阴凉》。此后在演讲中，他总会讲起此事：“人生的价值在于你能给他人带来什么，而非自身拥有什么，这个朴素的道理，对总统也不例外。”后来，希拉克还将此写入了施政纲领：“替国民遮挡炎热，给他们带去阴凉，这才是人民对执政者的最大期盼。”

（**作者**：张小平；**推荐者**：秦　湖）

手语里的爱情

一个女孩在车站等车，看到旁边有人用手语向一个男青年问路，男青年用手语回答说他不知道。女孩以前学过手语，她忙上前用手语告诉问路人正确的方向，并友好地和男青年互留了电子邮箱。

第二天，女孩意外地收到了男青年的电子邮件，男青年在邮件里介绍了自己的基本情况。女孩看完后，礼貌地给对方回复了邮件。之后，两人就开始在QQ上聊天，有时也一起出来走走，虽然总是用手语交流，但女孩丝毫不觉得沟通有障碍。渐渐地，女孩发现自己喜欢上了男青年。

这天，男青年向女孩表白了。女孩惊喜不已，她请男青年给她一些时间。因为她要去说服自己的父母。

不出所料，女孩父母得知此事后大发脾气。女孩告诉他们："他积极、乐观、优秀，比很多正常人强上百倍。"过了一段时间，父母不再激烈反对，他们要求见见这个男青年。

这天，女孩带着男青年回家。一路上，男青年开心地用手比画着："放心吧，你爸妈一定会喜欢我的，我会告诉他们，我要好好照顾你一辈子。"女孩感动得几乎要流下眼泪。

到了家门口，女孩指着男青年，对父母介绍说："爸，妈，这就是我的男朋友……"

没想到，话音刚落，男青年扔下手中的礼品，紧紧抱住女孩说："原来你会说话？"在场的人全都惊呆了。女孩愣了好久，这才喜极而泣。她没想到，男青年并不是聋哑人，更没想到，男青年也一直以为她是聋哑人，但还是深深地爱着她。

他们的爱情是那么纯粹那么伟大，不掺一点杂质。

（**作者**：鹿鸣之什；**推荐者**：悠　然）

真相

一个老人带着一个年轻人坐上火车。火车启动了，年轻人流露出一副满心欢喜、充满好奇的样子。突然，他大声喊道："爸爸，快看啊，所有的树都在朝后退！"老人微笑着赞叹儿子的感受。

此时，年轻人的旁边坐着一对夫妻，他们听到父子俩的对话后，不禁大感诧异。

忽然，年轻人又大喊："爸爸快看啊，池塘和动物，还有云朵在跟着火车移动。"那对夫妻更加诧异了。

这时，天空开始下雨，雨滴落到年轻人的手上。他高兴地闭上眼睛，喊道："爸爸，下雨了，雨水在抚摸我……"

终于，那对夫妻忍不住了，奇怪地问："你儿子是怎么回事？"老人说："他眼睛有毛病。"夫妻俩又问："那你为什么不带他去看病呢？"

老人微笑着说："我们就是刚从医院出来。就在今天，我儿子平生第一次有了视觉。"

（**编译者**：孙宝成；**推荐者**：小　丁）

（**本栏插图**：安玉民　梁　丽）

本文根据美国作家辛克莱·刘易斯的短篇小说改编而成。辛克莱·刘易斯（1885—1951），1930年诺贝尔文学奖获得者。代表作品有《大街》《巴比特》《阿罗史密斯》等。

十年案，十年爱

□寒　飞　改编

杰克在尼古小镇上开着一家小旅馆。小镇虽说地处沙漠的边缘，环境恶劣，但却是一个观光旅游的好去处，每年都会吸引大批的游客，所以小店的生意并不是那么冷清。

这天黄昏，肆虐了几天的沙尘暴终于停了下来。杰克打扫院子时，小店的门外忽然响起了喇叭声，杰克赶忙迎了出去。只见从车上下来一位满头白发、身材瘦小的老妇，还有一位四十岁左右、皮肤白皙的男子。

杰克正准备跟客人寒暄几句，突然，他脸上的笑容僵住了。原来这位老妇是个盲人，手中一根小铁链紧紧拴在男子的手腕上，她伤心地自言自语道："查理，别怪妈妈心狠，欠下的债总是要还的……"

男子则小心翼翼地搀扶着她，一遍遍地安慰着："妈妈，您放心，我不会再逃了……"

这究竟是一对什么样的母子？杰克愣愣地看了好一会儿，才回过神来腾出最好的房间，招待客人。

晚上，杰克亲自把晚餐送到老妇的房间。下楼的时候，杰克看见柜台前那位叫查理的男子在喝酒，不禁好奇地和他聊了起来："查理先生，你母亲为什么要这样对你？天下哪有母亲这样对待自己的孩子？"

查理看起来并不是一个健谈的人，他只是淡淡地笑了笑，没有回答。杰克叹了口气，说："我开旅店多年，阅人无数，可以肯定，你是个很善良的人。而且，从你的穿着品位来看，你并不缺钱，对吗？”

查理迟疑了一下，解释道：“不错，我拥有自己的公司，还投资金融产业，从来不会为钱发愁……”

“可是，你母亲为什么老是在唠叨‘欠下的债总是要还的’？”杰克指了指他手腕上的小铁链，说，“她这样对待你，究竟为什么？”

听到这话，查理的脸一下子涨红了，犹豫中几次欲言又止。

杰克为查理倒上酒，长长地叹了一口气说：“你一定有什么难言之隐，我也不多问了。只是你们明天要去什么地方？需要我帮忙吗？”

查理看着热心的杰克老板，有些感动了，说：“我想打听去吉斯西图的路。听说那里很偏僻，不然的话，我今天也不会走错方向，带着这位老妇在这里住宿了。”

“什……什么，这位老妇？”杰克的心像是被什么东西猛击了一下，他不由得紧紧盯着查理，惊讶地问道，“她不是您的母亲吗？”

查理的脸上流露出沉重的表情，说：“是的，她不是我的母亲，我和她非亲非故。”终于，他道出了事情的来龙去脉。

原来几天前，查理在公司门口送一个朋友，朋友离开时无意中喊了一下他的名字，恰巧被路边一个拄着手杖的老妇听到了，她浑身触电般一震，兴奋地冲他喊起来：“查理！查理！真的是你吗？”还没等他回答，老妇就扔下手杖扑了上来，紧紧抓住他，悲愤交加地说：“你这个孽子，今天我终于找到你了，快跟我回去……”

查理莫名其妙地喊道：“老太太，放开我，你认错人了！我不认识你！”

不料，老妇固执地喊道：“不！你一定是我儿子，我虽然眼睛瞎了，可自己儿子的声音还辨不出来吗？”

查理很生气，可当他看出面前这位脸色苍白的老妇竟然是一个盲人时，他愣住了。而老妇由于激动过度，突然昏倒了，但一只干瘦的手仍然紧紧拽着他的衣角不放。

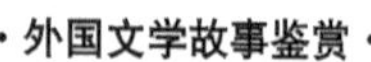

查理顿了顿，接着说道："我赶紧把她送到医院。老人醒来后，一只手仍然紧抓着我。通过她的描述，我才知道，老人有个儿子也叫查理，十年前以做生意为名，骗了很多人的钱后不知去向。债主们准备一起到警察局报案，她得知后流着泪跪下苦苦哀求大家：'明天我就去找这个孽子，哪怕他躲到天边，我也要把他找回来，让他把钱一分不少地还给大家！'"

查理叹了口气，接着说道："为了寻找躲藏的儿子，整整十年了，老人一个一个城市地找，过着流浪者的生活，不知道吃了多少苦，眼睛也失明了。我也是有母亲的人，这事我怎么能忍心不管呢？"说到这里，查理流下了眼泪。

杰克被这个故事震撼了，过了好半天，才喃喃地问道："所以……为了这位可怜的母亲，你承认自己就是她的儿子，并随她一起回去还债？"

"杰克老板，我这么做绝不是出于怜悯。"查理一脸正色地说，"你知道吗？这位母亲在我心中就像乞力马扎罗山一样高大！十年的案子，十年的爱啊！她让我明白了什么叫母爱如山，什么叫信念和毅力。只是为了孩子，为了一个最简单的做人的道理——欠下的债总是要还的……"

听到这里，杰克沉默了，过了一会儿才说："我没有看错，查理先生，你果然是一个很善良的人。"想了想，又建议道，"眼下正值风沙季节，到吉斯西图还有一段很远的路。要不这样，明天一早您就回去，留下这位老妇，我会好好照料她的。"

查理摇了摇头，站起来说："不，我要亲自把老人送回去，了解一下她儿子的情况。希望能尽快找到，因为一天找不到，老人的心里就一天得不到安宁。"

杰克愣了愣，脸上露出一种奇怪的表情说："都十年了，还能找到吗？"

"我想一定能的，人心不是长不出绿草的荒漠，更不是冷酷的石头。"查理笑了笑，眼中充满了自信，说，"如果他知道母亲为了他，背负着这笔道义之债，在这个世上流浪了十年，他一定会为他的行为感到后悔！"

"不错！"杰克突然哽咽起来，低声说，"如果查理那个混蛋知道，他一定会无地自容的，也一定会回去投案自首的。"

第二天早上，查理带着"母亲"继续上路了，杰克也早早地起来了，他没有再劝阻，只是在胸前虔诚地画了个十字，目送渐渐远去的车影。

第三天，当地警局传出消息，逃亡在外十年的真正的查理带着一笔钱，主动投案自首了！原来他就是尼古小镇的旅店老板杰克！

（**题图、插图**：佐　夫）

岩画的秘密

□王静者

这一年，清苑县内盘踞着一股匪寇，剿匪的李大人带着官兵剿了足足三年，这才端了匪寇的老窝，生擒了匪首。

这天，李大人来到县衙，得意地对县令说：“本官一举剿灭了匪寇，替你们除了大害，不知你有何想法？”

县令心说，你们这几年剿匪把清苑县都刮去了三层地皮，老百姓们叫苦连天，现在又想要钱，就是有也不能给你们。不过，他嘴上却说：“大人为清苑百姓除害，本当隆重庆祝。但大人军法森严，本官怕坏了大人的名声，因此未曾准备。这一切本官都已写在奏折内，为大人请功，想必万岁爷定会重重嘉奖！”

李大人一听，心里气炸了：好你个县令，居然拿皇上来压我。既然这样，那咱就好好玩玩儿。想到这儿，他干笑了两声，说：“县令大人真会说话。但如此大捷，对于清苑这小地方来说是千年难遇。本官在剿匪时看到县城西边有座山崖，若能把今日大捷之事雕刻在崖壁上，做成岩画，恐怕对贵县来说很有必要，你觉得呢？”

县令一听，愣住了。回到县衙后，他找来师爷等手下，商议对策，但大家都束手无策。接下来的几天，县令只得托病不办公。

过了些天，李大人又来到县衙，

找到县令，冷笑着说："县令大人，本官今天来，是要告诉你一件事：昨天本官接到圣旨，万岁爷不但嘉奖了我，还让我率军暂驻清苑县，以防匪寇卷土重来。这真要感谢你的美言啊！之前我说的岩画之事，望县令大人速速办妥！"县令一听，傻了眼。

李大人哈哈大笑着走了。县令啪啪啪扇了自己几个嘴巴——本想装病拖个十天半个月的，反正剿完匪了，李大人不可能老待在清苑啊。这下好了，因为自己的奏折，让李大人名正言顺地驻扎下来了，真是气死人。

无奈之下，两天后，县令贴出告示，招募能工巧匠，为李大人平匪开凿岩画。老百姓一看，骂得可凶了，非但没一个人来，反而还把告示给撕了。县令只好哭丧着脸来找李大人，说明缘由，最后假装义愤填膺地说："大人，不如你派手下给这些刁民一些颜色看看？"

李大人走过去，拍了拍县令说："你呀，还嫩了点儿。皇上刚嘉奖了我，转脸你就要给本官拴个扰民的套，然后你再一本奏折告上去是不是？"

县令连忙摆手，刚要解释，李大人却哈哈大笑道："其实本官也不是不讲理的人。既然清苑平匪的岩画做不了，那弟兄们剿匪三年，没有功劳也有苦劳，每个士兵一两银子如何？"

"什么？"县令叫了起来，"每个士兵一两，那加起来可是一笔大数目，就是把清苑县卖了也没这么多钱啊！"

李大人冷笑道："那就做岩画，总不能让弟兄们白忙活了。好啦，本官累了。送客！"

县令只得告辞了。回到县衙后，他正愁眉苦脸呢，一个手下禀告："大人，有个人说他能做岩画，想求见大人。"县令赶紧说："叫他进来。"

很快，手下领着一个人走了进来。县令上下打量着来人问："你叫什么？是干什么的？"

来人说："草民叫郑三炮，是做年画的。"

县令连连摇头说："我要的是做岩画的，不是年画。再说现在连个工匠都没有，你还是先回去吧。"

不料，郑三炮却淡淡地说："要啥工匠，我一个人就搞定了。"

"什么！"县令惊得站了起来，说，"你一个人？"

郑三炮把胸脯一拍，说："没错，就一个人，最多十天就能完工。"

县令诧异地看着郑三炮说："你开什么玩笑？这可是为纪念李大人平匪而做，若有个闪失，脑袋就没了。"

郑三炮冷哼一声，说："我知道，就是因为这个扰民的剿匪大人，我才来的。大人你就放心吧，出了事我郑三炮一人顶。"

就这样，郑三炮忙活去了。县

令还是不放心，一面通知李大人，一面派两个衙役去帮忙。当晚，衙役眉开眼笑地回来禀报："不但咱去人了，李大人也派人去了。结果，郑三炮专让李大人的手下把石头磨成粉末，让我们哥俩监督。"

县令也乐了，又问了几句后，他让衙役接着去。结果一连六天，天天如此。县令坐不住了，决定也去看看。

县令来到崖壁前，果然，两个士兵正骂骂咧咧地磨着石头粉末，而郑三炮则在崖壁前溜达来溜达去。县令走过去问道："三炮，已经六天过去了，怎么还没动手？"

郑三炮胸有成竹地说："别急，不就是岩画嘛，我一晚上能画三百多张年画呢。"

县令大惊失色，说："使不得，岩画不是年画，要雕凿在崖壁上……"

"知道！"郑三炮说，"您就放一百个心吧。后天我就交工。不过明天就别派人来了，你也告诉李大人一声，不然我可不干活。"县令瞅着郑三炮，只得叹口气答应了。

第二天很快就过去了，到了第三天清晨，李大人和县令都带着随从赶到崖壁前。到了那里一看，大家都傻了眼。只见崖壁上刻着四个大字：清苑平匪。而下面则空空的，什么画都没有。李大人当场大怒，县令则转了转眼珠，哈哈大笑道："李大人，你看'清苑平匪'四个字下面干干净净，那是代表匪徒一个不剩啊。"

"怎么会呢？"一旁的郑三炮说，"我折腾了大半天，怎么会干干净净呢？"

李大人气得鼻子都歪了，喝道：

“少给本官耍把戏。就‘清苑平匪’这四个字也算有？”

郑三炮理直气壮地说：“谁说就那四个字？下面有画，而且非常传神。”说着，他走到崖壁前，解开腰带，居然对着崖壁撒起了尿。说来也怪，被浸湿的崖壁上，竟然出现了一些图案。郑三炮边系腰带边说：“看！有了吧。要想看整个岩画，就去打水上来，泼在崖壁上。”

李大人气得大叫：“本官要的是岩画，是雕刻上去的！不是你这样的。你竟敢耍本官？”

郑三炮两眼一瞪，说：“真是狗咬吕洞宾！大人你剿匪这几年，都干了些啥祸害老百姓的事，你自己心里清楚！我前脚给你刻上去，后脚就有百姓给你毁了。你这是在找骂啊！”

李大人一听，不禁傻了眼。县令见状，强憋着笑说：“李大人，郑三炮可是为您着想啊！”

李大人顿时气焰下去了不少：“可到底有没有画，谁知道呢？总要让本官看看全图吧？”

郑三炮神秘地一笑，说：“当然要看！大人，你手下的士兵不是很多吗？后山就有条溪水，去那里打水，泼在崖壁上就能看到了。”李大人瞅了瞅四周，说：“还要翻山？”

郑三炮点头说：“是啊……”说到这儿，他偷偷朝县令使了个眼色。

县令立刻会意地说：“李大人，您可以在山上开凿水渠，把溪水引到这里来。”

“对！”郑三炮接过话，“我就住在山下的村里，到时候士兵们的吃喝，我们村全包了！”

“不！”县令打断说，“由官府全包！而且事成后，本官不但会上书朝廷，为李大人请功，还会好好犒劳所有凿渠引水的弟兄们！当然，李大人若觉得不妥，那本官就招募劳力，等水引过来后，定会请大人前来观看清苑平匪的岩画。”

李大人斜眼看着两人，已然无计可施了，便说：“本官算是被你们给耍了。你们喝水困难，自己又解决不了，就想出这么个办法来，让我手下帮忙是不是？”

郑三炮嘿嘿笑着说：“这个……反正一举两得的事。”

李大人叹了口气，说：“行了，本官有数了。不过，若想让本官帮忙，你得先告诉我，这岩画是怎么弄的？”

郑三炮神秘地说：“我家祖传做年画，有门独家手艺，只要把一种石头粉末掺入颜料中，画就消失了，需要用水浸湿才能显出来。”

李大人点了点头，对身边的随从说：“罢了罢了，咱在清苑平匪三年，不但在老百姓眼里啥都没有，还招人家恨。回去把弟兄们都调来，开山引渠，留下点好念想给清苑百姓吧。”

（题图、插图：黄全昌）

该不该相认

□陈 默

正所谓，浪子回头金不换。十五年前，林子科一时起了贪念，挪用了公款，结果锒铛入狱。在狱中，他积极改造，最后提前三年刑满释放。此时，他归心似箭，真想马上见到分别已久的女儿。

然而，当林子科设法找到女儿居住的小区后，他不由得倒吸一口冷气，这个小区环境优美，豪华气派。就在这时，林子科看到不远处有一个三十来岁的女人，手里还牵着一个四五岁的小姑娘。那女人不就是自己的女儿林晶晶吗？

林子科呼吸急促，刚想抬腿追过去，却又停住了：分别都十五年了，尽管晶晶探过几次监，但毕竟这么多年没在一起生活，晶晶又过得这么好，还会认他这个不争气的父亲吗？如果就这么闯进她的生活，结果又会怎样？思前想后，林子科一下子没了勇气，低着头从小区慢慢退了出来。

这天晚上，林子科在江堤边坐了整整一夜。快天亮时，他做出了决定，先就近找一份工作，一来解决自己的生活，二来也可以找机会看看晶晶。至于晶晶认不认自己，到时再说吧。

第二天，林子科就在小区附近的送水站找了份工作。店老板是个外地人，长得胖胖的，性格十分热情和气。两人一交谈，就感觉十分投缘。当晚，

胖老板在小屋里替林子科铺了张床，让林子科住了下来。

从此，林子科就在这里落了脚。入狱以来，林子科积极改造，练就了一副呱呱叫的铁身板，在胖老板这儿干活也特卖力气。胖老板也特别赏识林子科，时不时叫上三两个好菜，邀林子科喝上几口。

一天傍晚，两人正在碰杯，林晶晶带着小姑娘恰好路过。林子科看得眼睛发直，只听“哐当”一声，酒杯掉在地上摔得粉碎。

胖老板顺着林子科的眼神一看，不禁好奇地问道：“你认识她们？”

林子科赶紧摇摇头，岔开了话题。当天晚上，林子科在床上翻来覆去，怎么也睡不着。一旁的胖老板看着林子科反常的举动，心里更加疑惑了。

第二天一早，林子科扛起一桶水打算去送水。刚到小区，只见那个小姑娘蹦蹦跳跳地走了过来。林子科由于昨晚没睡好，又受了点风寒，身子摇摇晃晃的，扛在肩上的水桶“砰”的一声掉了下来。

小姑娘见状，飞快地跑过来，懂事地问道：“爷爷，您病了吗？要不要我带您去看医生？”

林子科听了，心里涌过一股暖流。多乖巧的孩子啊！此刻，林子科真想伸手将孩子抱在怀里，然后将自己就是她外公的事告诉她，可又怕自己的突兀吓坏了孩子，便苦笑着摇摇头，说：“好孩子，爷爷没事！”直到看着小姑娘跑开了，林子科终于忍不住流下了眼泪。

就在这时，身后突然响起胖老板的声音：“老林，这个小姑娘的妈妈就是昨晚路过我店的女人，叫林晶晶，是我的老客户。凭我的直觉，你和她之间一定有故事！走，进屋和我好好说说。”

回到店铺，林子科拗不过胖老板，只好把自己的经历一五一十告诉了胖老板。

胖老板听了，沉默许久，才叹了口气，说：“兄弟，过去的就让它过去吧，你也别太跟自己过不去，勇敢点，去见见女儿吧。”

林子科说出了心里的担忧，胖老板默默想了一阵，也没再多说话。

从此以后，林子科成天耷拉着脑袋，话也越来越少了。胖老板看在眼里，急在心上。

没过多久，有一天，胖老板突然对林子科说，他老家的小舅子来了电话，说是在老家承包了一座煤矿，急着让他回去帮忙，所以他打算马上转让店铺。

林子科有点心动了，问道：“这转让费要多少钱？”

胖老板拍拍林子科的肩，坦言道：“老林，这可不是个小数目，你怎么拿得出来？”

林子科想了想，说：“老板，要不，

我先在这儿干着，等你转手后，我再和新老板谈谈，看看能不能再留下干一阵子？”胖老板点点头。

过了几天，店里突然来了一位三十来岁的小伙子，胖老板忙笑容可掬地迎了上去。小伙子将店铺细细观察了一阵，就和胖老板谈起了店铺转让事宜。很快，两个人就谈妥了。

临走时，小伙子说：“老板，我目前没有精力来管这个水店，你能不能给我推荐一位工友为我全面打理？”

胖老板二话不说，一把将林子科推到小伙子面前，拍着胸脯说：“老板，老林在这儿干了三个多月，为人十分可靠，而且很有经营头脑！”

小伙子迟疑地看着林子科说：“就三个月判断一个人，也太不牢靠了吧？”

胖老板急了：“老板，你要是信不过，我押一部分转让资金给你，出了问题，由我承担！”

小伙子这才笑嘻嘻地把手伸了过来：“一言为定！”

很快，林子科正式出任由小伙子接手的水店店长。他还真不负胖老板厚望，把水店生意做得红红火火，所有利润分文未动，全都存进了小伙子的银行账户。

奇怪的是，小伙子虽然接管了水店，可一连几个月都不曾露面。林子科虽然搞不懂新老板葫芦里卖的什么药，但经营得越发卖力。只是在每个夜晚，林子科内心的痛苦越来越加深。好多次，林子科独自一人悄悄来到女儿住的高楼，可每一次他都没勇气踏进电梯。

眨眼过去了三个月，这天上午，林子科正在店里算账，桌上的电话突然响了起来。林子科抓起电话一听，打电话过来的竟然是女儿林晶晶！她说家里没水了，要水店尽快派人送水过去。林子科的心一下提到了嗓子眼。这是多好的机会呀！

林子科鼓起勇气，扛起一桶水，

飞快地朝女儿住的楼房跑去。

到了门前，林子科颤抖着手按响了门铃，开门的正是女儿林晶晶，只见她张了张嘴，似乎想说什么，又什么都没说。

林子科注意到了女儿这个细微的举动，一路上想好的千言万语，一下子消失得无影无踪。他强忍着内心的伤感，低着头进了门，麻木地放好水桶后，便朝门口走去。

就在他跨出门槛的一瞬间，林晶晶突然叫了一声："爸爸……"

林子科全身一震，愣了一会儿，才缓缓地转过身，颤抖着声音说："晶晶……你……叫谁？"

林晶晶满眼是泪，慢慢走了过来，说："我就叫你，爸爸！"

十五年的相思之苦一下子释放了，林子科飞身过去，一下子将女儿紧紧搂在怀里。林晶晶哽咽着将父亲扶到沙发上，告诉父亲这些年生活的艰辛。好在大学毕业后，她和同学王鹏恋爱结婚了，很快有了女儿，事业也跟着如日中天。日子美好了，可爸爸还在监狱，想起这些，她常常在睡梦中惊醒。

听到这里，林子科的心都碎了，他痛苦地说："晶晶，过去是爸爸对不起你，现在，爸爸回来了，一定好好补偿……"顿了一下，又问道，"孩子呢？"

林晶晶抹了一下眼泪，说："和她爸爸出去玩了，很快就会回来。"正说着，只见小姑娘咯咯咯笑着，从外面跑了进来，后面还跟着一个小伙子。

林子科定睛一看，这小伙子不就是新接手的水店老板吗？林子科不禁疑惑地看着女儿。

林晶晶微笑着站起身，指着小伙子，介绍说："爸爸，这就是王鹏，你们早就认识了吧。之前有一天，胖老板来找我们，说你在他店里打工。我和王鹏急着要去认你，胖老板要我们再等等，看看你是不是真的洗心革面。后来转让水店，让你管理，也全是他策划的……"林子科听着，默默地点了点头。

这时，小姑娘走到林子科跟前，稚气地问："爷爷，你是来送水的吗？"

林晶晶摸摸女儿的脑袋，笑着说："傻孩子，快叫外公！他就是我常跟你说的外公！"

小姑娘惊讶得瞪大了眼睛，问："你真的是我外公？"

林子科含着泪点了点头。

小姑娘猛地拉起林子科的手，飞快地跑进一间卧室，说："外公，这是妈妈一直为你留着的房间。你看，墙上还挂着我画的画呢，长胡子的老爷爷是外公，扎小辫的就是我哦……"

瞬间，一股幸福的暖流将林子科紧紧包围……

（**题图、插图**：佐　夫）

洗礼

□何 燕

我是一家广告公司的项目经理。这天清晨，我独自开车来到山里，寻找今年省高考状元石涛的家。山路狭窄难行，几经周折，我才找到了石涛的家。那是一间极其简陋的茅草屋，可就在这样的环境里，竟出了石涛这个高考状元。

石涛是个黝黑憨厚的小伙子，我当即提出，只要石涛接下我的眼镜广告，立马就给他十万元的报酬。

听到我的话，石涛和他的母亲都是一脸的惊讶。我赶紧跟石涛介绍这个眼镜广告："其实很简单，你只要说，彩虹眼镜助你成为高考状元之类的话……"

这时，一直沉默的石涛突然打断说："这不是让我说谎吗？我不干。"石涛的母亲一听石涛说不干，着急得直拽石涛的手。我笑了笑，给石涛讲了一个故事：

六年前，大西北的一个学生以全省最高分考上了重点大学，可面对体弱多病的父母和家徒四壁的家，他绝望了。这时，一个学生复读机的广告商找到了他。就这样，这个学生为自己挣得了读大学的所有费用。毕业后，他还找到了一份很不错的工作，现在已为家里盖上了新房……

我最后说道："这个学生就是我！你想，如果当初我不接受这个广告，现在会是怎样呢？"

石涛的母亲听我说完自己的故事，就对着石涛劝道："你不干，就没有学费。没有学费，你怎么读大学？"看石涛不说话，他母亲竟哽咽起来，继续说，"你不为自己，也该

为你姐为你爸啊！你姐为了你放弃了上大学的机会，你爸为了你，成年累月在深山里干活。还有这房子，一到刮风下雨就漏……”

看着母亲伤心的样子，石涛叹了口气，对我说：“两天后我给你答复吧。”

两天后，我一大早就赶到了石涛的家，结果，只有石涛母亲一人在家。细问之下，我才知道，石涛昨天已离家，说是去找我。可我并没有遇到啊，路上会不会出了什么问题？我不由得紧张起来。

石涛的母亲喃喃地说：“不会的，自己的娃儿自己知道，他是怕我逼他答应你，偷偷溜出去打工挣学费了。”说着，抹了一把眼泪，转身走了。

这下，我呆住了！找不到石涛，我的生意就砸了，砸了总公司交给我的第一个项目，这对我的前途影响可不小。

我急忙追着石涛的母亲问：“石涛最有可能去哪儿打工？”可她只是抹着眼泪说不知道。

无奈之下，我掏出一千块钱和一张名片递给石涛的母亲，说：“如果知道石涛在哪儿，记得给我打电话。”她看了看钱，没有接。

我叹了口气，把钱放在地上，失望地转身走了。突然，身后传来石涛母亲的声音：“你去山那头看看，他可能在他爸爸那里。”听到这话，我不禁欣喜若狂，立刻开车前往。

经过一路的打听，我好不容易在盘旋曲折的半山腰上找到了石涛父亲的住所。那是一座简陋的草屋。我叫了几声，没人应。见门没上锁，我便轻轻推了一下，门“吱”的一声开了，屋里的摆设十分简陋。突然，我眼前一亮，只见墙上挂着一件学生的校服。看来，这石涛八成在这里。

然而，等了一个多小时，他们还没回来，我决定沿着山路上山寻找。山上林木翠绿，古树参天。让我惊奇

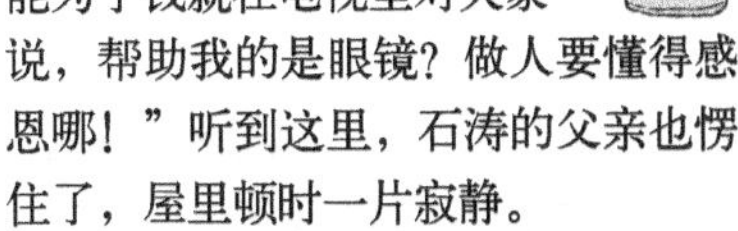

的是，在岩石边上，我竟然看到了黄花梨！这就是名扬天下的“木中黄金”哪！它竟这样不择地势地在这里顽强生长。

我在山林里来回走了好多次，渐渐有些迷路了，只好坐下来休息。不知过了多久，一阵悠扬的乐声传来，那是用树叶吹出来的声音。我不由得朝着声音传来的方向走去，走了没多久，居然看见了石涛父子俩。石涛看见我时很淡定，依旧没有说话。倒是石涛的父亲憨厚地朝我笑了笑，并热情地邀请我去他家坐坐。

就这样，我跟着石涛和他父亲，来到他们的家。石涛的父亲乐呵呵地开始煮饭炒菜，石涛在一旁帮忙生火。

我在石涛旁边蹲下，继续游说：“石涛，只要你答应为这个眼镜做广告，公司除了全包你上大学的所有费用，另外再追加二十万给你家盖房子。”

听到这话，石涛父亲拿着铲子的手僵在了半空中，石涛却依旧平静地继续往灶里添柴。

我见石涛还是不说话，只好向石涛的父亲求助。石涛的父亲看了看我，又看了看石涛，说：“这事还是由石涛拿主意！”说着，继续炒菜。

突然，石涛抬起头，盯着我说：“我有今天，帮助我的不是你这个眼镜，而是我父亲！他为了我，辛苦了大半辈子。如今儿子成为状元，是他多么值得骄傲的一件事！我怎么能为了钱就在电视里对大家说，帮助我的是眼镜？做人要懂得感恩哪！”听到这里，石涛的父亲也愣住了，屋里顿时一片寂静。

在他们的沉默中，我惭愧地走出了屋子。在我下山时，石涛追了上来，说要送送我。

路上，石涛指着岩石里长出的黄花梨问我：“你知道这是什么吗？”我点了点头。

石涛继续说：“这么贵重的黄花梨都在这样的环境生长着，更何况我们人呢？所以我现在一点也不觉得苦。我比你幸运，我父母健康，我父亲的老板知道我的情况后，已招我为暑假工。到开学时，我还可以去银行贷到免利息的学费。我有这样的优待，还奢求什么呢？”

听了这些，我的内心被震撼了，我无言以对。分手时，我用力地拥抱了石涛一下，然后一头扎进了车里。回去的路上，我流泪了，为我父母，也为我六年前说的那句话：“助我成为状元的是——光明复读机！”当时我怎么就没有石涛这种顽强的生存精神和感恩的心呢？

回去后，我以匿名的形式给石涛汇了五千元钱。我还下定决心，在以后的每学期，我都会以这种形式资助石涛，直到他大学毕业。

（题图、插图：谢　颖）

万物皆有灵性，用心善待一切，说不定会有意想不到的回报……

神奇的红鲤鱼

□魏　炜

大明和海子是大学同学，毕业后关系也一直不错。这天，他俩约上了另一个同学小玲，一起去涟水湖游玩。三个人租了一条小船，正泛舟湖上，忽然，一条红色的鲤鱼跳出水面，划出了一道美丽的弧线，竟跳进了船舱里。三个人不禁一阵惊呼，还是大明反应最快，他忙抓住那条鱼，把它放回了湖里。

可没过多久，那条红鲤鱼又跳出水面，一个翻身，又跳到船舱里来了。海子忙说："按住它，别再让它跑了，这可是送上门来的美味呀。"

大明看着那红鱼的眼神可怜巴巴的，像是在乞求自己。他心里一软，捉住了红鱼，又要往水里放，可那红鱼却奋力地挣扎着。小玲见状，心中一动，说："莫非这鱼不愿回到湖里？"

大明一想也是，忙拿了个塑料袋，把红鱼放在里面，倒了些水进去。他又怕塑料袋太小，把鱼闷死，于是顾不上玩了，赶紧跑去买了个鱼缸，把红鱼放进去，然后带回家悉心照料。

第二天，大明忽然接到海子的电话，只听海子激动地说："大明，你那条鱼真是神鱼啊！涟水湖发生重大污染事故，所有的鱼都死了，就它逃出来了！我要来看看这条神鱼！"

大明一听，惊讶极了，他急忙走到鱼缸旁。那红鱼一见他，竟立刻亲热地游了过来，朝他活蹦乱跳起来。

很快，海子也来了。他走到鱼缸旁，谁知那红鱼一见他，竟掉头游走了，任凭海子怎么敲打鱼缸，红鱼就是不睬他。海子只好扫兴地走了。

大明正感到诧异，这时，他妈妈

走过来说：“快看看，这些是我给你搜罗的姑娘照片，看中哪个，一会儿相亲去！”说着，递过来几张照片。

大明皱了皱眉，随手拿起一张照片，忽然，一股水柱喷了出来，正好打在姑娘的照片上。大明吓了一跳，扭头看去，却见那条红鱼正看着他。他笑了笑，一挥手说：“别捣乱！”

大明又拿起另一张照片，不料，又一股水柱喷了出来，又把照片弄湿了。妈妈生气地说：“这条死鱼，存心捣蛋！咱到隔壁屋挑去，看它还能怎么着。”

大明却说：“妈，这条鱼是有灵性的，它不让我挑，肯定有它的道理。”说着，转身看着红鱼，感慨道：“鱼啊，你究竟想让我选谁呢？”

其实，他心里一直暗恋着同学小玲，但他知道海子一直在追小玲，于是就把自己的感情埋在了心里。此时，红鱼也似乎听到了他的心声，冲着电脑昂了昂头。

大明顿时眼前一亮，难道红鱼想让他选的人就在电脑里？他试着打开一张大学同学合影，扭头对红鱼说：“你说吧，我该选谁？”

红鱼一昂头，来了一个点射，一滴水珠居然正好射到了小玲的脸上。大明一下子呆住了。

妈妈试探着问：“儿子，你真喜欢这个姑娘？”大明点了点头，无奈地说：“可海子也喜欢她，正追她呢。”

妈妈又问：“那她同意了吗？”大明摇了摇头。

妈妈一拍手说：“傻儿子，这姑娘要是喜欢海子，她一早就答应啦！你要是真喜欢她，就跟她表白一回，省得后悔一辈子啊。”

大明心动了，可他毕竟跟海子是好朋友呀，这可怎么办？他看了看红鱼，突然灵机一动，立刻把海子叫了回来，把刚才红鱼的那些神奇举动告诉了海子。

海子撇撇嘴，说：“哪有那么神啊？你要想追小玲就追，何必给我编这样的故事？”

大明忙说：“要不我和你打个赌？它要是再射中小玲，我就去追她；它要是射偏了，我就退出。”海子同意了。

大明又打开了那张照片，然后看

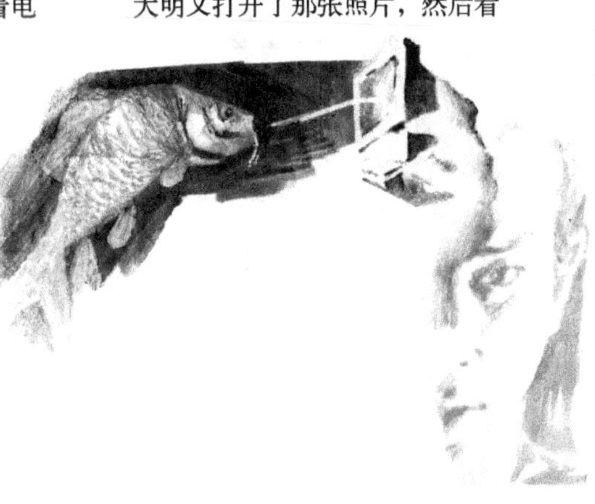

着红鱼，心里默默地祈祷：鱼啊，你给我射准点吧。那红鱼像是看懂了他的心思，一个点射，又将一滴水珠准确无误地喷到了小玲脸上。

海子愣了愣，酸溜溜地说："那你就去追吧。我倒要看看，你这条鱼有多神奇！"

大明心里也没底，就在QQ上给小玲写了一段留言表白。谁知没过多久，小玲就在QQ上回复：你让我等得太久了！我同意！海子一看，惊得半天合不拢嘴，只好沮丧地走了。

就这样，大明和小玲谈起了恋爱。很快，大明这段神奇的恋爱故事，在他公司里传开了。

这天，大明刚上班，老板就找到他，说是公司最近有个工程，有两家公司竞标，条件不分伯仲，让他难以抉择，他想借大明家那条神鱼，帮他来选择。大明心里虽觉得不妥，但也不好推辞，只好带着老板来到他家，拿出两份合同，分别摆在鱼缸的两侧。

只见那条红鱼游到鱼缸边，眼睛瞪得滚圆，真像是在看合同。忽然，它吸了一大口水，然后猛地喷出来，水柱正好打在一份合同上。

老板笑着揣起那份合同说："那就这么定了。"

之后，老板果真把工程交给了那家公司。大明把这事当笑话讲给小玲听，小玲却忧心忡忡地说，这可能是老板给他挖的一个陷阱。因为老板是海子的舅舅，说不定就是受海子之托来报复他的。大明一想，也觉得很有可能，万一红鱼选的那家公司做工程时出了问题，老板非把他炒了不可。大明心里不由得忐忑起来。

不料，没过几天，老板居然塞给大明一个大红包，并升了他的职。原来，红鱼没选的那家公司就是承包涟水湖事故工程的，刚刚被有关部门查处。因此，老板对大明感激不尽。

这天，大明拿着两份合同，正想再次让红鱼来选择，一旁的小玲笑了："你还真相信这个啊。"大明却认真地说："是啊，它选得可准了。"

小玲看着红鱼，沉吟道："我觉得，或许就因为它是条红鱼，这才对红色特别敏感，见到红色的东西就想发起进攻。那张合影里，只有我穿着红色的衣服，所以红鱼才射中了我。而那几张相亲对象的照片里，说不定都带着点红色，所以红鱼才会喷湿。"

大明若有所思地说："我想起来了，之前红鱼选的那家公司的合同上有醒目的红色商标，而另一家却是纯白的……"

小玲微笑着说："既然红鱼已经回报过我们了，那我们以后就不能再老是靠它了。咱们还是踏踏实实地做事吧。"

大明点点头，收起了那两份合同。

（题图、插图：丁德武）

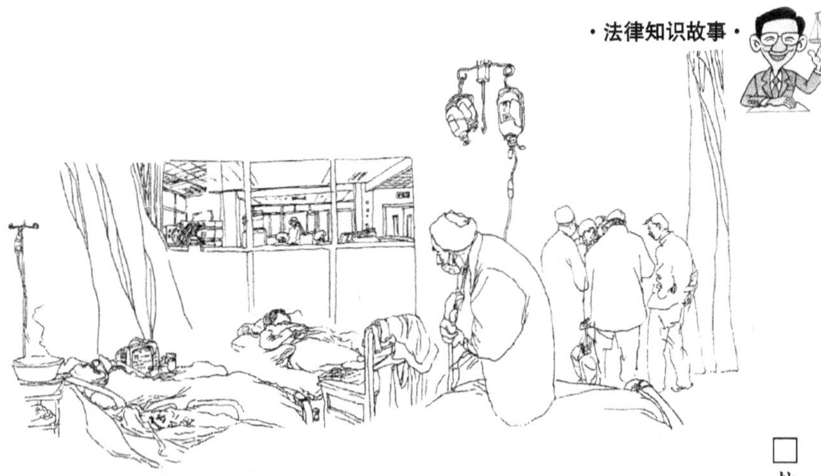

我能自由转院吗？

□韩 冰

星期天早上，天下着小雨，退休工人老崔从菜市场买菜回来，他一只手打着伞，另一只手里提着一大包东西，正穿过一条马路，突然，砰的一下，还没弄明白发生了什么，老崔已经倒在了地上。原来是一辆货车车速太快碰到了他。

年轻的司机姓丁，他见闯了大祸，赶紧从驾驶室里出来，站在老崔面前，紧张地问："大叔，您没事吧？"

老崔慢慢爬起来，发觉左胳膊突然有股钻心的痛，他忙说："我的左胳膊受伤了。"

这时，车上又下来个女的，她是小丁的媳妇西西，西西客气地对老崔说："大叔，我要先打电话给交警和保险公司，您稍微等几分钟吧。"

老崔见肇事者没有及时送自己上医院，心里有些不快，但想想自己不是致命伤，等警察来了也好。

一会儿工夫，交警和保险公司工作人员先后到场，勘测了现场，询问了事情经过，当场判定小丁负此事故的全部责任。

由于小丁的车辆只投保了交强险，保险公司现场宣布将在机动车交通事故责任强制保险范围内予以赔偿。

做完这一切，小丁和媳妇西西根据交警的吩咐，将老崔送到马路对面的一家部队医院。经医生诊断，老崔是"左肱骨外科颈骨折"，值班医生提醒他尽快进行手术。

不一会儿，老崔的老伴急匆匆地赶来了，听说要做手术，想想这又得照顾老崔，又要接送孙子上幼儿园，实在分不开身，就提出让老崔转到儿子家附近的市立医院。经协商，小丁和保险公司都同意了他们的要求。

老崔被转到市立医院接受治疗。考虑到老崔的身体状况，医院发出警示性提醒，希望家属能够引起重视。

老崔的儿子相当孝顺，他觉得市立医院做手术保险系数不高，就提出要把父亲转到省立医院。

小崔找到小丁，把自己的想法说了。小丁这些天正在着急哩，眼看交强险赔偿的治疗费限额要用尽了，而手术还没开始，这往省医院一转，医疗费用肯定又要大大提高！于是他不客气地说："我不同意转院！"小崔还是耐心地解释道："我爸有多种疾病，医生也说手术风险很大，到省医院安全系数要高多了。"

小丁不耐烦地说："如今是我出钱给你爸治伤，你还挑精拣肥的。我明确告诉你，没有我同意产生的任何治疗费用，我都不承担！"

转院之事没谈拢，但父亲的手术拖不得，小崔在征求家人意见后，单方面把父亲转到了省立医院。老崔在省立医院顺利地进行了手术，手术后恢复得也不错，只是小丁一直没再出现过，打电话也不接了。万般无奈之下，老崔在出院后将小丁起诉至人民法院，要求小丁赔偿全部的医药费。

法庭上，小丁理直气壮，一再强调老崔未经自己同意，擅自提高医疗等级，而他也了解到，最高人民法院颁布的《民通意见》中有规定：受害者未经批准擅自另找医院治疗的费用，以及擅自购买与损害无关的药品或者治疗其他疾病的费用，不予赔偿。

但法院最后认定：本案中，老崔作为交通事故受害人，有权根据伤情治疗需要或其对不同医院的信任程度等因素，来选择适当的治疗医院，并不强求其转院需要征得原治疗医院和赔偿义务人的同意，且从现有证据看，老崔从市立医院转至省立医院治疗属合理范围，并不构成法律上擅自转院因而产生损失扩大问题，故判决小丁承担老崔全部的医药费。

律师点评：

本案的争议焦点在于，在非肇事方指定医院就诊治疗所产生的费用，能否向肇事方索赔。

现行法律对赔偿权利人关于转院、住院治疗未设定任何条件；相反，如果赔偿义务人对治疗的合理性、必要性有异议的，应当承担举证责任，如不能承担举证责任，则要承担赔偿责任。故事中老崔到省医院治疗，小丁如果不同意对方转院，那么他首先应当提供异议的理由和依据。如果不能举证，就要承担赔偿责任。

（**题图：**丁德武）

·中篇故事·

一辆豪华的大奔，让兄弟反目，让骗子算计，让外人垂涎，由此引发了一场让人啼笑皆非的闹剧……

疯狂的大奔

□邢　东

1.最阴损的主意

在江南某个小县城里，有个大名鼎鼎的首富，名叫王白石。他家族企业做得很成功，身家过亿。只可惜，他的两个儿子王磊和王焱没一个争气，都是吃喝玩乐、吊儿郎当的主儿。

这不，王白石刚因病去世，他的两个儿子就成了死对头。虽然王白石死前就已经把自己企业的股份平均分给了两个儿子，房产、债券、金银珠宝都一分为二，甚至连前后两任妻子都分给了两个儿子赡养。可越平均，两个儿子心里就越不平衡，都觉得自己应该得到更多。这不，马上就要出殡了，两个儿子又因为老爸留下的那辆大奔该给谁，而吵了起来。

这辆大奔，王白石刚开了没几年，也怪王白石一时疏忽，死前忘记把这辆车分清楚，结果导致两个儿子互相争抢起来。这可让主持葬礼的长辈们犯了难：眼看吉时就要到了，再吵也得让王白石入土为安啊！可长辈们谁也劝不了这哥俩。没办法，只好赶紧去找王白石的高参——贾大师。

贾大师今年五十多岁，据他自己说曾经在五台山上参过禅，武当山上修过仙，还跟英格兰美利坚的传教士一起念过经。十年前，王白石偶然遇到了贾大师，也不知道贾大师是怎么

忽悠的，反正王白石一下就被贾大师迷住了，花重金聘他做了自己的顾问，大事小事总要让他掐算一番。这贾大师也真不含糊，连蒙带撞地居然算对了好多次，被王白石称作了“活神仙”。王家上下，对贾大师言听计从，除了他这个“活神仙”，别人还真劝不了这对活宝兄弟。

再说贾大师，此时，他正呆在家里喝闷酒呢。王白石一死，他心里也不好受。王白石虽然迷信，可做生意是把好手，把企业经营得红红火火，自己也能跟着沾光。可王磊和王焱简直就是一对混蛋，除了吃喝玩乐，别的一窍不通，也不是自己咒他们，过不了三年，这哥俩准得把家败光了，到时候自己上哪儿去骗吃骗喝啊？

正在这时，王家派车来接他，听说王家兄弟正因为那辆大奔争执不下，贾大师气得胡子都撅了起来：鼠目寸光，唯利是图，太没出息了！他气哼哼地上了车，跟着来到了王家。

进了门，王磊和王焱就围了上来，你说你有理，他说他有理，吵得贾大师脑袋都大了。正吵着，贾大师突然眼睛一翻，牙关一咬，嘴里吐出白沫来。众人吓得连忙后退，只见贾大师盘腿坐在地上，嘴里唱了出来，那声音跟王白石一模一样：“这辆车，不一般，跟随我，两三年，舍不下，带身边，三年后，重见天。两小儿，莫争执，想要车，看本事，赚钱多，车归你，赚钱少，一边去！”

贾大师唱完，脖子一歪，倒在地上。大家赶紧过去扶起他，拍前胸捶后背。折腾了一会儿，贾大师终于醒了过来，他诧异地看看众人，问：“你们这是干什么？我怎么躺在这里了？”

大家告诉他刚才被王白石“附体”了，还把他刚才唱的那几句话给他学了一遍。贾大师一听，腾的一下站了起来，说：“你俩都别争了，你爸爸说了：这辆车他要带走，在他的坟里埋三年。三年后，你们哥俩谁能把生意打理好，谁挣的钱多，谁就

可以把这辆车刨出来自己开！”

这下大伙儿都愣住了：把车埋在坟里，这主意可太阴损了！王白石的墓穴非常豪华，里面是按照他生前住的房子的样子盖的，五室两厅三卫，还带着一个四十多平方米的大车库，里面装修得富丽堂皇。可就是这样，把一辆大奔埋进去，也太夸张了。

贾大师看大家不说话，摇了摇头，转身要走。大伙儿赶紧拦住他，他要走了，这场戏可怎么收场啊？

几位长辈来到王磊和王焱跟前，问：“刚才你父亲的话，你们都听到了？咋办？你们拿主意，同意把大奔埋了，咱就立刻起灵，反正封墓用的吊车正在坟上，也费不了什么事儿；不同意，我们也就不在这儿耗着了，你们俩商量好了，自己抬着棺材去坟地吧！”

哥俩一看大家要撂挑子，也慌了，连连点头，说：“埋！埋！”

贾大师哼了一声，心里却笑了：眼下也只有把大奔埋了，才能让这两个混账小子安静下来。至于被王白石“附体”，只是个江湖小把戏，自己跟了王白石这些年，模仿他的声音还不是小菜一碟？再说，万一这俩傻小子中有一个瞎猫碰上死耗子，三年后发达了，到时候不照样把自己当“活神仙”供着？

这边，王家大院里一下热闹起来了，有人开着大奔到坟上去，有人去门外开道，剩下的人随着一声“起灵”，抬棺材的抬棺材，撒纸钱的撒纸钱，王磊抱着遗像，王焱打着招魂幡，出殡的队伍在一片震天的哭声中走了出来。

到了坟上，吊车已经把那辆大奔放进了墓穴的车库里，车牌照也别出心裁地换成了“阴 A8888”。十六个壮汉把装着王白石的红木棺材放进了坟墓正厅，随着封墓的最后一块石板缓缓盖上，王磊和王焱哭得更厉害了，那声音都能传出几百米。虽然他俩哭的都是：“我的爹啊——”可在旁人耳朵里，怎么听都像在哭：“我的车啊——”

就在看热闹的人群里，有三个人的眼神怪怪的，其中一个细高个长头发的青年人，还在用手机录着什么，只不过，别人录的是哭天抢地的场面，他的手机镜头，却时不时对准了正在填埋的墓穴……

2.最疯狂的计划

这三个人，果然是有来历的。那个细高个长头发的小青年，名叫罗迪，在一所野鸡大学毕业后找工作四处碰壁，心里感觉晦气，便跑回家乡来散心。另外两个人，一个叫劳三，一个叫范四，都是游手好闲的主儿。他们三个凑到一块儿，还有一段渊源呢！

半年前，王白石被查出患了绝症，医生判断活不过半年了。于是王家在

村里买了一亩多地，开始给王白石建造豪华的地下宫殿。劳三和范四两个人也混进了工程队。两个人可不是为了打工挣钱，而是想摸清坟墓的建造格局，等将来有机会好进入坟墓捞上一笔。就为这个，两个人不但干活卖力，还把坟墓的设计图偷出来复制了一份。图拿到了手，两个人却谁也看不懂。恰好劳三和罗迪沾点亲戚，于是就去找罗迪看图纸，没想到罗迪一看就明白他俩打算盗墓，而且还非常轻蔑地告诉他俩：盗墓是需要一定的技术含量的，他俩连《盗墓笔记》都没看过，肯定干不成！

劳三和范四见遇上行家了，欣喜若狂，马上就要磕头拜师。两人一磕头，罗迪的脑袋就有点轻飘飘了——在外面找工作的时候，没人把自己当盘菜，回到家乡，亲戚朋友看自己的眼神都怪怪的，现在终于有人把自己像神仙一样供起来了，这感觉太爽了。再说，凭自己大学四年刻苦研读盗墓小说的修为，完全可以神不知鬼不觉地捞上一票，然后到大城市买套房，娶个媳妇，到那时，可就真过上神仙一般的日子了！

三个人一拍即合。没几天，罗迪就拿出了一份计划：自己在离坟地不远处租一个闲院，然后在院子里搭了一个大棚，劳三和范四白天继续在坟地干活，但不要那么卖命了，晚上回来，就到大棚里挖盗洞，把挖出来的土运到远处扔掉。根据罗迪的科学计算，等王家的大墓修成，他们的盗洞也就差不多快挖通了。

劳三和范四答应了，可一干起活来，才发现不对头：别人盗墓挖的洞都很小，刚够通过一个人，可罗迪设计的盗洞又高又宽，几乎能开过一辆拖拉机！这家伙得多大的工程量啊？

一看两个人畏难了，罗迪不高兴了，他告诉劳三和范四：王家的两个儿子好面子讲排场，他爹死了，他们会在坟里放好多值钱的大件，听说他们已经买好了四开门的冰箱、巨大的液晶彩电，还有那个价值几十万元的红木棺材，但他们绝对不会在坟墓里放金银珠宝，甚至连一分钱都不会放！所以要想发财，就得想办法把坟墓搬空，那个红木棺材怎么搬？很简单，给它装上轱辘，用拖拉机拉出来！

听了罗迪的话，劳三和范四服气了，两个人干得更卖力气了。有时候范四也发几句牢骚，嫌罗迪光说不干，劳三还不住地劝道：“行了兄弟，要不是人家用那个什么GPS给咱定向，咱还不知道挖到哪里去了呢！谁叫咱俩小时候没好好读书呢？人家这就叫知识改变命运啊！”

王家的大墓快要修好的时候，罗迪给了劳三和范四一个小包，里面是用塑料袋密封好的八根雷管。罗迪给他俩画了一张图，标出八个红点，让他俩按照位置，把这些雷管分别埋进车库正面的墙壁上，一定要让引线的方向朝外。两个人按吩咐照做了。王家大墓修完后没几天，罗迪他们的盗洞就打到了车库门附近。罗迪用尺子在墙上比画了几下，拿出粉笔点了八个点，让两个人把表面的水泥凿开，没费劲，八个雷管全都找到了。这下两个人对罗迪更佩服了。罗迪笑了笑，说："好了，你俩赶紧求求神仙，让王白石快死，只要他一死，咱们就快要发财了！"

还别说，这王白石还真挺给面子，大墓修好没几天就死了。更让罗迪兴奋的是，王家不但把冰箱彩电埋进了坟里，居然还埋进去了一辆大奔，虽然是旧的，可网上报价也不菲！到时候，连拖拉机都不用了，用大奔把棺材拖出来，多爽！出殡那天，罗迪拿着手机摄像的手都颤抖了——上大学找工作的时候，他只见过款爷们从大奔里上上下下，没想到过几天，自己也要开上大奔了！

丧事办完的第二天，罗迪、劳三和范四凑到了一起，劳三还专门租了一辆厢式货车，放在院门外。等到半夜，三个人带齐工具，钻进盗洞，径直来到了车库门前。劳三和范四熟练地把雷管线路接好，只要罗迪一摁按钮，财富之门就要打开了。可就在这时，他们突然听到头顶上传来了轰隆隆的响声，似乎开过去了一辆坦克。三个人的脸色一下子变了，这三更半夜的，是谁在地面上闹出了那么大的动静？

3.最愚蠢的兄弟

地面上的确出事了，而且出的不是一件小事——老二王焱雇了一辆挖掘机，挖他老爹的坟来了！这是怎么回事儿呢？原来，这件事跟"活神仙"贾大师有关。

自打贾大师给王家出了"埋大奔"的阴损主意之后，王家老大王磊就恨上了他。中国有句古训叫长子为先，他老二再闹腾，也盖不过老大是不是？所以说，那辆车到最后还得是他老大王磊的。可经过贾大师这么一折

腾，车给埋地下了，三年后再取出来，还能不能开暂且不说，到时候要是让老二占了先，自己这老大的面子往哪里搁？王磊越想越生气，出完殡第二天，就气势汹汹地找到贾大师这里来了。

贾大师一看王磊恼了，心里也有点发慌。这老大是个吃肉不吐骨头的狠角色，要是让他记恨上了，自己这个“活神仙”说不定就真的要升天了。他眼珠一转，计上心头，拉住王磊的手，让他坐下，不慌不忙地问：“王磊，我跟着你父亲好几年了，早就看出你一脸福相，你们王家能继承你父亲事业的，非你莫属！我之所以要把大奔埋掉，全是为你好啊！”

王磊纳闷了：“为我好？为我好你为什么不直接说把大奔给我？”

贾大师的脸色一下变了，他站起身来，冲着王磊吼道：“直接给你？你还有脸说直接给你？我问你，你爸爸病重的时候，你都干了些什么见不得人的事儿？”

王磊一下子呆住了，王白石平日里对他和弟弟管得很严，哥俩干点儿坏事儿都得偷偷摸摸的，万一让王白石发现了，哥俩少不了挨一顿臭骂。前些日子王白石病重，王磊总算逮着机会，召集了一帮子狐朋狗友，整天花天酒地四处潇洒，还出了乱子被抓进了派出所，莫非这件事让王白石知道了？

看到一句话就把王磊给唬住了，贾大师心里暗暗得意，他叹了口气，说：“你干的这些坏事，你老爸早就知道了。王磊啊王磊，你让我怎么说你？你难道不知道，你爸最喜欢的是老二，最不喜欢的是你！实话告诉你，你爸临终的时候，又写了一封遗书，内容就是在他去世之后，马上取消你的继承人资格，所有的财产都归老二继承。这封遗书，就放在大奔车上的保险箱里，当时如果我不把大奔埋进去，现在你早就被你弟弟一脚踢出门去了！”

王磊半信半疑地看了贾大师一会儿，说：“您不是在骗我吧？”

贾大师拍了拍胸脯，说："我什么时候骗过你？不信，你可以刨开你爸爸的坟，打开你爸的车载保险箱看看啊！"

王磊的脸色多云转晴了，他从兜里掏出一张银行卡，扔给贾大师，说："谢谢叔叔，这十万块钱归您了！密码在卡上写着呢！这件事您千万要保密，绝不能让我弟弟知道。回头您再显显神通，咒我弟弟早早败家，早死了也行，到时候我还有重谢！"

贾大师点了点头，说："这事儿你也得注意保密，让你弟弟知道了，咱俩死得会一样惨！"

王磊连声答应，说："您放心，我已经在他身边安插了线人，他那边有个风吹草动，我这里马上就会知道。"

送走了王磊，贾大师关上门，立刻开始收拾东西，那个所谓的遗嘱根本就是他现编的，万一露了馅，哪还有他的活路。再说了，王磊本来就是个肚子里藏不住话的人，他既然能在弟弟身边安插线人，弟弟王焱就不会收买哥哥的亲信？眼下这情形，还是三十六计走为上计！

贾大师正在收拾东西，突然手机响了起来，一看，是老二王焱打来的，他接起电话，从耳机里立刻喷出来一大堆脏话，听得贾大师的脸一会儿红一会儿白。不过，他的眼珠子却在不停地转，好不容易等到王焱停下来，贾大师一字一顿地对着话筒说："王焱，你会后悔的，马上来给我道歉，否则……哼！"

贾大师放下电话，把收拾好的东西藏了起来，坐在桌旁，沏了杯绿茶，慢慢喝了起来。他已经想明白了：王家这两个儿子，一个也指望不上，干脆再骗老二几个钱，自己找地方养老去！现在，他就静等鱼儿上钩了……

4.最冷血的大师

果然，没过多久，王焱就赶来了，进了门，他把身子往门框上一靠，斜着眼睛看着贾大师，说："老东西，是你出的馊主意把我爸的大奔埋起来的，我骂你两句，你还受不了了？你还真以为自己是活神仙啊？我告诉你，出殡那天要不是人多，我早揍得你找不着北了！"

贾大师一点儿也不害怕，他摇了摇头，咕咚一下朝着王白石坟墓的方向跪了下去，一边打自己的脸，一边哭诉："董事长，我对不起您啊，我不该不听您的，把遗嘱埋起来，早知道二少爷这样犯浑，公司说什么也不能交给他啊……"

一听"遗嘱"两个字，王焱的眼睛一下子亮了，他走上前，一把拉起贾大师，问："你刚才说的……说的那个什么……遗嘱，是怎么回事儿？"

贾大师把脸一板，拿出一副视死

如归的劲头，一句话也不说。

看贾大师不说话，王焱心里没底了，他摸了摸衣兜，从里面掏出一叠钱，扔在桌子上，问:“可以说了吧？”贾大师看了看，依然一言不发。

王焱挠挠头，从兜里又掏出一张银行卡，刷刷刷几笔写上密码，扔在桌上，说：“这张卡里有二十万，只要你告诉我刚才说的遗嘱是怎么回事儿，这钱，全是你的了！”

贾大师把钱和卡都装进衣兜里，这才长出了一口气，大喝一声：“不孝之子，给我跪下！”

这一声跟炸雷一样，吓得王焱扑通一声就跪下了。贾大师瞪大眼睛，问：“王焱，你爸病重的时候，你是不是去过一趟澳门，赌输了好几百万？”

王焱点了点头，说:“是有这事儿，可这事儿我瞒着我爸爸呢！”

“若要人不知，除非己莫为。”贾大师哼了一声，说，“你爸爸早就知道这件事了，王焱啊王焱，你让我怎么说你呢？难道你不知道，你爸最喜欢的是老大，最不喜欢的是你吗？实话告诉你，你爸临终的时候，又写了一封遗书，内容就是在他去世之后，马上取消你的继承人资格，所有的财产都归老大继承。这封遗书就放在大奔车上的保险箱里。出殡那天，如果我不把大奔埋进去，现在你早就被你哥哥一脚踢出门去了！”

王焱晃了晃脑袋，说：“不可能，我爸最疼的是我，他怎么会写那样的遗书？”

贾大师又拍了拍胸脯，说：“我什么时候骗过你？不信，你可以刨开你爸爸的坟，打开你爸的车载保险箱看看啊！”

王焱听了，点了点头，说：“好，我就暂且信你一次，我现在就找人悄悄挖开我爹的坟，要是能找到那封遗书，我就把它销毁，回来之后，我还会重金谢你。要是根本没这回事儿，我告诉你，你死定了！”说完，气冲冲地走了。

贾大师从窗户朝外看去，只见王焱在楼下打了个电话。不一会儿，两辆小汽车就停在了楼下，从车上下来几个精壮的小伙子，站在了单元门口，王焱则钻进一辆车，一溜烟地走了。

贾大师的汗刷地就下来了，他这次可真算计错了，他之前想到了王焱混账，可他没想到王焱竟然混账到了敢去挖父亲坟的地步。这可怎么办呢？王焱一旦知道遗书的事是自己瞎编的，自己这条小命可就难保了。想到这里，贾大师把牙一咬，自言自语道：“王焱，既然你不仁，就别怪我不义。”说完，他拿起手机，拨通了王磊的号码：“王磊，我刚刚得到一个绝密的消息，今晚后半夜，你弟弟要偷偷掘开你爸爸的坟，去找那份遗

书，你可一定要想办法阻止他，那份遗书一旦到了你弟弟手里，你就什么都没有了……”

刚过午夜，王焱就带领着一辆挖掘机来到了父亲的坟前，看看四周无人，王焱指挥着挖掘机把坟头挖开，把封坟的石板撬起一块，然后自己拿着手电，跳了下去。他先来到了车库，打开车子的后备箱盖，然后一头钻进后备箱，找到藏在备胎中间的隐形保险柜，这时他才发现，自己并不知道保险柜的密码！他抡起锤子，想把保险柜砸开，试了几下，一点儿用也没有。他合上后备箱盖，想爬到地面上去找人帮忙，可就在这时，上面突然传来了封墓石板慢慢盖上的声音，随后是填土的声音，外面的星光一下子不见了！

王焱气得破口大骂，可没骂多久，他就觉得脑袋发晕，眼冒金星，呼吸也越来越困难。他知道，自己这是被活埋了！他晃着身子走到车旁，拉开了副驾驶旁的车门，坐了进去，然后朝着驾驶员的座位作了个揖，恨恨地说：“爸爸，我知道，您这是惩罚我不该挖开您的墓，可谁让您这么偏心眼儿了？我告诉您，别看我快死了，我死了都不伺候您，到了那边，您得给我当司机　　”说着说着，他渐渐说不动了，车里的空气越来越少，王焱慢慢陷入了昏迷……

再说地面上，刚才王焱在下面叫喊，他的铁哥们也听到了，可当他低头朝下看时，一把锋利的尖刀搁在了他的脖颈上，他抬头一看，是王磊。王磊朝下面努努嘴，示意他把坟埋住。他摇摇头，只觉得脖子后面一紧，一股鲜血就流了下来。王磊顺手把一叠钱扔了过来，王焱的铁哥们儿掂了掂，塞进衣兜，拉起操纵杆，慢慢把封墓石板推了回去……

5.最恐怖的路遇

王磊看着挖掘机把墓封好，便挥挥手让挖掘机离开，自己则步行朝自己的汽车走去。他心里很得意：幸亏贾大师通风报信，自己这才暗地里跟

踪到了坟地，把老二埋进了坟里。现在，他什么也不用担心了，老二死了，家里的财产都是自己的了。至于那个挖掘机司机，王磊相信他不敢乱说，害死老二，他也出力了，说出去，他也得坐牢。

再说地下盗洞里，罗迪他们听着挖掘机渐渐远去，听不见声音了，这才开始动手。罗迪一摁电钮，只听轰的一声，车库门口的水泥墙轰然倒塌。三个人冲进坟墓，直奔正厅，罗迪用千斤顶顶起红木棺材，劳三和范四用冲击钻在棺材下打出几个孔，把四个轮子安在棺材下面，推着棺材来到了车库，用一根粗绳子把棺材挂在大奔的拖车钩上。罗迪让他俩把棺材盖撬开，把王白石的尸体扔出来，然后把墓里值钱的东西尽量往棺材里装。装满棺材，还有几件东西装不下，罗迪让他俩抱着东西坐在棺材盖上，自己则钻进驾驶室，撬开钥匙门，一轰油门，好车就是不一般，竟然发动起来了。罗迪高兴地挂挡、加油，拖着棺材从盗洞里开了出去，一直通过了大棚，开到了他们租的院子里。

罗迪把车开出院门，停了下来，吩咐劳三和范四赶紧往下卸东西。劳三和范四喜滋滋地把冰箱彩电从棺材盖上卸下来，刚要往厢式货车上搬，突然发现有些不对劲儿——罗迪突然把汽车发动起来，绕开厢式货车，向前开去。

劳三脑子一激灵，明白了——罗迪这是想把棺材拉走，独吞里面的财物啊！他和范四赶紧拦车，可哪还能拦得住？罗迪一轰油门，大奔就冲了过去。幸亏劳三和范四身手还说得过去，两个人让过汽车，一纵身，跳上了棺材，四只手紧紧扒住棺材板，身子贴住棺材盖，随着汽车绝尘而去。

劳三猜得不错，早在开始盗墓之前，罗迪就已经计划好了——盗墓所得，绝不能和劳三范四平分！这两个家伙只不过卖了把笨力气，能值几个钱？自己付出这么大的心血，价值又有多大？所以，他提前就找好了买家，只要一得手，就独自去交易，拿到钱后远走高飞，至于劳三和范四，他可就管不了那么多了。

罗迪开车上了公路，心里就轻松多了。走着走着，对面驶来了一辆车，大灯照得雪亮，他只好把车速降下来。就在会车的一刹那，罗迪突然吃了一惊——他从后视镜里看到后面的棺材盖上趴着两个人！怎么还没甩掉这两个笨蛋？罗迪一加油门，想把劳三和范四甩下去，可没等他得逞，让他更担心的事情发生了——刚才和自己擦肩而过的那辆车，又从后面追了上来，而且不断地用灯光照射自己的车，似乎要把自己逼停。

后面这辆车，开车的不是别人，正是老大王磊。把老二埋进坟里以后，他心里很害怕，车速也就慢了许多。

开着开着，突然听见一阵警笛声，吓得他赶紧把大灯打开，好让对方看不清自己。对方是看不清自己了，可王磊却把对方看了个清清楚楚——这不是自己父亲的那辆大奔嘛！车牌号还是阴 A8888！后面拉着的，不是父亲的那具红木棺材吗？棺材上还有两个鬼影晃来晃去！最让人毛骨悚然的，是会车的时候，王磊清清楚楚地看见大奔的副驾驶上，坐着的正是被自己埋进坟里的弟弟王焱！

王磊简直不敢相信自己的眼睛，会过车后，他又掉头追了上去，可没想到那辆车居然越开越快，两辆车就在路上飚了起来。

不一会儿，前面路上突然出现了一辆警车，几个交警正在路边执勤。一个交警挥舞着停车标志示意罗迪靠边停车，罗迪哪里敢停？他嗖的一下冲了过去。交警们喊了起来："快追，假牌超速！肯定有问题！怎么……怎么……后面还拖着个……棺材？"

说话间，王磊开的那辆车也飞一般开了过去。这下热闹了，罗迪的车在前，中间是王磊的车，后面是闪着警灯拉着警报的警车，三辆车你追我赶，演起了"生死时速"。

最先倒霉的是罗迪，经过这么长时间的颠簸，副驾驶上的王焱清醒了过来，一睁眼，看到自己坐着车飞驰，他愣住了，问罗迪："你是谁？你拉着我去哪儿？"

这下罗迪可吓坏了，从坟里开出来的车，怎么副驾驶上会有人？他"妈呀"叫了一声，车就跑偏了，轰隆一下侧翻了。车后的棺材也散了架，劳三和范四被摔了个七荤八素。王磊的车刹车不及，也翻了，王磊被撞晕了过去。

交警的车最后到达，赶紧把几个人送进了医院。经过大夫们的紧急救治，五个人的性命都保住了。罗迪他们三个外伤比较重，估计得住几个月的医院才能进监狱，王磊因为严重的撞击引发了精神病，王焱则因为缺氧

时间较长导致大脑受损，兄弟俩都变得痴痴呆呆的。

一个月后，贾大师冒着大雨来到王白石的墓前，他摘下帽子，朝王白石的墓深深鞠了一躬，说："董事长，对不起了，我不该坑你两个儿子，不过你放心，你的两个儿子现在是因祸得福，你的产业现在由你的两任妻子管理，至少她们可以保证你的儿子吃穿不愁。另外，我还要告诉你：自打你两个儿子傻了之后，他俩就再也不打架了，两个人在托管中心里好得跟一个人似的！你可不许记恨我，我不迷信，我从来不怕鬼……"

话音刚落，天空中轰隆隆滚过一串炸雷，贾大师吓了一跳，转身就走，刚走几步，就觉得脚下一软。原来，罗迪他们挖的盗洞被雨水冲塌了，贾大师的下半身陷了进去。

"救命啊——"雨越下越大，旷野里，贾大师的叫喊声变得越来越轻……

（题图、插图：杨宏富）

延伸阅读

您想阅读这位作者的其他精选作品和创作感言吗？请扫描右边的二维码。更多精彩，立刻体验。

·本刊信息传真·

故事会■新浪 微故事大赛

4月征集主题：偷

篇幅最短、含"金"量最高的故事，等待你的挑战！

《故事会》杂志和新浪微博（weibo.com）联合主办微故事大赛继续进行，邀请各路故事名家、草根英雄和世外高人展开较量！

本次大赛所有作品通过新浪微博平台征集（搜索 # 微故事大赛 #），每月一个主题，当月设金奖 1 名，奖金 1 字 10 元（字数低于 120 的按 120 字计），银奖 2 名，奖金 1 字 5 元，另设年度奖项。优秀作品将在每月的《故事会》上刊登，并结集出版。2 月童话故事结果已经揭晓，@ 年少的少年事荣获金奖。详情请登录故事中国网（www.storychina.cn）查看。

4 月微故事征集主题：偷。小偷为贼，大偷为盗，偷钱、偷物、偷人、偷心，凿壁偷光，偷天换日，一个偷字，可以衍生出无数故事……正文字数在 130 以下，力求情节出人意表，立意隽永深远，文字鲜明生动。本月的微故事达人或许就是你！截稿日期：4 月 21 日。

（本期刊物特别选登 3 月微故事大赛优秀作品，详见 P47）

牛局长发言

□张晓新

新来的县委书记要召开会议，听取各部门的汇报。财政局牛局长叫来秘书，拍着他的肩膀说："用点心做！这是咱在新书记面前第一次露脸，要给他留一个好印象。"

秘书深感责任重大，回去挑灯奋战，熬了几个通宵，终于将一份几乎完美的发言稿交到牛局长手上。

要是以前，牛局长接过来就往包里一塞，连看都不看一眼，到会场上拿出来就念。可这回不同了，他戴上眼镜，花了两个小时，逐字逐句地看了一遍。读完，他深感满意，从抽屉里拿出一条烟递给秘书，作为犒劳。

临近开会前一天，牛局长跟县委办王主任交流了一下，向他打听一些新书记的情况。最后，王主任关心地问："发言稿准备得怎么样了？"牛局长哈哈一笑："你就放心好了，我的秘书是全县第一笔杆子，我相信我的发言将会给书记留下深刻的印象。"

"牛兄，不要得意得太早了！"王主任说，"我正要提醒你，这位新书记十分讲究效率，作风干净利落，最讨厌长篇大论，我建议你要把发言时间控制在三十分钟以内。"

牛局长不由倒吸一口冷气。打完电话，他急忙拿出发言稿一数，我的妈呀，居然有整整二十页，就算自己一口气念完，至少也得一个小时。

真是多亏了老王这个好友啊！牛局长抹了把汗，急忙唤来秘书，叮嘱他把发言稿压到三十分钟以内。

时间紧急，秘书不吃不喝鏖战了一个晚上，第二天早上红肿着双眼把修改稿交了上来，二十页变成了十页。

牛局长又仔细审阅了一遍，大为满意。稿子缩短了一半，可效果似乎比原稿还要好。他心痛地拍着秘书的

肩膀说：“去，去洗脚城好好放松一下吧，今天给你签字的权力，想签多少就签多少！”

中午，牛局长突然接到王主任的紧急来电：“牛兄，看来我还是乐观了。刚刚书记明确要求，各部门负责人发言时间一律控制在十分钟以内！”

牛局长大吃一惊，想都不想，立刻拨打秘书的电话：“兄弟，快回来！”

十分钟后，秘书气喘吁吁地跑进了办公室。他好像刚从浴池里爬出来，头发也顾不上擦，还滴着水哩。听了牛局长火烧眉毛的话，他也吃了一惊。两个小时后会议就开始了，他来不及把稿子拿回去，就坐在牛局长的椅子上，拿起笔，在发言稿上刷刷刷地划了起来。

从头到尾划了一遍，然后输入电脑，最后打印出来，牛局长一看，十页发言稿变成了五页。他匆匆浏览一遍，喜不自禁地冲秘书一竖大拇指：“高！”说罢，把稿子往包里一塞，坐上车直奔县委。

会议准时开始，新书记说：“各位，我喜欢长话短说，今天每人的发言时间定在三分钟，但一定要把该说的情况说清楚，超过时间就请下去。”

此话一出，牛局长吓了一跳，我的天，才三分钟，怎么说？再看其他人，一个个都是愁眉苦脸，忐忑不安。

第一位发言的是国土局局长，他拿着厚厚一叠稿子，以最快的速度念了起来。刚念到第三页，新书记就挥挥手打断他：“时间过了。请问你是哪个部门的？”

国土局局长面红耳赤，他的开场白还没念完哩，只好小声说：“国土局的。”

牛局长一看这个情况，冷汗刷地下来了，自己的稿子虽然只有五页，但想要在三分钟内念完，看来也是万万不可能的。咋办呢？

接下来，发言的各部门领导接二连三地被新书记打断，居然没有一个念完的，最好的也仅仅是念了个开头，刚刚提及本单位的情况，时间就到了。

牛局长坐立不安，他偷偷摸出手机，给秘书发去了一条短信：发言限定三分钟，怎么念？

很快，秘书的短信来了：我早已料到，已经留了一手。请从第三页第五段开始念，念到第八段结束。

牛局长一看，大喜过望。接着就到他了，他直接翻到第三页，默数了一下，不管三七二十一，张嘴就念了起来。念到第八段，一看时间才过去两分钟，不过他还是按照秘书的交代刹住了车：“我的发言完了。”

新书记赞许地向他点点头，带头鼓起掌来，接着拿过话筒，激动地说：“这个发言太好了！言简意赅，简明扼要。虽然只有短短的两分钟，却把该说的事情全说明白了，好！”

（题图：佐　夫）

俗话说：笑一笑，十年少。本期为大家奉上一组诙谐幽默的“傻儿子故事”：他们之中有的憨态可掬，却偏偏傻有傻福；有的洋相百出，让人啼笑皆非……

憨牛成功臣

从前，一个村子里住着一对兄弟。弟弟叫憨牛，憨厚老实；哥哥外号“懒虫”，贪喝好赌。他们父母早亡，虽说弟弟勤快，可家里养了条懒虫，日子过得并不好。

一天，憨牛一个人在家，一个老太婆来他家讨饭。憨牛热情地请她进屋，端出饭菜，让她吃了个饱。憨牛见老太婆白发苍苍，不禁想起了自己的父母。他想把老人家认作母亲，就“扑通”一声跪了下来，连磕三个响头，说：“老人家，你就留下来给我们当妈吧。”老太婆做梦也没想到会收下这么个大儿子，欢喜得眼泪都掉了下来。

晚上，懒虫回来，知道这事后大发雷霆，硬逼着憨牛撵走老太婆，不然就分家。憨牛没有办法，只得和哥哥分了家。

分家后，懒虫把自己那份地卖了，靠赌博为生。憨牛在母亲的照料下，把庄稼种得特别好，结出的谷子，在村里数一数二。

这天，老太婆把憨牛叫到跟前，对他说：“儿啊，今天天气好，你把谷子割了，晒干打成捆，堆到楼上。”

憨牛惊呆了，谷子才扬花，怎么就割呢？但想到自己以前说过，一切听娘吩咐，就只好照办。不久，别人都打谷子了，憨牛却没活干，家里又缺粮，憨牛只得去打短工。

一天，憨牛进城干完活，买了几个馍馍带回家给母亲吃，正巧城墙上贴了一张告示，他不管三七二十一，随手扯下用来包馍馍。

憨牛刚进家门，公差就追来了，他们问憨牛母子宝草在哪儿，弄得憨牛丈二和尚摸不着头脑。一个公差上前两步，捡起地上的纸团，说道：“这是皇榜，既然你揭了，就赶快把宝草献出来吧！”

憨牛一听，吓坏了："我家哪来啥宝草？糟了，揭榜无草，不是犯了欺君之罪吗？这下可真的闯下大祸了！娘，咋办呀？"

母亲不慌不忙地问："皇榜上说的宝草是不是空穗稻草？"

"正是，正是！皇上得了怪病，太医诊断说只有用空穗稻草煎水洗身，方可治愈。""憨儿，快把楼上的稻草搬下来。"

憨牛竟然成了献宝功臣！从此，母子俩过上了无忧无虑的生活。

昨晚烧了

有个父亲要外出好几天，怕有人来找他，便嘱咐傻儿子："如果有人来找我，你就说我有事出去了，你一定要请人家进来喝杯茶。"他怕傻儿子忘了，又写了张条子给他。

傻儿子将条子放进衣袖里，一天拿出来看好几次，眼巴巴地盼着有客来访。不想三天过去了，却没有一个人上门，傻儿子不耐烦了，拿出条子，付之一炬。

谁知第四天就来了个人，问道："你父亲呢？"

傻儿子赶紧掏衣袖，却没找到条子，慌忙答道："没了。"

来访者吃惊地问道："没了？什么时间没的？"

傻儿子懊丧地答道："昨晚烧了。"

打你儿子

有一天，爷爷交给孙子两只碗和两个铜板，让他去买一碗酱油和一碗醋。

孙子拿了铜板和碗就走。可他刚走出门口，又急忙转身问："爷爷，哪个铜板买酱油，哪个铜板买醋？"

爷爷不耐烦地说："随便哪个都行。"

孙子应了一声就走，可走了不远又回过头来问："爷爷，我该用哪只碗盛酱油，哪只碗盛醋？"

爷爷生气地说："你这傻蛋，随便哪只碗盛都行。"

孙子应了一声，拔腿就跑。跑到小店门口，忽然又折身往回跑，见到爷爷又问："我该哪只手拿酱油，哪只手拿醋？"

这时，爷爷气极了，大声骂道："天下哪有像你这样的笨蛋！"

爷爷边骂边夺下孙子手中的碗和铜板，拿起鸡毛掸子就向孙子身上打去。

正在这时，儿子从门外进来，看见父亲在打他的儿子，二话没说，剥光自己的上衣，紧握两只拳头，在自己身上"咚咚咚"乱打起来。

父亲一见，感到莫名其妙，问道："你在干什么？"

儿子说："你能打我的儿子，难道我就不能打你的儿子吗？"

喝聪明水

从前，有一对傻兄弟。这天，他们帮人拉柴，得了三吊钱，兄弟俩就在路边分起钱来。

可这一分钱就分出了麻烦：他们两人谁也不愿少拿！可若一人一吊吧，又多了一吊。这可怎么办？他们一直分到日落西山，也没分清。

这时有一个过路人感到好奇，就去探问，兄弟俩便把他们遇到的难题讲了一遍。

过路人一听就明白他俩都是“二百五”，于是说：“这好办，我来帮你们分——你一吊，他一吊，我一吊，不就得了？”

兄弟俩顿时高兴得直拍手，叫道：“真神了！你怎么会这么聪明？”过路人说：“因为我喝了聪明水。”

“哪里有聪明水？能不能卖点给我们喝？我们把这两吊钱都送给你。”

过路人说：“就在那里。”他随便指着旁边的一口水塘，说，“不过这聪明水是财主家的，你们只能偷偷地去喝，有人来了，得赶快跑。”

兄弟俩把两吊钱送给过路人，又千恩万谢一番后，像贼一样溜到小塘边，双手捧着塘里的水，大口喝起来。有一个老人看见他俩在喝脏兮兮的塘水，就喊道：“喂，那水不能喝。”

兄弟俩一听，以为“聪明水”的主人发现了他们在偷水，吓得转身就跑。

兄弟俩一口气跑了四五里，回头见没人追来，便停了下来。

哥哥说：“我们喝了聪明水，不知变聪明没有？你说句话来听听。”

弟弟说：“哥，要是咱娘生下我们鼻孔朝上开，刚才喝聪明水时非得把我们呛死不可。”

哥哥听了惊讶万分：“你果然变聪明了许多！”

弟弟说：“哥，你也说句听听。”

哥哥说：“要是咱娘生下我们脚趾长在后面而脚跟长在前面，我们今天肯定要被人家抓住了。”弟弟一听也惊讶道：“哥，你也变聪明了！”于是，兄弟俩说说笑笑往家中走去。

·经典传递·

来只炒“贵姓”

这天，财主交给憨儿子二百五十个钱，叫他进城长长见识。

憨儿子高兴地提着鹌鹑笼子，上街了。他走进一家炒菜馆，把二百五十个钱全掏出来往桌上一砸，喊堂倌来点菜。可点啥菜哩？他犯难了。

正好旁边桌上有两位老先生在互相问候，这个说“贵姓”，那个讲“高寿”。傻子一听，以为他们也在点菜，这“贵姓”和“高寿”一定是两道名菜，就赶紧拿腔捏调地吩咐：“先来个热‘贵姓’，再来个冷‘高寿’，外加一碗不冷不热的蒸馍汤！”

堂倌一听就知道这家伙是个二百五，就想戏弄他一番。他回身从泔水缸里捞了两碗剩菜渣，加点油盐一拌就端给他吃。谁知这傻家伙边吃还边叫好哩。吃喝完了，他又一敲桌子，喊堂倌来结账。

堂倌查了查桌上的钱，不多不少二百五，就喊起价：“‘贵姓’一百二十五，‘高寿’一百二十五，清汤外加一文。收钱二百五，还欠一个子儿！”憨儿子傻眼了，全给人家还欠一文哪！咋办哩？堂倌叫他留下鹌鹑笼子，回去拿钱来赎。

憨儿子出了店门，回身一看，咦？这街上的门面差不多一个样！回头找不到地方就麻烦了，得找个记号。他看来看去，发现饭馆墙上挂着一串蒜瓣，就暗暗记在心里，回家去了。

第二天，憨儿子带着钱来赎鹌鹑。到了这条街上，走来走去就是找不到挂蒜的门面。原来那串蒜瓣已经用光了！一个算卦先生问他在找啥，他说在找“挂蒜”的。

算卦先生说：“世上只有‘算卦’的，哪有‘卦算’的？你是把话记颠倒了吧？”憨儿子想想人家说得有理，就改口说要找“蒜挂”的。先生说：“我就是算卦的。要算卦得先报属相，你属啥呀？”憨儿子说：“我赎‘鹌鹑’哩！”先生一愣：“属‘鹌鹑’？去去去，真是个二百五！”憨儿子连声说：“是啊！先生真是神卦，我二百五全花光了，还欠下一个子儿啊！”

提头拽尾巴

从前，有个财主，养了三个傻儿子。一天，财主把三个儿子叫到跟前，对他们说："我给你们每人二十两银子，你们到外边学些能事，今后也好成家立业。"

第二天，兄弟三个带着银子，分别出去学能事了。

先说老大，出村往东走，走到一个村庄，见有个人正在扒破房子，只听那人一声高喊："落梁快跑！落梁快跑！"随后就是"轰隆"一声响。老大觉得怪好玩的，就跑去问一个年轻人："你把刚才那人喊的话告诉我，我就给你银子。"年轻人见状，就对着他的耳朵说："落梁快跑！落梁快跑！"老大听了连连点头，把银子递给了年轻人，高高兴兴地回家了。

再说老二，出村往南走，他走呀走呀，忽听有人在喊："提头拽尾巴！提头拽尾巴！"抬头一看，见一头毛驴掉进泥沟里，几个人提头拽尾巴地把驴抬了上来。他觉得这倒是个好窍门，但他没记住那句话，于是便掏出银子学了"提头拽尾巴"这句话，也高高兴兴地回家了。

最后说老三，他出了村往西走，走了好远，走进一个寨子里，看见一个三岁小孩在与一只小狗玩耍，那小狗"汪汪"叫了两声，把小孩吓哭了。小孩的母亲急忙拍着儿子说："乖乖别怕！乖乖别怕！"小孩马上停住了哭。老三觉得这是个能事，也掏出银子学了这句话。

兄弟三个先后回到家，财主问："你们都学到能事了吗？"三个儿子都说学到了。财主就让他们说说学了哪些能事。

老大仰头望着屋顶，望了一会儿，突然高声叫道："落梁快跑！落梁快跑！"

财主一听，以为屋子快要塌下来了，急忙往外跑，没想到一脚绊在门槛上，"扑通"一声摔倒在地。老二见状，急忙叫喊起来："提头拽尾巴！提头拽尾巴！"

老三见状，也不甘示弱，上前拍着父亲的身子说："乖乖别怕！乖乖别怕！"

那财主一听三个儿子都在说傻话、办蠢事，顿时气得昏了过去。

（本栏插图：安玉民　梁　丽）

悟性太差

□李　智

王芳大学毕业后开始找工作，虽然她长得不错，但为人处事不够机灵，因此好不容易才挤进了一家企业，担任总经理秘书一职。

一天中午，公司的赵总叫王芳一起陪客户吃饭。赵总把车停在酒店门口，他和王芳刚从车上下来，就看见一个老太太走了过来。赵总一怔，哆哆嗦嗦地叫了一声："妈——"

那个老太太却狐疑地看着王芳，声色俱厉地问道："她是谁？"

赵总赶紧解释说："这是我们公司新招来的女大学生。"不料，老太太又打量了王芳几眼，转过身气呼呼地走了。王芳顿时觉得有些莫名其妙。

当天晚上十点，王芳正准备睡觉，手机响了一下。一看，居然是赵总发来的短信："你现在去华亭宾馆门口等着，我有事要和你说，不见不散。"

王芳看完，心里打起了小算盘：去吧，都这么晚了，赵总到底有什么事呢？不去吧，赵总会以为我的悟性太差，辛苦谋来的工作又将化为泡影。纠结了一会儿，王芳一咬牙，回复道："好！我马上过去！"

回复完，王芳立刻打车赶到了宾馆门口。不料，等了半个多小时，都不见赵总的影子，打他手机居然关机了，王芳只好郁闷地回了家。

第二天一早，王芳来到赵总的办公室，正想问个究竟，却见赵总鼻青脸肿地坐在椅子上，生气地说："王芳啊王芳，我的为人你还不了解吗？你知道昨天那个老太太是谁吗？她是我的丈母娘！她看见你从我的车上下来，就回家告诉我老婆，说我在外面养了小三，我怎么解释也没有用。最后，老婆非逼着我给你发短信，想要试探一下你的反应，没想到你……唉，年轻人，你的悟性太差了！"

倒霉的男孩

□小　新

阿强在学校旁开了家书店，吸引了不少学生。这天，一个十四五岁的男孩走进书店，大声问道："老板，你还有多少金庸的《天龙八部》？"

阿强一听，乐呵呵地对男孩说："你要多少有多少。"

男孩不假思索地说："我要七套，要最便宜的那种。"

阿强马上替他选了七套最廉价的。男孩又买了一支毛笔和一瓶墨水，把书绑在自行车上走了。

一个月后，阿强发现那个大主顾又来了。他叫住男孩，十分好奇地问："你上次一下子买了七套《天龙八部》，是别人托你买的吧？"

不料，男孩郁闷地说："才不是呢。因为我在学校里偷看武侠小说，老师告诉了我妈，她在我房间里搜出一套《天龙八部》，然后没收了。"

阿强更奇怪了："那也用不着一下子买七套啊？"

"我知道这很可笑，可我也没办法。"男孩无可奈何地说，"我妈非常愤怒，而且一点道理也不讲，非要我交出其他七部来。她认为《天龙八部》总共应该有八部书。"

阿强听完，差点笑出声来。男孩继续说："我只好买了七套，然后用毛笔把那个八字改成一至七的数字。"

阿强忍不住哈哈大笑："你妈也真是的！太难为你了！"接着又问，"那你这次想买什么书呢？"

男孩郁闷地说："你不记得了吗？半个月前，我来你这里买过一部武侠小说，可就在快要看完的时候，被我妈没收了。"

阿强差点跳了起来："快说，叫什么名字？"

男孩苦笑着说："古龙的《萧十一郎》。"

少了同一个字

□陈均垚

小江马上要大学毕业了。这天，他突发奇想，将床单拆下，拿出彩笔在上面写道：哥要走了，妹子勿念！写完后，他将床单挂在窗户上，想引起对面女生宿舍楼里女生的注意。

不料，没过多久，对面的一个窗台上竟然也挂出了一张床单，床单上也写了一句话：不曾见面，何来挂念！

小江一看，顿时兴奋起来，他想了想，翻出第二张床单，写上了一句打油诗：如果不把哥来看，学妹终生要抱憾！

过了片刻，对面的窗台上又挂出了一张床单，上面没有写字，只有一个大大的问号。

小江笑了，看来学妹很想知道原因，那我就好好解释给你听。于是，他又在第三张床单上写道：因为哥是高富帅，花见花开人人爱！

挂出去后，小江开始满怀期待地等着对方的答复。时间一分一秒地过去了，始终不见对方的动静。小江正垂头丧气地准备离开窗台时，对方终于挂出了第三张床单，上面回了十个字：长江东逝水，不尽长江来。

小江看得一头雾水，左思右想，也想不出个所以然来。他只得向一个中文系的室友求助。那室友看了看，古怪地笑了笑，对小江说：“这十个字是将两句古诗词硬凑到一起的，而且每一句都少了两个字，而少的这四个字恰恰是同一个字。”

小江一脸疑惑地问：“哪两句诗？少了哪个字？”

室友忍不住哈哈大笑道：“这两句诗分别是‘滚滚长江东逝水’和‘不尽长江滚滚来’。所以，少的这四个字都是同一个字——‘滚’！”

套近乎

□高亚娇

老张是单位的门卫，工作作风一向严谨。这天，他正在门卫室里值班，突然发现一个神色慌张的年轻人径直朝院里走去。老张忙跑出去，把对方叫住了："喂，你是干什么的？你找谁？"

年轻人故作轻松地说："哦，大伯，我去找老张办点事。"说着，还递给老张一支烟。

老张推开年轻人的烟，冷笑道："哼，这地方就我一个人姓张，可我怎么不认识你啊？"

年轻人一愣，赶紧赔着笑脸说："哦，我记错了，那人不姓张，姓李，是李科长，我求他办事。"

老张冷哼一声，说："算了吧，李科长去年就退休了，他早就不来上班了。"说着，他一把扯住年轻人的衣领，质问道，"说吧，你到底是什么人？来干什么的？"

年轻人额头上开始冒汗了，看样子是急坏了，但还是不停地和老张套着近乎："大伯，您这是要干什么啊？听口音您是西庄乡一带的吧？我有个表妹前几年就嫁到那里去了。"

老张还是不为所动："你表妹在这里办公吗？你提她干什么？"

年轻人终于撑不住了，带着哭腔说："大伯呀，我干脆实话实说了吧，我是过路的，跟你们单位谁也不认识。我就是……就是……尿急……我在附近找了半天也没有一个公共厕所，刚才路过一家单位的时候，我直截了当地说想去方便一下，结果被人家门卫给赶出来了。到了您这儿，我实在憋不住了……"年轻人说着，眼泪都出来了。

老张听了，忍不住呵呵笑出了声，他赶紧松开手，说："你怎么不早说啊？赶紧进去吧。"

代买火车票

大牛新开了一家小诊所，但前来看病的人寥寥无几，天天入不敷出，大牛着急得嘴角都起了泡。

老婆见状，撇撇嘴说：“你光着急有啥用？赶快想个办法搞‘促销’吧。”

大牛摇摇头，苦笑着说：“你真会开玩笑，看病怎么搞‘促销’？”

老婆想了想，支招说：“咱大侄子不是在火车站卖票嘛，最近这火车票这么难买，你可以打个招牌，上面写着：来此看病帮忙买火车票。这样肯定会吸引不少人，尤其是那些外地农民工。”

大牛一听，觉得有点意思，便死马当作活马医，开始找人设计招牌。

很快，一块崭新的招牌挂在了诊所门口，上面写着几个醒目的红色大字：来此就医免费代买火车票。

果然，不一会儿工夫，一位操着外地口音的中年汉子急急忙忙地走了进来，劈头就问大牛：“在你这儿看病，真能买到火车票？”

大牛微笑着点点头，说：“千真万确。”

中年汉子一听，赶紧坐下来看感冒，并着急地委托大牛帮他买一张明天去兰州的火车票。

大牛让中年汉子稍等片刻，然后跑到隔壁一间房间，打电话给正在卖票的大侄子。不料，大侄子一查电脑，告诉大牛说，明天去兰州的票没有了，最早的也只能买到后天的。

大牛一愣，这可怎么办？总不能让这单生意就这么跑了？他灵机一动，走到中年汉子身旁说：“你就放心吧，票肯定能买得到！只不过，你这病有禽流感的症状……”

中年汉子一愣，忙问：“那该怎么办？”

大牛一本正经地说：“先留下来观察两天再说吧。”

（**作者**：李青春；**推荐者**：张志军）

谁的收获大

□亚　宾

黄金周过后，某风景区举行总结表彰大会，售票员大李从会场出来，第一时间给老婆打电话报喜，只听他意气风发地说："老婆，大喜事啊，咱们景区短短几天的门票收入，竟然是平时两三个月的收入！领导一高兴，奖了我一个大大的红包。对咱们来说，'黄金周'这三个字，可真是名副其实啊！"

大李刚打完电话，就看见在风景区里摆摊的小贩老赵，正在蘸着唾沫数钞票，看来，他黄金周的收获也不小。

果然，只听老赵眉开眼笑地对老婆说："乖乖，短短几天，居然比平时多赚了十倍！当家的，要是一年里能多几个黄金周，咱不是要美得做梦都笑出声来了？"

大李见状，笑嘻嘻地表示祝贺："哈哈，恭喜恭喜！"

老赵赶紧拱拱手，笑着说："同喜同喜！"

这时，景区的保洁员孙大伯，背着一个垃圾筐走了过来，他哼了一声，冷笑道："说到收获啊，其实你们俩的都不如我多。"

"别吹牛了！"大李和老赵当然不信。

孙大伯反问道："我问你们，黄金周过后，咱景区冷冷清清的，你俩都没事可做了吧？"

大李和老赵疑惑地点点头，说："跟前几天相比反差太大了，一个天上，一个地下。"

"这不就结了！"孙大伯抹了一把额头上的汗，愤愤地说，"我的收获肯定比你们多多了！你看，这满山遍野到处都是游客丢下的垃圾，我清理了三天还没清理完呢。你们的收获能有这么多吗？"

（**本栏插图**：包丰一　顾子易）

·神探夏洛克·

奇怪的毒球

纽约的夏天，一个股票经纪人和他的三个合伙人一起乘电车。车很挤，经纪人把手伸进口袋想拿出手帕擦汗，忽然他轻轻叫了一声，随即把手抽出来，发现手上出了一点血。他吃惊地想把血擦掉，就在这时，他突然全身抽筋，身体僵硬，倒了下去。

神探夏洛克和警察赶到时，经纪人已经死了。在他的口袋里，神探夏洛克找到一个软木塞球，球上插满了针，检验后发现每一根针上都涂有剧毒。经纪人不小心碰到球，毒从手部血管循环到全身，中毒身亡。警察对三个合伙人进行了搜查：

A．一个黑人小伙子，在他身上发现了香烟、保温杯、怀表。

B．一位女士，英国人，在她身上发现了手套、口红、镜子、钢笔。

C．一个胖子，韩国人，在他身上发现了小刀、眼药水、饭店贵宾卡。

亲爱的读者朋友，您能发现谁是凶手吗？为什么？

疯狂QA　丈夫不见了

一天晚上，妻子回到家中，发现常坐在家中玩电脑的丈夫不见了。她便坐在电脑前打算玩电脑，却发现桌面多了一个空白文本，点开一看里面只有三个符号“％）％”。妻子大惊失色，马上打了110报警。丈夫传达了什么信息给妻子？

思维风暴　怎么砌

蒂姆用14块砖头为自己的宠物小乌龟搭了一个窝。小乌龟越长越大，蒂姆决定给它砌个新家。问题来了：还是用14块砖头，使小乌龟的新家尽可能大点，他该怎么砌呢？

超级视觉　双胞胎

看，这里有对可爱的双胞胎！等等，好像哪里有些不对……

（提示：将图倒过来看）

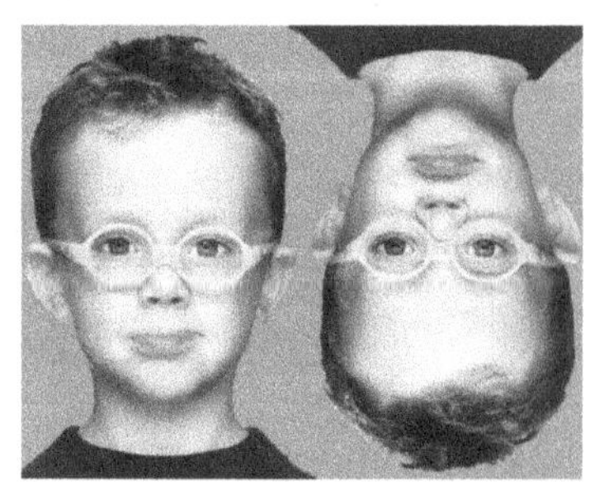

想知道答案吗？方法一，直接扫描二维码。方法二，登录http://t.cn/zYQerk9，查询“动感地带”答案的同步更新。方法三，购买2013年5月上《故事会》！动感地带，与您不见不散。上期答案见本期P46。

故事会 2013 增刊·春

欢迎登录本刊主办的"故事中国网"(www.storychina.cn)

故事会

STORIES

2013年增刊·春

社　长、主　编：何承伟

副社长：夏一鸣

常务副主编(兼绿版负责人)：吴　伦

副主编(兼红版负责人)：姚自豪

本期责任编辑：丁娴瑶

电子邮箱：dingxianyao@126.com

红版发稿编辑：

姚自豪　吕　佳　石莎莎　李　丹

美术编辑：王怡斐

电脑制作：郭瑾玮

本社办公室电话：021-64375030

上半月刊编辑部电话：021-64310547

下半月刊编辑部电话：021-64336469

(上海市绍兴路74号　邮编：200020)

主管、主办：上海世纪出版集团

出版单位：《故事会》编辑部

发行范围：公开

出版、发行总监：张　凯

电话：021-64313938

广告业务：上海故事会文化传媒有限公司

广告总监：张　淮

广告业务：021-34010383

广告投诉：021-64333738

广告经营许可证

沪工商广字310032008OO16号

发行： 中国图书进出口上海公司

·微博笑话@你·

妙语连珠

（本栏插图：包丰一）

@天天扎堆 据说吃货口中的《渡情》是这样唱的：哈啊啊，哈啊啊，西葫芦美景，山药甜呐！春芋入酒，溜乳燕呐！有缘千鲤来相烩，无缘炖面手难钳。十年修得同涮肚，百年修得共抻面。若是炝呀腌呀有灶哇，白薯空心菜眼前！若是炝呀腌呀有灶哇，白薯空心菜眼前……亲，你跟着在唱没？

@迷失的橄榄 小区门口，一群老大爷围住一个小伙子，其中一位厉声责问道："年轻人跟老头下棋，居然还偷棋子！"

小伙子手里攥着两个"象"，不好意思地说："我妈说了，让我今年……无论如何要带一对象回家……"

@汤圆9098 一瞎子给人算命，只需来人伸出一个手指，便能预测吉凶祸福。一小孩调皮，将小鸡鸡伸了过去，瞎子一摸，大呼："贵人哪！手指细皮嫩肉，没有指甲，弹性极好，一定是位厅局领导！"

@浪里格朗 有个邮局的投递员收到了妻子的贺卡，他打开一看，上面写道——

"热恋时，我是加急电报；新婚时，我是挂号信；生完孩子后，我是平信；结婚10年时，我只是一张便条。"

@炊烟罢了 电视里又开始播放海啸来临的紧急预报。

女儿问："爸爸，什么是海啸？它跟大海有关系吗？"

爸爸一想，说道："平时呢，是我们去看大海；海啸呢，就是大海来看我们。"

囧事旅途

@逛书店的奥特曼 爸爸给五岁的儿子讲故事："美国有个青年独自在树林砍柴，不小心一条大腿被压在大树下无法脱身。为了活命，他毅然用锯子锯断了那条大腿，死里逃生。儿子，这个故事告诉我们——关键时刻要做出勇敢的抉择。"

儿子想了想，问："爸爸，如果是头被压着了怎么办？"

@孩儿她爸 晚饭后，爸爸凑到儿子跟前问："乖孩子，写作业有没有遇到什么困难？有问题就跟爸爸说，爸爸可以辅导你嘛！"

儿子瞅瞅他，说："我今天的作业不太多，而且也挺简单的，不用你帮忙了！"

爸爸听后叹了一口气，说："是吗？那真是太可惜了，看来今天我又要去洗碗了！"

@梁山英雄109将 丈夫又是一夜未归，妻子再也无法容忍了。这天清早，丈夫推门进来，妻子躲在门后，用一根早已准备好的木棍将丈夫打昏过去。

一小时后丈夫醒来，看见妻子温顺地站在身边，柔声对他说："老公，对不起啊，我忘了你昨天上夜班。"

@同城九公子 有个女人临近分娩，考虑到坐月子期间洗头、洗澡不方便，就向一位已有宝宝的好友求教：要不要把头发剪得短一些？

好友回答说："你直接理个板寸行了，经济实惠。"

老公在一旁听了，连声叫着"不行"。

女人以为老公是为她的形象着想，就宽慰他说："为了孩子，我愿意牺牲一切。"

可老公说："你理个跟我一样的板寸，孩子出生后还以为自己有两个爸爸呢！"

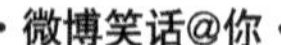

趣闻天下

@昵称一定要长一点 刘关张三人一见如故，于是决定桃园结义。

刘备提议：“要不我们各自打造一把称手的兵器，去投军吧。”

张飞想到自己没钱，冷笑道：“呵呵，打个毛。”

一会儿有人来报：“三爷，你的矛打好了！”

关羽见状，忍不住哈哈大笑：“我倒——”

不一会儿又有人来报：“二爷，你的刀也好了！”

@二货的U盘 儿子买了一辆车，给老家的爸妈报喜，老爸问他买了个啥样的。儿子说：“先保密，回家时让你们好好瞅瞅！”

回家那天，老爸和老妈在离家很远的地方等候着，老远就冲他招手。他问二老：“你们怎么知道是我回来了？因为车新？”

老爸说：“车是挺新的，但主要还是因为人新。我看这车开得晃晃悠悠的，明显是个新手，一猜就知道是你回来了！”

@爱吃小米粥 汉斯太太告诉她的朋友说：“最近我们家进了窃贼，真奇怪，我的首饰一件都没动。”

朋友不假思索地说：“哎呀，你真是碰上专家了！”

@昨日的抬头纹 爸爸带读小学的女儿逛商场。女儿看见一个大门上贴着“闲人免进”的告示，就问：“爸爸，‘闲人’是什么人啊？”

爸爸随口说：“闲人就是没事干的人。”女儿不禁感叹道：“没事干的人真可怜，我在好多地方都看见‘闲人免进’，没事干的人哪儿都去不了啊！”

爸爸一听，觉得这是个教育女儿的好机会，就说：“所以你要好好学习，不然将来什么都不会干，成了闲人，哪儿都不让你进。”

女儿点点头说：“爸爸你放心，等我有出息了，我会带你进去的！”

开心公园

@潮女专业户 有个酒吧急招有水准的歌手，有人来应聘，说自己之前做过流浪歌手。

听那歌手唱了一阵子后，老板站起来，拍拍他的肩膀，说：“唉，你这歌唱得呀……看来还得再流浪一阵子。”

@小珊瑚 儿子今年四岁，每次老婆见了他粉嘟嘟的小脸都忍不住要咬一口。今天外面比较冷，儿子的脸都冻得冰冰的。

老婆摸摸儿子的小脸，说：“好冰，快去暖暖。”

儿子紧张地说：“怎么，你想吃热的？”

@淘气小姑爷 有个大龄男青年，同事给他介绍了一个姑娘。见面后男青年对姑娘很有好感，姑娘却说没感觉。

过了两年，男青年还没对象。那天，他去相亲，巧了，又遇上这姑娘。这次见面后，姑娘说挺喜欢男青年，男青年却说没感觉了。

姑娘呆了呆，来了一句：“你是来报仇的吧？”

@两只蚂蚁打架 两个朋友聊天，甲说：“我活得太失败了，我老婆经常指着电视上那些成功人士数落我——你看谁像你啊？”

乙听后说：“你比我强多了，我不仅失败还窝囊。”

甲问怎么回事，乙叹气道：“我老婆经常指着我家那几个孩子对我说——你看谁像你啊？”

@欢乐 2013 一个乘客拦下一辆计程车，问司机：“从这儿到机场要多久？”

司机说：“要很久的。”

乘客问：“起码要多久？”

司机愣了愣，说：“骑马要更久。”

本栏欢迎来稿，读者、作者可将有新鲜感、有精彩细节的笑话佳作投寄给我们。来稿一经采用，最高稿费为一则100元。本期责任编辑电子信箱：dingxianyao@126.com。

·情感故事·

别忘了我

□金十三

郝国杰住在临江花园七号楼。清明节前，他和老婆、孩子计划小长假回趟老家，一来给去世多年的父亲扫墓；二来到乡下呼吸点新鲜空气，轻松轻松。

离清明还有几天，这天上班时，郝国杰收到了一封信，拆开一看，是一张汇款单。他仔细看过汇款人的名字，惊出了一身冷汗，这汇款人竟然是已经死去近一年的刘老爹！刘老爹是和郝国杰同住在七号楼的一个孤老，去年过世了。一个死人怎么会给自己汇款呢？郝国杰一时魂不守舍，一整天都心事重重。

晚上回到家，郝国杰看到老婆也是满腹心事地呆坐着，晚饭都忘了做。郝国杰问老婆发生了啥事，老婆颤颤巍巍地拿出一封信，郝国杰一看，也是一张汇款单，汇款人的名字也是刘老爹！这一下，郝国杰懵了，夫妻俩坐在一起商量起来。

人死不能复生，夫妻俩不迷信，不相信鬼神魂魄什么的，可眼前的汇款单却是实实在在的，到底是怎么回事？郝国杰仔细想了想，猛地一拍大腿，说："我想起来了。"

原来，刘老爹死前一个月，有一天，郝国杰出差回来，在车站遇到了刘老爹。刘老爹拦住他，说是想买件东西，忘了带钱。郝国杰急忙数了五百块钱，给了刘老爹。刘老爹脾气耿直，做事执拗，他竟然到店铺借来了纸笔，写了一张借条，硬是把借条给了郝国杰。想到这里，郝国杰跑进书房，翻箱倒柜，还好，那借条还在。

当初，郝国杰只是粗粗看了一眼借条，没仔细看内容，现在一看，这借条写得有些“另类”：“今借郝国杰五百块钱，回家即还。若未及时偿还，每过一年，加付一番。”依着借条的意思，刘老爹每年都要付给自己五百块钱利息。郝国杰感叹不已：多古怪、实诚的老头儿哇！

郝国杰这么一说，他老婆也想起来了：那天她去市场买菜，老远就看到刘老爹在市场口转悠，情况相仿，刘老爹也向她借了五百块钱，也写了一张内容相似的借条。

看着这两张借条，郝国杰不禁怀念起刘老爹来。刘老爹老伴儿死得早，和儿子相依为命。后来儿子大了，外出闯荡，把刘老爹一人留在家里。刘老爹虽然有些孤独，但他热情、开朗。每年大年初一，他总是一大早就挨家挨户去敲门拜年。因为他来了，大家就得去还礼，既然出了门，干脆就挨家挨户道句“新年好”。这样一来二往，整个七号楼的十四户人家都熟识了，谁家有个事，邻居们都会去帮忙，这幢楼里如此温馨、和谐，都源于刘老爹。

有一天，郝国杰下班回家，看到邻居们个个阴沉着脸，他急忙问怎么回事。邻居们说，刘老爹的儿子在外地出了车祸，抢救无效死了。郝国杰一听，心情顿时沉重起来。谁知祸不单行，去年五月的一天中午，刘老爹楼下的一个邻居突然听到楼上一声闷响，他急忙上楼去敲刘老爹家的门，可没人应。他急忙又打了110，警察很快来了，强行打开门后，发现刘老爹晕倒在客厅里。大家把他送到医院，可为时已晚，刘老爹就这样走了。

刘老爹没有亲人，身后事都由他对门的小王律师全权负责。那天，邻居们都去了，心情无比沉重地将刘老爹的骨灰盒送上了山上的公墓。

郝国杰还是想不通：“可是，刘老爹没有亲人，这钱是谁汇的呢？”

清明节的前一天，单位放假了。一大早，郝国杰就叫醒了老婆孩子，说：“我们明天按原计划行事，不过今天，我们要做一件很重要的事——去给刘老爹扫墓。”

妻子和孩子也很乐意，一家三口就买了纸钱、香烛来到了公墓。远远的，郝国杰就看到刘老爹的墓前站着一群人，身形都很熟悉，走近一看，这不都是七号楼的邻居吗？邻居们也看到了郝国杰一家三口，先是有点惊愕，然后都满脸欣慰。

祭拜完刘老爹，大家又动手将墓旁的杂草除掉，种上了两棵柏树。然后，大家便一起向山下走去。邻居们一边走一边说起了话："惭愧呀，若不是前几天收到一笔汇款，真就忘了来看看他老人家了。"

郝国杰听到这话，顿时一愣："怎么，你曾经借过钱给刘老爹？"

那邻居连连点头，又问了别人，也是这样，郝国杰顿时奇怪了：刘老爹怎么突然到处借钱呢？大家正疑惑不解的时候，小王律师捧着一束菊花来了，他也是来祭拜刘老爹的，于是大家就在一旁等着。

小王律师祭拜完后，郝国杰上前问："你也是收到汇款才来的？"

小王律师笑着说："不是，你们的汇款单是我寄的。"

郝国杰瞪大了眼睛，问："你寄的？为什么呀？"

小王律师不紧不慢地说："大家还记得吗？一个星期前，我挨家挨户问你们清明节有没有安排，你们说，好不容易有个假期，都想着出去旅游踏青，竟然没有一个主动提起刘老爹。我当时很失望，刘老爹才离开我们一年，大家就把他忘到了九霄云外，唉……"

大家都低下了头，满脸羞愧。

小王律师又说，去年一开春，刘老爹就感到腹部胀痛，去医院一检查，是晚期肝癌。于是，刘老爹找到小王律师，说自己没有亲人，死后的财产怎么处理？小王律师急忙给他讲解了法律条文。刘老爹听后说，咱们七号楼的邻居们都是那么热心那么好，虽说住在钢筋水泥的高楼里面，却像以前住在四合院里一般亲热。他想立个遗嘱，将自己的财产成立一个"和谐基金"，用

马场骆驼（潘胜奎 编绘）

（《故事会》漫画版精品选登）

这钱办一些实事，保持这种和谐。

小王律师接着说：“刘老爹委托我管理这个基金，我一直想召集大家开个会，可这一年，大家都忙得很，没法凑齐，所以这事一直没说。本来想大家今年一定会来给刘老爹扫墓，我就借机把事情讲明，可惜，没有一个人想起他……”

大伙此时都低着头不敢言语，郝国杰忍不住问：“那刘老爹到处借钱是怎么回事呢？”

小王律师叹了口气，说：“这是刘老爹唯一自私的地方，也是无奈的事。他就是担心大家很快把他忘了，所以才向每位邻居借一点钱，让我每年清明前给大家汇去利息，好让大家能年年记起他。”

（**题图、插图**：安玉民　梁　丽）

·海外故事·

还赌债

□曾叶文

布莱特在拉斯维加斯的一家地铁公司上班，不知啥时候迷上了赌博，短短半年时间，输光了父亲留下的全部家产。为了翻本，布莱特豁出去了，向兰登他们几个人借了高利贷。

人背时，喝冷水也塞牙。没多久，布莱特借的高利贷又输得一干二净了，而债主却形影不离地盯着他。不过，老虎也有打盹时，一天深夜，布莱特找了个机会，摆脱了债主，悄悄跑到外地去躲债，这一去就杳无音信了。

一年后，布莱特回来了，他西装革履，提着密码箱，神采奕奕，住进了一家档次很高的五星级酒店。晚上，布莱特订了一桌酒菜后，给兰登他们几个债主打了电话，要他们到酒店来拿钱。

一会儿，兰登和另外几人来了，他们全是放高利贷的。三人踏进房间，布莱特立刻迎了上去，抑扬顿挫地说："各位都是我的朋友，在我需要钱的时候解囊相助。今天我凑了20万，但和欠大家的钱相比，还差几万，所以想和大家商量一下，这钱该怎么还。"

这话像一滴水落进了滚开的油锅，"哗——"，大家你一言我一语说开了。有人说按借钱的先后还，有人说借钱少的先还，这样可以多还几个人，也有人说借钱多的应当先还……就在这时，兰登霍地站了起来，黑着脸说："我丑话说在前，不管你怎么还，今天我的钱要定了，否则你就别想走出这门！”

布莱特耸了耸肩，轻松地一笑，指了指桌上的密码箱，说：“我刚才只是和大家开了一个小小的玩笑，大家就当真了。各位放心好了，欠大家的钱，今天我会一分不少地全部还了！”

说完，布莱特从衣兜里拿出一本笔记本，读了起来：“兰登，5万美元；多诺万，4万美元；哈德，6万美元……”

读完后，布莱特就从密码箱里拿出钱开始数，每个人接到钱后，就把借条还给布莱特。等把所有人的钱都还清以后，布莱特拿出打火机，当着大家的面，把借条烧了。

这时，服务生把酒菜端上了桌，布莱特热情地招呼大家落座后，一拍脑门，说：“瞧我这记性，差点忘了，我还欠一个朋友的钱呢！”说完，他拿出手机，一边拨号一边走向门外。

大家得到了钱，心情很好，你一杯我一杯地喝起酒来。正在兴头上，突然，门口出现两个警察，不由分说，其中一个大个子走过去，对着布莱特，厉声喝问：“你是布莱特？”布莱特点了点头。

“你昨天从银行抢来的30万呢？”

布莱特把笔记本递给警察，说：“都给了在座各位。”

大家一听，全傻眼了，面面相觑。

警察接过笔记本，看了看大家，严肃地说：“这钱是布莱特从银行抢来的，大家都是聪明人，还是主动交出来吧！”说着，警察就根据笔记本上的记录，开始念名字……

兰登他们几人顿时吓得面如土色，一个个极不情愿地把钱放到了桌上。

说时迟，那时快，突然，布莱特按熄了电灯，声嘶力竭地吼道：“你们还不快走，要不你们放高利贷的

·海外故事·

事警察也会知道了——”

这么一喊，兰登他们可慌了神，放高利贷的事让警察知道还得了？于是，屋里响起了“噼里啪啦”的脚步声，片刻之后，灯再次亮了起来，这时，屋内只剩下两个警察和布莱特，他们你看着我，我看着你，“哈哈”大笑起来。

布莱特说：“谢谢两位，终于让我还清了赌债，今晚可以安安稳稳地睡一觉了。”

大个子“警察”说：“要不是看在你真心表示不再赌博的分上，我才不会借钱给你呢！”

小个子“警察”挠了挠后脑勺，说：“我也不会提心吊胆冒充警察呢！”

第二天，兰登他们几人聚在一起，聊着天。兰登说：“真想不到，布莱特为了还钱给我们，竟然去抢银行了。”

“这小子还是够义气的，昨天晚上要不是他按熄了电灯叫我们快走，放高利贷的事一败露，我们就惨了！”

（**题图、插图**：佐　夫）

·本刊信息传真·

第一次坐飞机

微博上，有人向大家求教：“谁坐过飞机，给我讲讲第一次坐飞机要注意什么……”于是，“好心”的网友纷纷为他“排忧解难”，说法妙趣横生——

◆ 飞机起飞时，你得在机上跟着助跑一段距离，以便起飞。

◆ 要留意计价器和起步价，小心被绕远路。

◆ 飞机对乘客的体重有严格限制，好像是限重50公斤吧！超重部分要交钱的喔，价格和猪肉差不多吧！

◆ 有人招手的话，记得提醒飞行员师傅停一下，做人不要太自私。

◆ 记得一直张开嘴巴，不然体内和体外压强不一样，整个人可是会爆炸的！

◆ 最好买站票，起飞了再补卧铺。

◆ 飞机中途停靠高速服务区，别买那里的食物，太贵。

◆ 手机要开成飞行模式，不然它的辐射会影响飞机速度。

◆ 上飞机前记得买套煎饼果子，飞机上的很贵；下飞机前，告诉他们不要发票，会送一听可乐！

◆ 登机之前要过安检的，一般情况会让你脱光光，所以最好穿一身比较透明的衣服，这样就可以直接通过了。

（**推荐者**：曹绍明）

小A的为什么

◆ 为什么小A理直气壮地说——他们家乡的大桥坍塌了是食品监督管理局的责任？

因为这座大桥是豆制品。

◆ 为什么小A家门不是倒贴一个“福”字，而是横贴一个“财”字？

因为他想发横财。

◆ 为什么导演不让小A演武大郎？

因为他身高不够。

◆ 为什么小A在演戏前先到台上向观众鞠躬谢幕？

因为他怕戏演完时再谢幕，台下就没有观众了。

（**作　者**：邵福军）

·诙段子·

囧段子

◆ 我一直在外地上班，差不多有两年没见过邻居了。某日回家，上楼梯看见隔壁的姑娘一路跟在后面走。姑娘一直不说话，到了6楼，她突然跑了起来，然后一边不停地拍自己家的门，一边哭着喊“妈妈”。我淡定地拿出钥匙开门进自己屋，姑娘这才安静了……哥有那么吓人么？

◆ 今天，出差在外一年的我终于回到家了，一进门，我就发现我的电脑不见了，便问奶奶怎么回事。老太太答道：“你说那台不听遥控器使唤的电视机呀，我早就让收旧货的拾掇去了。”

◆ 邻居是一个孕妇，打麻将的瘾特别大。一日正打麻将，突然感觉肚子疼。麻友问，是不是要生了，她说没事，再打会儿。一会儿，疼得越来越厉害，而且羊水都破了。她终于坚持不住了，对几个麻友说：“你们别走，稍等会儿，我去生个孩子，马上就回来，接着打……”

◆ 河边一个老头养了只八哥，口齿极伶俐，除了“你好”、“谢谢”之类常用鸟语，还会在与路人搭讪时突然冒出一句——“你还会说话呀！”

（**推荐者**：太阳不下山）

自嘲妙语

◆ 我这已经不仅仅是人生的低谷问题了，这是我人生的塔里木盆地。
◆ 我像一根面条，纵身跳入生活这碗面汤里。
◆ 生活就像《忐忑》，没有准确的歌词，却惊心动魄。
◆ 人生就像愤怒的小鸟，当你失败时，总有几只猪在笑。
◆ 长得帅还不是靠爸妈？活得帅才算是真本事。
◆ 你是否像鞭炮一样一点就着？一点就着的下场就是炮灰。
◆ 笑我的人，麻烦你先把牙刷白了。
◆ “一步一个脚印”这句话，绝对是对我这个胖子最刻薄毒辣的讽刺。
◆ 你问我为啥盯着这盘菜好久了还不吃？有点咸，我把它看淡点。
◆ 心情不好时，我上网买点东西就好了，这是传说中的“放血疗法”。
◆ “月薪多少？”我望着工资条上的2000.0说：“两万多一点。”
◆ 昨夜睡觉，梦见自己家的房子被强拆了，醒来后才发现是虚惊一场，我根本买不起房子。

（**推荐者**：曹绍明）（**本栏插图**：安玉民　梁　丽）

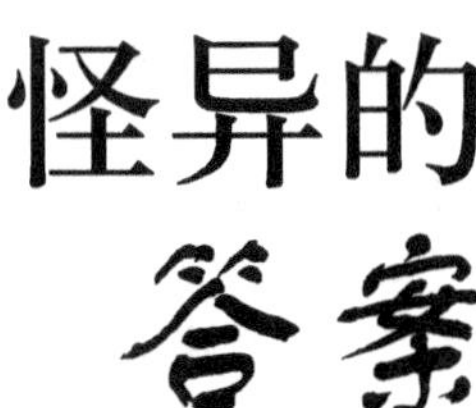

怪异的答案

□韩春玲

田亮亮是位老师，昨天，他在班里搞了一次趣味智力测试，题目包罗万象，卷子批改完后，他决定找三个学生谈话。这三个学生，为了保护个人隐私，这里就不指名道姓了，分别用甲、乙、丙代替。

很快，甲来到了办公室。田亮亮拿过甲的卷子，指着其中一道题，问：“你写着2加1等于1，说说为什么？”

甲看了田亮亮一眼，小声说：“2代表我爸爸和我妈妈，1代表我自己，2加1，就代表我们组成了一个幸福的家庭。”

田亮亮有点哭笑不得，说：“你怎么会有这种想法？”

甲歪着小脑袋，说：“我爸爸说了，一个人要有爱心，所以，看到这道题，我就想到了我们家。”

田亮亮有点好奇，问：“你爸爸是做什么的？”

甲说：“我爸爸可伟大了，他是个很有爱心的人，经常帮助别人，这些年他还资助了三个山区的孩子上学呢。”

田亮亮若有所悟地点点头，然后他告诉甲，有这样的想法也不错，可问题是，人有多种思维，做数学时就该用数学思维，而在数学思维中，2加1就应该等于3。见甲听懂了，田亮亮就叫他回去。

一会儿，乙来了，田亮亮指着她的卷子说：“2加1这道题，你为何空着不做？”

乙说：“当时我想，2加1，2愿不愿意和1加在一起呢？如果和1

加在一起，那2又是怎么想的呢？还有1，对于和2加在一起，1又是怎么想的？我想不明白这些事儿，所以就空着没有做。”

田亮亮吃惊地看着乙，问：“你父母是做什么的？”

乙说：“我妈妈是个作家，她经常告诉我，要积极展开想象的翅膀。”

田亮亮明白了，于是就把有关数学思维的观点告诉了乙，一直到乙听明白，才让她回到教室里，并把学生丙喊来。

丙的答卷，更让人难以琢磨，2加1这道题，他给出的答案竟然是1030！田亮亮指着那道题问丙：“为什么？”

丙瞄了田亮亮一眼，说：“这是您教我的呀！”

田亮亮一听气得不行，呵斥道：“我什么时候教你的？”就在这个时候，一个老师进来了，说教育局温主任来了，田亮亮心想：正好，也让教育局领导看看现在的孩子多么难教。于是，他就让那个老师去问领导能否过来一下。

很快，温主任来了，田亮亮大致说了一下，末了补充了一句：“温主任，这个孩子是农民工子弟……”温主任看了看丙，和蔼地说：“孩子，不要怕，告诉大伯，2加1等于1030，你说是老师教的，能详细说说吗？”

丙还是蛮倔的，说：“就是田老师教的，您看，这个2代表我爸爸和我妈妈，而这个1，代表一个座位——”

“你胡说什么！”田亮亮打断了丙，然后转过身，对温主任说：“温主任，这个孩子精神有点那个，我看您就别问了……”

田亮亮走到丙跟前，让他快回教室去。这时，温主任制止了他，他用鼓励的眼光看着丙，说：“说吧，不要紧的。”

丙说：“前几天，田老师把我调到了最后一排，可是我个头矮，看不到黑板。我爸爸妈妈知道了，就给田老师送了500块钱，田老师把我从倒数第一排调到了倒数第二排；后来，爸爸妈妈又给田老师送了500块钱，田老师才把我调到了前面第三排，这样，我才能够看清黑板了……”

温主任盯着卷子，说：“孩子说得很好，就是老师教的嘛，2加1为什么不等于3，而等于1000——”说到这里，温主任看到还有一个30，便问道：“你快说说，这个30是咋回事儿？”

丙说：“我们家很穷，拿出1000块钱后，只好吃了一个月，也就是整整30天的咸菜。”

（**题图**：安玉民　梁　丽）

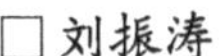

□刘振涛

遭遇“刀削面”

那天上午，我去火车站办事，办完事顾不上吃中饭，便顺路从超市买了罐八宝粥，揭开拉环，边吃边走。路上须穿过一个停车场，正走着，手机来短信了，我匆忙低头翻看……

就在这一瞬间，“嘭”的一声，我撞到了一辆轿车，收不住脚，扑倒在车身上，我手中的八宝粥罐头“嘎吱吱”地在车身上画了条弧线，足有一尺多长；同时，罐里的粥泼了出去，糊满了车子的挡风玻璃。

我顿时大惊，这才发现那辆轿车刚才正从停车场的车位里慢慢开出来，无声无息，也不按喇叭，难怪自己没注意给撞上了。再一看，我吓傻了，这是一辆新车，大概刚买不久，罐头划出的弧线在锃亮的漆面上像撕开一道口子，十分扎眼！

我害怕了，这么长的口子，喷漆维修少说也要上千元，怎么赔啊？那当口，开车的人已经把车停了，打开车门走了出来。我一个闪念，马上装着底气很足的样子，先声夺人地嚷了起来：“车子前面有人，你咋不按喇叭呢？把我的膝盖撞得痛极了……”

那开车的人，长着刀削面一样的脸，他满脸怒气：“你眼睛出气的？从车位开出来我就停下了，是你撞我的！”

我一看这架势，顿时泄气了，怪自己只顾看手机，也没留意他是滑行还是停着的，怎么办？就算他撞到自己，可自己没伤，相反却刮

花了他的车，这么一想，我的心立马悬了起来。

“刀削面”似乎有急事：“小子，你是让警察来处理呢？还是我们自己解决？”

我小心地问：“那——赔多少钱啊？”

“刀削面”看了看那划痕：“两千！”

看“刀削面”的脸色，如果不给，他非揍我不可！我没办法，手颤抖着伸进口袋，哆嗦着掏出五百元：“大哥，我只有这么多了，您高抬贵手，放了我吧……”

这时，有人过来围观，“刀削面”显然不太愿意在大庭广众纠缠，他上下打量着我，先是抓过钱，接着又嚷道：“把身份证给我留下！不愿意？欠揍是不是？别啰嗦，痛快点！”

我吓得一哆嗦，本想掏另一个口袋里的三百元，却掏出了身份证。

“刀削面”拿过身份证看了看，又还给了我，口气缓和不少：“山区来的？算了，你赶紧把挡风玻璃擦干净，一会儿我回来开车！”

我一听，连连道谢，看他急匆匆转身走了，我急忙掏出纸巾擦着玻璃上的八宝粥。

就在这时，有一男一女走了过来，两人走到车子旁，看了一会儿，那男的问我：“车是你的？”

我连头也没抬：“不是，是一个好心大哥的。”男人又问：“车怎么弄花了？”

我丧气地说：“是我撞到了弄花的。”

男女两人对视一眼，男人一把揪住我，叫了起来：“偷车贼，报警！”

我一边挣脱一边嚷着：“你是谁呀？我都赔给车主钱了，怎么还说我偷车呢！”

男人瞪圆了眼睛：“车主？我才是车主呢！你这是想偷车，被我撞见了就装作擦车，不是你开我的车，车怎么会离开车位？你也承认车是你刮花的，你打算怎么办？”

我一听，妈呀，完了！刚才那个“刀削面”才是真正的偷车贼啊！难怪我赔五百块钱，他居然也愿意，原来他是看路人开始围观，怕走不掉，这才顺手牵羊、溜之大吉，真是狡猾狡猾的，我气坏了。

而眼前这对男女，虽然厉声在喝问我，但人家长得慈眉善目的，一看就是讲道理的人，于是我就小心地说：“如果没有我撞这一下，你们的车就被偷走了，你们不感谢我还……”

女人说话了：“怎么能证实呢？谁知道是你推卸责任说谎，还是真事儿？除非你抓住那个偷车贼！”

最后，两人记下了我的身份证、工作地址和电话，让我打了个两千元的欠条，给我两天期限，才放我走了……

一罐八宝粥，赔出这么多钱，等于一个月的工资，我心疼死了，可骂那个偷车贼也没用，就五百块钱报警也不是个事儿。没办法，我找了主管，又红着脸找了两个不算熟悉的同事，在三人手中借够了两千元钱。

第二天，按照约定，男女两人来了。我掏出两千给了他们，可男人又塞给我一百元，说是车漆喷好了，花了一千九，男的还说："我们不会讹人，花多少就收多少，不义之财是不会要的。"

两人走后，我不禁感慨万千，想起在哪本书里看到过的一句话——"心善则面慈，心恶则面憎"，看来真有道理啊，人家两口子长得慈眉善目的，再想想那个"刀削面"，贼眉鼠目，不但像贼还像个强奸犯呢！

几天后，傍晚下班，我又经过那个停车场，万万没有想到，竟然发现了那个偷车贼——"刀削面"！

想想被那个家伙骗走的钱，我一肚子气，我想到了报警，可那样只能追回被他骗走的五百，可自己的一千九百块咋办？有了，给车主打电话，只要证实是"刀削面"因偷车开出停车位，我才撞上的，这样就能让"刀削面"赔偿，自己赔给车主的钱就能要回来。

我当机立断，急忙躲到一辆车后面，给车主打电话："喂，我看到偷你车的人了，你们赶快来吧。"

电话里，对方先是一惊，然后镇定地说："好的，等证实是他偷我的车，那钱我会还给你，你等着……"

我挂断后，又拨打了报警电话。这时，那个"刀削面"已经钻到一辆轿车里。我仔细一看那个车牌，竟

然又是那对夫妻的，我马上想到，那对夫妻的车停在这里，他们一定离这不远，会很快赶到的。正这么想着，不料那辆车突然启动了，眼看“刀削面”要跑，可车主还没来，事不宜迟，我赶紧从车后冲出来，一步跨过去，死死抵住车门，大喊着：“抓贼啊……有人偷车……”

很快，路人团团围住了轿车，同时警察也赶来了。

“刀削面”被逼下车，怒气冲冲地盯着我，掏出身份证和驾驶证，递给了警察：“这是我的车，你们核对一下。”

警察看过证件，回过头来问我：“这是他自己的车，你说的偷车贼呢？”

我一听，傻眼了，张着嘴结巴着：“他、他……那对夫妻呢？”

警察了解情况后，笑了：“刚刚我们在火车站抓到一对男女，可能是他们，你跟我们回去认人，我们早就留意这对流窜的扒手了……”

三个小时后，事情真相大白：原来，“刀削面”名叫孙刚，先前我和他在争执时，恰巧让那对流窜的扒手看见了，而且他们很快听明白了怎么回事。当时，孙刚急于到机场接重要客户，可挡风玻璃上糊满了八宝粥，去洗车来不及了，他也不在意我给多少钱，接过来就打车赶往机场了。那种情况下，别说刮伤了他的车，就是车报废了，也比不上和那个客户签一个巨额订单重要！

不料这异常的一幕，被那两个流窜的扒手看在眼里，见人们都散了，他们出现了。因为孙刚的异常，他们很“合理”地勒索了我。后来，就在他们刚刚得手一笔扒来的钱要挥霍时，却意外地接到了我的电话，他们知道要败露，该换个城市了。可这次扒窃，被警察发现了蛛丝马迹，于是被跟踪到了火车站……

知道了实情后，我对孙刚道了歉，正要离开，却被一个民警拦住了：“你暂时不能走，跟我们去派出所，你和这起案子有关系。”

我一听，头“嗡”一声就大了一号，看到警察威风凛凛的样子，腿也有点软了：“啥？跟、跟我有关？难……难道我也是贼？你看我长相，怎么可能做贼啊？”

警察瞪了我一眼，说：“看长相就能分好人坏人？那要我们警察干吗？看长相抓人就行了，什么逻辑！”

（**题图、插图**：刘斌昆）

红版编辑部各编辑邮箱：

姚自豪：yaobianji1950@126.com；
吕　佳：lujia411@yahoo.com.cn；
石莎莎：ssasha@163.com；
丁娴瑶：dingxianyao@126.com；
李　丹：lidan090@sina.com。

愤怒的嫂子

□李坤学

魏振远和石坤，是从小一起偷瓜逮鸟的铁哥们，后来石坤飞黄腾达，而魏振远却下岗没了工作，石坤毫不犹豫地将他招进工厂，让他有了份养家糊口的工作。在魏振远心里，石坤不但是他最好的朋友，而且是他最敬重的大哥。

昨天晚上，石坤跟魏振远一起喝得酩酊大醉。两人分手后，石坤独自回家，不料因天冷路滑，不小心跌进了路边的沟里，醉了、累了，又阵阵发困，竟然睡着了。等到被过路行人发现时，早就在零下三十多度的天气里冻僵了！

得知石坤已死，魏振远心如刀绞，痛不欲生，赶到医院的时候，石坤的老婆秀珍如疯了一般，对他拳打脚踢，说他害死了她老公，让他滚。无奈之下，魏振远只得让老婆小菊在那帮忙，自己灰溜溜地回了家。

一大早，魏振远正在家里悲痛欲绝，突然有人按门铃，开门一看，有人提着豆浆、油条，站在门外。

来人叫杨明，也是石坤和魏振远的朋友，为人精明能干，这两年养殖林蛙赚了不少钱，正雄心勃勃地准备扩大规模大干一场。只是杨明会打小算盘，平时总围着石坤转，和魏振远却交情一般，这时候他来干吗？

杨明走进屋来，把早餐放在桌上，说："石坤的事我都听说了，别难受了。"他劝魏振远吃点东西，自己身体要紧。

魏振远哪里有胃口吃东西呀？

他悲哀地说："大哥的死，全怪我，我要是不让他喝那么多酒就好了，我要是不让他一个人走就好了，可是——"

杨明急忙安慰他说："你可千万别这么说，大哥的酒瘾上来了，谁拦得住他？嫂子说的那些，不过是一时气话，过些日子她能想明白的，你也别太在意了。"

魏振远长叹一声，默然不语。杨明像是漫不经心地问道："昨天大哥找你是有什么事啊？怎么会喝那么多？"

杨明的话里似乎是在打探着什么，可是魏振远沉浸在悲伤之中，根本没听出来。说话间，杨明脱下羽绒服放在沙发上，说要把豆浆热一下，让魏振远吃一点。几分钟后，杨明端着热腾腾的豆浆从厨房出来，没想到脚下不知怎么绊了一下，一大碗豆浆全泼在沙发里的羽绒服上！

魏振远急忙扶起杨明，杨明却沮丧地说："一会儿还有事呢，衣服湿了可怎么穿啊？振远，把你的羽绒服先借我，等我回家换了之后就给你送回来。"说着，杨明从衣架上取下魏振远的羽绒服，穿在身上，两手插在口袋里，试了试，挺合身的。

魏振远送杨明出了家门，总觉得哪里不对劲：杨明这么势利的人，怎么会好心给自己买豆浆？他这么小心谨慎的人，怎么端一碗豆浆都会摔跟头？还有，他怎么会大大咧咧地把自己的衣服穿走？

这些念头在脑海一闪而过，魏振远心里那种不安越来越强烈，他猛地跑进屋里，推开窗子，只见杨明早已出了楼，正迫不及待地从羽绒服的口袋里掏出一张纸来，打开看了一眼，就要撕掉。就在这时，魏振远大喝一声："住手——"

杨明大吃一惊，回过头来向二楼看去，魏振远更是毫不迟疑，猛地蹿上窗台一跃而下。好在这是二十多年前的旧楼，不高，虽然跌跌撞撞、连滚带爬的，却没受

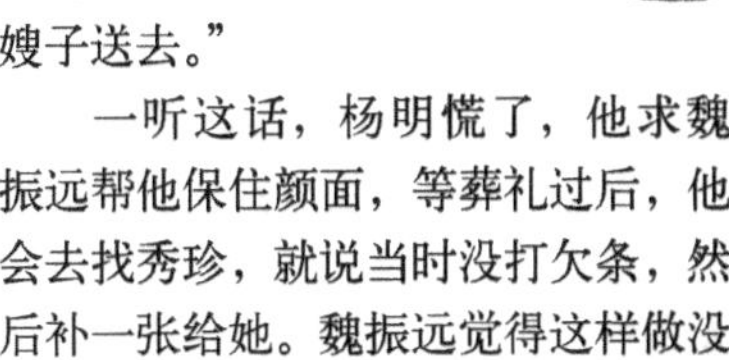

什么伤。他猛地扑上去，从惊呆了的杨明手里夺下那张纸，一看，那是一张杨明写给石坤的欠条，金额是三十万，日期是昨天！

七尺汉子

原来，杨明打算增加投资搞养殖，但缺少资金，于是向石坤求助。昨天，石坤把钱给杨明送去后，杨明给他打了欠条。当杨明得知石坤出事，并且了解到他一直在魏振远家喝酒，便打起了欠条的主意。昨天夜里，杨明赶到医院，趁大家不注意的时候翻了石坤的羽绒服，但没找到欠条。他突然想起，这样的羽绒服，秀珍买了两件，一件给了老公石坤，另一件给了魏振远。杨明的脑瓜子好使，他推测，或许石坤喝酒后穿错了衣服，于是便跑到魏振远家来碰碰运气。

杨明见伎俩被戳穿，不再狡辩，赶紧拉了魏振远上楼进屋，他说："嫂子对我有成见，认为我不可信，所以大哥是瞒着她把钱借我的。振远，只要你把欠条还我，这三十万咱俩一人一半，怎么样？再说，现在嫂子对你恨得牙痒痒的，你在工厂肯定干不下去了，到时候你怎么办？分到了这十五万，就当遣散费了，有什么不好？"

提到这些，魏振远不由得一阵悲哀，可随即把脸一板："别说这些了，想让我跟你同流合污，没门！一会儿我就把欠条给嫂子送去。"

一听这话，杨明慌了，他求魏振远帮他保住颜面，等葬礼过后，他会去找秀珍，就说当时没打欠条，然后补一张给她。魏振远觉得这样做没什么问题，便答应下来。

那一天，办完丧事，杨明磨磨蹭蹭地来到秀珍面前，准备开口说欠款的事情，没想到还没开口，秀珍朝着不远处的魏振远招了招手，魏振远一愣，赶紧走过去。秀珍面无表情地说："你住的楼我已经卖了，给你三天时间，你赶紧搬出去吧。"

魏振远听了，一下子惊呆了。十多年前他没房子住，恰好石坤买了新房，就把旧房让给他，虽然没明说送给他，那意思是八九不离十了，可今天，秀珍竟然要把房子收回去！魏振远愣愣地说："现在搬出去？那我住哪儿呀？"

秀珍面无表情地说："你住哪儿跟我没关系，还有，以后单位你不用去了，你已经被开除了。"

魏振远呆呆地看着秀珍，说不清心里是什么滋味，有伤痛、悲哀，还有失望、怨恨，可是这时候他能说什么呢？只好黯然离去。

魏振远回到家里借酒消愁，不一会儿就喝得酩酊大醉。妻子小菊看得心疼，一个劲地劝他想开一些。魏

振远勃然大怒："我怎么能想得开？要不是当初搬这儿来，咱们早自己买房了，那时候房子多便宜？现在她一句话让咱搬家，咱搬哪儿去？买房？早不是十几年前的价了，买得起吗？她这不是坑人吗？"

两人正说着话，杨明来了，一进屋就说："振远，刚才嫂子太过分，连我都看不下去了！事到如今，就算你以前做得再好，人家也只当你是杀夫仇人。振远，你都这么大岁数了，被人撵来撵去，不是太悲哀了吗？干脆自己买房算了。"

小菊叹了口气，说："就算咱这是小县城，可买个房也得二三十万，我们哪有那么多钱啊？"

杨明把皮包摆在桌上，掏出了十五沓百元大钞，说："只要你把欠条还我，这十五万就是你的了，再添个十万八万就能买房，怎么样？"

魏振远愣了，这十五沓钞票实实在在地摆在眼前，对他的诱惑实在太大了，这十五万加上他的存款，房的问题就解决了，可是，这个念头刚刚一闪，他一下子清醒过来：如果答应了杨明，将来九泉之下，自己怎么有脸去见大哥呀？想到这里，他愤怒地骂道："杨明，你给我滚！"

赶走了杨明，魏振远不顾一腔的委屈，带了小菊去找秀珍，一五一十地把事情说了一遍，并交出了那张欠条。

没想到秀珍除了开始时有些意外，随后一直面色平静，当魏振远讲完之后，秀珍露出嘲讽的微笑，说："你倒还是个重情重义的人，可就算你放弃了唾手可得的十五万，也改变不了你害死我老公的事实！我再说一遍，三天之后我就要收回房子，请你尽快搬家！"

魏振远宁可得罪杨明，宁可不要那笔巨款，也要成全兄弟情义，没想到他这么做，却连个"谢"字都没换来！他又羞又怒，二话不说，拉着小菊转身就走。

此情融融

回到家里，魏振远想到花钱、花心思装修一新的房子马上就不属于自己了，心里又疼又急、又恼又怨，他冲进厨房抄起剁排骨的斧子，对着屋里的墙壁、门框一通乱砍，那个疯狂劲儿，小菊根本拦不住他。砸完后，魏振远"哈哈"大笑起来，可转瞬之间，笑声里面便带上了幽幽的哭腔。小菊上前一把抱住他，忍不住也哭了。

第四天一大早，搬家公司的人上门了，当他们把所有的东西都搬到出租屋后，魏振远面无表情地锁上门，和小菊走下楼去。没想到刚到楼下，却看见秀珍竟然站在寒风中，面带微笑地看着他们。

魏振远一愣，随即醒悟，默默地将手上的钥匙递了过去。秀珍左手接过钥匙，右手却"啪"地把一样东西拍到魏振远手里。魏振远定睛一看，竟然是几把崭新的钥匙，他愣住了，情不自禁地问："这是什么？"

"这是你大哥在两个月前给你买的新房钥匙。"秀珍淡淡地说，"他说你这些年出了不少力，又是他最好的朋友，希望你的日子能过得好一些。因为他想给你一个惊喜，所以一直对你保密。就在昨天，这房子已经装修好了。现在，你可以直接搬进去了。"

魏振远傻傻地看着秀珍，脑子里一片混乱，小菊不敢相信地问："嫂子，难道你一开始撵我们搬家，就是为了让我们搬到新房里去？"

"当然不是，那时候我恨死振远了，哪里还会把房子给他？可当他把杨明的欠条交给我的时候，我才突然醒悟到，振远和石坤的兄弟情谊千金不换，虽然石坤的死振远脱不了干系，但我相信石坤在天有灵，他不会赞成我和你们反目成仇，所以我才改变主意，按石坤的意愿，把这房子送给你们。"

魏振远疑惑地问道："既然这样，你为什么当时不告诉我们？还要逼着我们搬家？"

"因为我想让你再难受几天，让你更深刻地记住我为什么要这样对你。"秀珍悲切地说，"要不是你们一喝起酒来连命都不顾，你大哥也不会因此而死，难道你不应该记住这个惨痛的教训吗？"

魏振远羞愧地说："嫂子，我确实太贪酒了，以后我再也不喝了，你看我的表现吧。"

秀珍欣慰地点点头，抬腿向楼里走去。魏振远不由得脸色大变，他突然想起被自己砸得破烂不堪的屋子，急忙叫道："嫂子——"

秀珍转过头来："还有事吗？"

魏振远张了张嘴，却不知道该说什么好……

（题图、插图：张恩卫）

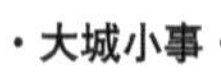

爱像一捧沙，在手心里攥得太紧、太松，它都会溜走；但也有一捧沙，它是缘、是画、是绵绵的爱、是新的未来……

爱在一捧沙

□蔡美美

陆敏和丈夫张诚一起开了个婚庆公司，生意还不错。

这天，一场热闹的婚礼正在举行。张诚兼职司仪，陆敏在场内巡视，帮忙招呼客人。突然，大厅里一个客人引起了她的注意：那是个年轻人，大约二十多岁，背着一个大行囊。背着沉重的行李来参加婚礼，这样的事情陆敏还是第一次遇到，更让她觉得不对劲的是年轻客人的神色——他脸色阴沉，东张西望，似乎在寻找什么。

陆敏有一种不好的预感。以前公司经办过一场婚礼，新郎的仇家来砸场子，搞得不欢而散。虽然不是婚庆公司的责任，可是传出去对公司的声誉也不好。于是，她悄悄跟在年轻人身后，关注着他的一举一动。

年轻人一直往里走去，似乎在找人，却不开口询问。突然，陆敏注意到了他的一个动作：他一只手一直放在裤兜里，裤兜里鼓鼓囊囊的，似乎塞着什么东西……陆敏的心提到了嗓子眼。

就在这时，音乐响起，一群人

簇拥着新娘出来了，年轻人的神色更紧张了，他站在人群后面，伸长脖子去看新娘。从他涨红的脸色，陆敏可以判断出，他的目标就是新娘！

就在这时，陆敏发现那年轻人开始把裤兜里的手往外抽，手里捏着样东西，要出事！陆敏来不及细想，冲上去，一把握住了他的手。

年轻人回过头来看了陆敏一眼，眼里满是吃惊和愤怒。陆敏冲他微笑了一下，她不想声张，破坏婚礼的气氛，更何况她还拿不准这个年轻人想干什么。

新娘走过来了，陆敏感觉到年轻人的手似乎想挣脱，但她紧紧地握住它，脸上始终保持着微笑，仿佛正牵着自己弟弟的手出席婚礼。慢慢地，年轻人的手松弛了下来……

很快，仪式结束，新娘进去休息了。陆敏正想和年轻人说话，年轻人却挣脱她的手，转头就走。走了几步，他又回过头来，把手里的东西塞给陆敏："这东西没用了，送给你吧。"

这时，张诚走了过来，狐疑地问："这人是谁？"陆敏忙说："这是新娘的一个朋友，刚从很远的地方赶来。"张诚就没有再问。

陆敏再回过头来，年轻人已经消失在门口。陆敏看着他的背影，不由得有些怅然若失。

陆敏找了个没人的角落，想把手里那个"危险"的东西处理掉。她一看，那是一个小小的袋子，捏一捏，似乎有"沙沙"的声音。陆敏小心翼翼地打开一看，不由得愣住了，那竟然是一袋沙子，细细的、带着海腥味的沙子。

年轻人是谁，他想干什么？这个疑问留在陆敏的脑海里。一开始，她想把那袋沙子扔掉，但一转念，又把它留了下来。

第二年，陆敏生了个女儿。婚庆公司的生意越来越红火，陆敏在家带小孩，不用再天天跑了。有了钱，按理说日子应该越过越幸福，可陆敏慢慢地发现，张诚有些不对劲了，先是应酬多了，再后来就听到一些风言风语，说张诚和公司新招来的女司仪周静雨好上了。

这天，张诚主持婚礼去了。陆敏把孩子带到外婆家，她想起了那些流言，决定去婚礼现场看看。

陆敏到了婚礼现场，张诚和周静雨正在台上主持，两人不断地打情骂俏，制造气氛。现场有人起哄，喊道："主持人小两口先来一个吻。"张诚似乎很兴奋，说："今天大喜的日子，为了大伙开心，我豁出去了。"他说着，真的揽过周静雨，在她脸上吻了一下，台下顿时响起一片口哨声。

陆敏气得脸色发白，她没想到

那些传言都是真的。她的手在发抖，她忘了这是别人的婚礼现场，不由自主地就往舞台走去，她要去好好质问丈夫！就在这时，有人轻轻拉住了她的衣襟，陆敏回头一看，是个有几分面熟的年轻人。

年轻人微笑着问："你好，还记得我吗？"陆敏突然想起来了，这就是去年自己在婚礼上拉住的那个年轻人。陆敏现在没心情和他说话，勉强点点头就想往台上走，但年轻人拉住了她："我叫林枫，下面就是我的表演时间了，不管你想干什么，先等一等好吗？"

陆敏愣了一下，再看舞台上，灯光暗淡下来，年轻人上台了。陆敏有点好奇，他要表演什么？

只见林枫走到一个台子前，抓起一把沙子撒在台上，与此同时，舞台上的屏幕亮了，屏幕直播着台子上的画面：上面的沙子在无声地流动着，画出了一颗青梅、一只竹马，还有两个天真的小朋友；随着林枫的手指轻轻滑动，画面又变成了一条弯弯曲曲的小路，两个小朋友手拉手一起上学；然后，两个人渐渐长大，有争吵，有欢笑，有相拥；最后，画面定格为一个大大的喜字，大厅里灯光亮了……大家这才明白，这是在用沙画表现新郎新娘青梅竹马的爱情故事，一时间掌声雷动。

原来，林枫是个搞沙画表演的。陆敏看着一幅幅生动的画面，想起了自己和丈夫，他们曾经也是青梅竹马……她禁不住泪流满面，心灰意冷，转身离开了婚礼现场。

此后，陆敏和张诚经历了一年的吵闹和冷战，终于离婚了。张诚和周静雨继续经营婚庆公司，陆敏带着孩子过日子。她消沉了好长时间，为了孩子，才重新走出家门去找工作。

一天，陆敏路过一家婚庆公司门口，发现外面贴着招聘启事，她抱着试试看的心情走了进去。办公室里，一个男人正在电脑前低头忙碌，陆敏怯怯地说："我来应聘。"男人抬起头来，两个人都愣住了，几乎同时脱口而出："是你呀！"原来那人正是搞沙画表演的林枫。

林枫非常热情，亲自给陆敏倒了水。陆敏有些不好意思："你什么时候做老板了？"林枫说："开个小公司,正缺人帮忙呢。如果你肯帮我，就做我公司的经理吧。"

陆敏不敢相信自己的耳朵，问："我行吗？"林枫说:"当然行。"他说，那次他去参加前女友的婚礼，陆敏微笑着上来握住他的手，那时他就对陆敏的观察力、应变力和亲和力留下了深刻的印象……陆敏听了心中一动，但她没有细问林枫当年和女友的事，只是感激地答应了林枫的邀约。

和林枫一起工作了几个月，陆敏发现林枫很有头脑，他很关注国外最新的婚庆潮流，然后总能结合新人的情况想出有个性的创意。他常常说，像张诚那种庸俗的婚庆方式已经过时了。跟着林枫，陆敏觉得自己学到了不少东西。

陆敏和林枫的私人关系也很不错，周末的时候，陆敏加班，林枫就到陆敏家里，带孩子去公园玩。陆敏感到不好意思，林枫说："这有什么？公司的事都交给你打理，你帮我加班，我帮你带孩子，很公平嘛。再说，我以前在海岛上当兵，找个人说话都难，我喜欢和孩子在一起，这样才不寂寞，有家的感觉。"

陆敏想起了当年那袋沙子，便找出来给了林枫，林枫感动地说："没想到你还保存着。我把它加工一下，以后表演就用这个了，也算是一种纪念吧。"

慢慢的，陆敏发现，林枫对她有好感。她觉得有些东西在自己心里慢慢苏醒过来了，对这份感情，她既期待，又害怕。

林枫的公司发展很快，他新招聘了一个女大学生，叫金妍。金妍充满青春活力，林枫让她专管设计。这段时间，陆敏发现林枫来找自己的时候少了，和金妍呆在一起的时间多了，也很少来找孩子玩了，整天和金妍在公司里，不知道商量什么。

陆敏感到恐惧，以前的恶梦又要重演？不过她又在心里笑自己，虽然两人心照不宣，但林枫从来就没有对自己表白过，更没有承诺过什么，他有权选择任何人。渐渐的，

·大城小事·

公司里有了传言，说是林枫准备让金妍当经理。陆敏听了，准备好了一封辞职信，准备合适的时候交给林枫。

这天，陆敏突然接到林枫的电话，让她去一趟公司。陆敏明白，这是要让她当面和金妍交接“经理”的工作了。她简单收拾了一下，就去了。

到了公司，却静悄悄的。陆敏正在疑惑，金妍出来了，笑着对她做了个“请”的手势。她走进大厅，发现里面漆黑一片，正摸不着头脑，突然，一个屏幕亮了，随着一把沙子倾泻而下，画面上出现了一个海岛，一个年轻的士兵正在岛上孤独地仰望天空；接着，画面一转，士兵等来了远方的来信，笑得合不拢嘴；再后来士兵退伍了，兴冲冲地背着行囊上了船。后面的画面，陆敏有种似曾相识的感觉——那是一个热闹的婚礼现场，士兵的女友结婚了，但新郎却不是他。士兵充满愤怒，要冲上去，但手被旁边一个女人紧紧握住了。此后的画面，都是士兵和这个女人的故事：两人在另一场婚礼上意外相遇，两人一起加班，一起带孩子去公园……看着看着，陆敏不由自主地呼吸急促起来——那个士兵不用说，就是林枫，那个女人，分明就是自己！

最后，屏幕上用沙子写出了一行字：“这个女人，改变了我的一生。我想永远和她在一起，可以吗？”就在这时，大厅里突然灯火通明。陆敏吃惊地发现，公司的员工们都笑着挤在大厅里，他们自动让开一条通道，门口有两个人手牵着手走了过来，竟然是盛装的林枫和自己的女儿！

林枫在陆敏面前单腿跪了下来，伸出了手：“陆敏，当初我在海岛服役，女友曾说，让我装一捧海滩的沙子带给她，可我回来的时候，她却同别人结婚了。我想把那包沙子扔到她脸上，如果不是你握住我的手，不知道会闹出什么事来。后来，无论我遇到什么困难，总会想起你那双温暖的手。因为你，我才有了今天。现在，我正式向你求婚，公司的同仁都是我们的见证人。孩子已经同意了，你同意吗？”

刹那间，泪水模糊了陆敏的双眼，泪眼蒙眬中，陆敏伸出双手握住了林枫和孩子的手：“我愿意——”

（题图、插图：谭海彦）

你摊上事儿了

□赫至名

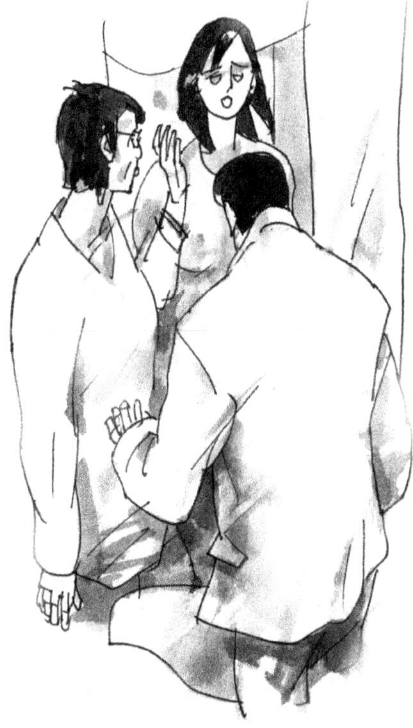

紧急状况

黄伟民是个老板，他有个情人，叫小丽。这两天，小丽的丈夫孟凯出差在外，于是这天傍晚时分，黄伟民偷偷前来探望。

其实，小丽不是水性杨花的女人，之所以背着丈夫投进黄伟民的怀抱，说起来也是有原因的。孟凯年轻有为，结婚之后，把全部精力都投入到工作当中。恋爱中的花前月下、卿卿我我一下子全没了，小丽不免感到失落，而她的老板黄伟民对她爱慕已久，一直默默地照顾她，时间长了，两人终于走到了一起。

两人厮混了好一会儿，就在这时，小丽的手机响了，一看号码，是老公孟凯打来的。她急忙示意黄伟民安静，深吸了一口气接听电话。

电话那头，孟凯温柔地问："老婆，你在干吗？"

小丽尽量用轻松的口吻说："我在看电视，对了，你在外面多注意自己身体，别总惦记我。"

"对不起啊，我陪在你身边的时间实在太少了，不过我现在可以答应你一个要求，你尽管提。"

小丽幽幽地叹了口气，说："如果可能的话，我希望你现在就出现在我面前。"

孟凯得意地笑了起来："果然不出我所料　　给我半分钟的时间，我

一定满足你的愿望，打开门，等着我吧！”

小丽顿时吓得花容失色，挂了电话，小声地对黄伟民说：“他就在楼下，快走！”

黄伟民大吃一惊，忙不迭地打开房门，这时已经能听到楼下传来的脚步声了，于是他便放轻脚步向楼上跑去，要不是上面还有一层七楼，可真要被孟凯捉个正着了！

见黄伟民上了七楼，小丽才松了口气，赶紧再检查一下屋里，看有没有留下什么蛛丝马迹，这一打量不要紧，她猛地发现茶几上有个手包，是黄伟民一时疏忽落下的。这当儿，孟凯的脚步声已如催命符般将至六楼，想把那手包藏好已经来不及了，小丽来不及多想，一把推开窗子，将手包扔了下去，然后转身，恰好看到孟凯温柔的笑脸……

这夫妻两人之事暂且不提，却说那个手包，从六楼划出一道弧线直落而下，不偏不倚，正好砸在一个人的头上。这倒霉鬼不是别人，正是送孟凯回来的出租车司机，叫王磊。他开了一整天的车，累得腰酸背疼，孟凯走后，他也下了车，直直腰松口气，没想到被那手包砸个正着。手包是货真价实的真皮制作，分量不轻，而且装着个手机，带着呼啸的风声，差点把王磊砸倒在地……

撞个正着

王磊被这一下砸得晕头转向，他摸着脑袋，抬眼搜索，于是看到了六楼那扇打开的窗子；再捡起那手包一看，不禁有些迷惑，里面除了手机，还有至少七八千的钞票。他一颗心不由得“怦怦”狂跳起来，这天降横财，能不能占为己有呢？可随即他就为自己的想法感到羞愧，君子爱财，取之有道，不是自己的钱，要是拿了，跟贼有什么区别？必须把钱还给人家。

王磊仔细判断了一下窗子所在的单元，然后大步向楼道走去，快到楼道口时，有个人从里面快步出来，差点撞到他身上，仓促之间，王磊伸手一挡，手包就支在那人胸前，那人眼睛一亮：“咦，你拿的……是我的包？”

这人正是黄伟民，见孟凯进了家门，他赶紧蹑手蹑脚地跑下楼来，没想到却和王磊撞个正着，不过也亏得如此，让他认出了自己的手包。听他这么一说，王磊上上下下打量了他几眼，问：“这是你的包？差点把我砸个跟头你知道不？幸亏遇到我，要是别人早拿着跑了。”

黄伟民略一沉吟，便猜想肯定是小丽情急之下，把手包扔了出去，还好，碰到这个老实人，居然想着把手包送回来。黄伟民立刻赔着笑说：“你真是活雷锋啊，谢谢你！”

黄伟民一边说，一边伸手去拿手包，没想到王磊手一缩，将手包搁到身后，警惕地说："你先告诉我，里面都有什么，总不能你说是你的，我就给你吧？"

"那里面有我的身份证，黄伟民，你看看是不是我。"

王磊验过了身份证，确认没错后，便还给了黄伟民，还好奇地问："你这包是掉下来的？不像，我怎么觉得是扔出来的？为啥呀？"

"也没啥，老婆不懂事，跟我吵架吵急了，拿我手包撒气呢。"情急之下，黄伟民编了个瞎话。王磊信以为真，便转身走了。

可王磊没有想到，当晚回家睡了一宿觉后，早晨起来觉得脖子痛得厉害，糟糕，那手包撞击的力量太大，别是伤了颈椎吧？得赶紧去医院检查一下，去医院得花钱，既然是黄老板的手包砸的，这钱当然得让他出。

昨天没留黄老板的联系方式，那就只好去他家找了。王磊当然以为扔下手包那家就是黄伟民的家，于是就找上门去。这时，孟凯已经上班走了，倒是小丽在家休息，于是，王磊一五一十说了事情的缘由……

意外发现

今天早晨孟凯走后，小丽就和黄伟民取得了联系，也知道了昨晚的事情，见王磊找上门来，真是吓了一大跳，这要是被老公撞见，岂不是麻烦大了？于是没好气地说黄老板不在。

见小丽一副不耐烦的样子，王磊有点生气，心想，你们两口子不过是吵几句嘴，就这么不管不顾地往楼下扔东西，这么没公德心的女人，也敢给我脸色看？这么一想，他的嗓门也高了起来："他不在家，找你也一样，昨天你扔的包砸我脑袋上了，现在我脖子疼得不能动，你是不是得给我个说法呀？"

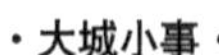

小丽一愣，见王磊脖子的确转动不灵活，知道人家不是讹人。但她可不想和王磊有什么纠葛，于是抓起手机，给黄伟民打电话，让他赶紧把这事处理一下。黄伟民一听王磊居然找到小丽家去，也惊出了一身冷汗，当下连声答应，跟王磊约好了在医院见面。

检查结果倒是没大毛病，大夫说养一段时间就好了。黄伟民为了息事宁人，硬塞给王磊三千块钱。王磊本不想要这么多，可是转念一想，万一脖子再有什么毛病，还能再找人家黄老板不成？那就干脆收下吧。虽说王磊不是贪财之人，但三千块毕竟不是小数目，所以他就觉得这个黄老板格外顺眼亲切，更替黄老板不平：这么好的一个人，怎么就娶了那么个不懂事的婆娘？可惜了。

没想到几天后的一个下午，王磊居然在一家酒店门口见到了那个不懂事的婆娘，挽着一个高大英俊的男人，脑袋靠在人家肩上，样子极其亲热——当然亲热了，那是她老公孟凯呀！按说那天晚上，孟凯坐过王磊的车，应该能认出他才对，但那天晚上天已经黑了，王磊当时又疲惫不堪，所以对孟凯还真没什么印象。这一下可把事情全弄拧了，王磊想，这事儿他不看见也就罢了，既然撞见了，就必须伸手管管！想到这里，王磊就悄悄地跟在两人后面。

再说孟凯，这几年苦苦奋斗，为公司创造了巨大的利润，老总决定奖他一套高档住宅，所以，他准备给小丽一个意外惊喜。用过一顿丰盛的午餐后，拦了辆出租车，直奔那个高档小区。

王磊见他俩进了那栋高档住宅楼，更加确定小丽傍上了大款，背叛了老公。一会儿，王磊便看见两人出现在三楼的阳台上，他要告诉黄老板，也不怕做这个恶人，但黄老板见了自己难免会尴尬，这么一想，王磊便找了个公用电话，变了嗓音说明情况，并报上了详细地址。

这种匿名电话虽然值得怀疑，但黄伟民一听，立刻信了九成，因为这几年来他和妻子的感情早已破裂，只是顾忌着种种原因，才没走到离婚那一步，要不是这样，他也不可能和小丽走到一起。所以，他立刻火冒三丈，放下电话就赶了过来……

全乱套了

王磊这人热心，好奇心很强，打完电话后，他没走远，等着黄老板来。果然没多久，黄伟民开着车风驰电掣地来到小区，跳下车，黄伟民才发现自己太鲁莽了，万一人家不给开门，再叫保安赶自己出去，捉奸的事岂不就泡汤了？不行，得想个稳妥之计。正琢磨着呢，一眼看见不远处停着辆出租车，心里顿时有了计谋，他大步走了过去。

王磊吓了一跳，莫非黄老板听出了自己的声音？正在惊慌，黄伟民已经来到车前，一见是他，黄伟民倒是愣了，问："你怎么在这儿？"

"我在这儿——等活儿呢。"王磊硬着头皮撒了个谎。

"是你就好办了，你帮我个忙。"黄伟民咬牙切齿地说，"你就说你是物业的，帮我敲开一家门，我给你五百块。"

王磊这才明白黄老板是想让他帮忙骗开门，不过，那王丽是认识他的，怎么会相信他是物业的呢？可是这话没法告诉黄老板，他吞吞吐吐地说："这不好吧？我冒充物业……"

"再加五百，我给你一千。"黄伟民硬把钱塞进王磊手里，这么一来，王磊顿时惭愧不已，只是脑袋被砸了一下，就从人家手里拿了三千块，说好听点这钱该得，说不好听点，他讹人家钱了，就算是为了报答人家一次，这个忙也该帮。想到这里，他点头答应了下来。

两人来到三楼，黄伟民躲在一旁，王磊叫门，说是"物业"。不一会儿门开了，黄伟民一个箭步窜了进去，把开门的孟凯撞了个趔趄。孟凯大怒，随即认出来人竟然是自己老婆的老板，便纳闷地问："黄老板，你怎么来了？"

黄伟民愣了一下，可心里怒火早燃到了极点，面对这蹊跷的一幕，居然一时没反应过来，大声喝道："我怎么来了？我来捉奸，我老婆呢？"

"你老婆？"孟凯疑惑地看着他，"我怎么知道你老婆在哪儿？我倒想问问，无缘无故的，你跑到我家里来捉什么奸？"

这时，小丽从里屋跑出来，见了眼前这情景，脸色"刷"地就白了，失声叫道："黄老板——"

黄伟民终于意识到了不对劲，慌乱地说："刚才有一个王八蛋给我打电话，说我老婆跟人来了这里，这不，我过来看看……肯定是有人陷害我，别让我抓到他，抓到他我剥了他的皮……"

王磊性子直爽，有原则，但不意味着他是笨蛋。这一会儿工夫，他已经猜出了事情的始末，心里本来已经既悔且恨，又听得黄伟民如此叫嚣，这旺盛的心火一下子就控制不住了，他冲上前去，一把扯住黄伟民，大声道："电话是我打的，你倒是剥我的皮试试？我好心好意给你通风报信，谁知道弄了半天人家不是你老婆……"

孟凯听得脸色大变，一把扯过王磊："兄弟，到底怎么回事？你为什么会以为我老婆是他的老婆……"

这下可好，全乱套了……

（题图、插图：谭海彦）

·大城小事·

好心招来大麻烦

□张国心

小官乱作为

老麻是农村当下最小的官——社长，相当于原来的生产队队长。这个差事，挣钱不多，操心的事不少，什么灾害调查、困难补助、低保申请，还有谁家死了人、谁家的女人生了孩子等等的烦琐事，都要经他手报上去，心眼不好不行，心眼太好了也不行。前些日子，村里给他们社一个低保户的名额，回到社里，他当天晚上就组织召开了村民议事会。

大家一致同意把邵成山报上去。邵成山是国家水利工程的移民户，落户这个社还不到十年，腿有残疾，走路一瘸一拐的，八十多岁了，无儿无女，老两口生活得很拮据，他当低保户谁也没意见。可是，不知这个倔老头是没把低保的几个小钱看在眼里，还是嫌“低保户”名声不好听，总之，一口拒绝了大家的一片好意。

老麻出于好心，说：“既然邵大哥不报了，那我们就再评议一个，不能把名额瞎了，这是国家的关心，谁得了都好，是不是？”

没想到这话一说，立刻就有七八个人争着要报，都说自己生活如何如何困难，个个争得面红耳赤。经过大半夜艰难的群众评议，最后筛选出了三户：老疙瘩、牛二和红辣椒。这三户是各说各的理，谁也不退让。一个名额不能报三个，老麻又出于好心，把老疙瘩、牛二和红辣椒三个人叫到一起说：“就报你们其中一个人，得了补助款后，三个人平分，都得了实惠，行了吧？”说着，他把申请表给了老疙瘩，说：“就你的字写得好点，你填吧。”

就这样，没过多久，老疙瘩把低保补助款领了回来，可是他独吞了，不肯拿出来分给牛二和红辣椒。于是，牛二和红辣椒气冲冲地找上了老麻的家门，牛二说：“低保钱也有我一份，你要不把钱要过来，我和你没完！”红辣椒更厉害，她说：“我这个低保户是大家评议出来的，我要是得不到钱，就到上面告你滥用职权！”

老麻还真怕把这事捅出去，因为评议低保户是一项非常严肃的事，他这样做，虽然出于好心，也没贪没占，却严重违反了原则，于是他赶忙安抚牛二和红辣椒，说：“你们放心，我老麻做事，历来钉是钉铆是铆，怎么定的事就怎么执行，他老疙瘩必须把钱分给你们俩！”

老麻本以为老疙瘩不可能是那种见利忘义的人，可没想到老疙瘩一分钱也不肯吐出来，他来了横劲，说：“我告诉你麻社长，我这个低保户是群众评议出来的，申请表填的是我的名字，我画的押，我凭什么把钱分给别人？你要是再逼我，我就到上面告你徇私枉法！”

这一通猛炮轰得老麻晕头转向，当时就蔫了，因为他知道，老疙瘩的话不是一点道理也没有，他要是去告，也有情有理，而且一告就赢。老麻当社长已经有很多年头了，经他手处理的大事小情不计其数，可以说是游刃有余，可眼下这事还是头一次碰到，进也不是，退也不是，怎么都是个错，真把他给难住了。

计策也不灵

第二天，老麻把低保的事暂时搁在一边，他开始挨家挨户调查发家致富的情况，他跟大伙说：“上面下来了一个文件，来年要对发家致富的家庭进行表彰，用化肥当奖品，致富快的多奖，致富慢的少奖，家家都有奖，但有一条，低保户不在内。”

在屯子里调查了一圈，老麻迎面碰到了牛二，他张嘴就管老麻要低保钱，老麻用手指点着他的脑瓜子，说：“牛二啊牛二，你真是目光短浅，马上就要进行致富奖励了，你当了低保户，还能得到致富奖吗？你想啊，一个低保的钱三个人分，能有几大吊？你要是得了几袋进口化肥，那值多少钱啊？”

牛二挠着头皮说：“能有这事？”

老麻说：“我能跟你撒谎吗？哪头轻哪头重，你回去好好想想。”其实这是老麻的一个计策，他想用这一招忽悠爱占便宜的牛二和红辣椒，如果忽悠住了一个，问题就解决了一半；一旦他俩都进了圈套，那就天下太平了，至于来年有没有那回事根本不重要，到时候就说政策又变了，谁能把

谁怎么样？可是，当老麻在红辣椒面前如法炮制时，却遭到了当头一棒，红辣椒揶揄地说："你都忽悠一天了，累不累啊，你知道不，我有个外甥女在乡政府上班，我打电话问了，她说根本没这事，如果家家发化肥，低保户不但不能在外，还得优先，还得多给。我说麻社长，是不是老疙瘩的钱你要不出来了，就变了法子给我们设圈套？没门！"

老麻无言以对，不得不默认是自己在玩"曲线救国"的把戏，他十分为难又特别恳切地说："红辣椒，你是明白人，你说说，我是一片好心，如今弄了个里外不是人，没得到钱的要告我，得到钱的也要告我，你说我是为了啥啊？我再问你，你就缺那几个钱花吗？实在没有，我给你行不行？"

红辣椒也说出了心里话，她说："现在谁缺那几个钱？包括老疙瘩和牛二都不缺，但那是国家的钱，能得一点是一点，怎么，我们小老百姓要点生活补助钱不行吗？现在国家给咱们农民多少优惠政策，可有多少钱半道没影儿了？就说那谁谁谁吧，原来是个穷光蛋，当村主任只三年，就富得流了油……"

老麻立刻打断了红辣椒的话，说："得得得，这话你别跟我说，我什么都不知道，我是好心赚得了驴肝肺，这个破社长，我不干了行不行，你们谁愿意告就告去，爱上哪告就上哪去告！"

还是要找你

伤心的老麻当天晚上就去了县城女儿家里，他真不想再回到那个要多闹心有多闹心的山沟子里去了。这天，他正在小区花园里散步，突然看到一个头缠白纱布的人向这边走来，一边走还一边向人打听着什么。老麻一眼就认出来了，那人正是老疙瘩！老麻心里一激灵，明白了，肯定是牛二和红辣椒去管他要钱，他死活不给，动了武，一人难敌两虎，被修理了一顿，吃了亏，来告状了。老麻心想，我已跳出"是非之地"，不当那个破官了，什么也不管了，我惹不起你，躲着你还不行吗？于是，他一闪身便向楼道里逃去。

老麻本以为拐过几栋楼就能溜之大吉，可没想到一连跑了两个小区，愣是没把老疙瘩甩掉，反而距离越来越近，似乎听到了老疙瘩在喊他什么，他心里一着急，一脚踩在马路牙子的边棱上，"噗通"一声，重重地摔倒在地。

老麻的腿当时就流出了鲜血，疼得他坐在路上龇牙咧嘴。转眼工夫，老疙瘩就到了眼前，他气喘吁吁地说："你、你跑什么呀，看看都摔啥样了？哟，出血了，是不是骨折了？快，上医院去。”

老疙瘩不容分说，硬是把老麻送进了医院，又是挂号又是帮着拍X光片，一通折腾下来，弄得一身汗水，头上的纱布也散落了下来。还好，老麻只是受了点皮肉之伤，没有伤筋动骨，老疙瘩长长地舒了一口气，说：“腿没折就好，麻社长，我今天来找你……”

还没等老疙瘩把话说完，老麻就堵住了他的口：“打住打住，我不是社长了，我什么也不管了，人脑袋打成了狗脑袋你也别来找我！”

“事是你决定的，不找你找谁？”

“你爱找谁就找谁去，我管不了，我没法管！就说你吧，事先都说好的事，转过身就不认账，这还是老爷们干的事吗？挨揍就对了，活该，我看揍得还轻！”

老疙瘩急了，说：“你能不能容我把话说完？当时是你叫我填的申请表吧，现在我反悔了，我要把那份表撤回来，我不当低保户了，低保户的钱，我不要了，你爱给谁给谁！”说着，老疙瘩就从兜里掏出了一叠钱，强行塞进了老麻的怀里，转身就要走，老麻一把拽住了他，用怪异的眼神看了他好一会儿，问道：“你说什么？”

“低保的钱我不要了，你爱给谁给谁。”

“低保的钱你不要了？真的？那你也别走啊，看病你给我花了多少钱，我得还给你呀！”

老疙瘩说：“你摔伤和我有关，就算我运气差，请客了。”说着，他头也不回地走了，把老麻呆愣愣地撂在了医院的走廊里……

打死也不要

老麻怎么也想不明白，就过去这么几天，一毛不拔的“铁公鸡”竟然脱胎换骨，变成了“视金钱如粪土”的阳光人物？但不管怎么说，这低保的钱也不能放在自己的手里。于是，

老麻一瘸一拐地回了村里，连家都没进，就先把牛二和红辣椒找到了一起，举着手里的钱说：“你们看好了，我老麻说到做到，老疙瘩的钱我要回来了，而且连他的那一份也叫我抠出来了，全给你们两个，你们爱咋分咋分，这回我算有了记性，以后打死我也不办这操心不捞好的事了。”

可是，牛二和红辣椒也都变了，谁也不肯接钱。老麻不解地问：“怎么，几天前你们还打破脑袋争，现在怎么又不要了？”

牛二说：“我不够低保的条件，我不要，昨天老疙瘩撵着给我送钱我都没要，害得他脑袋撞在了大树上，缝了三四针。”

原来是这样，老麻琢磨了一下，冲着红辣椒说：“他们不要，就都给你，就数你叫得最欢，这回我看你还告不告了？”

没想到红辣椒的话更是出人意料，她说：“其实，我说要告你，是我心理不平衡，对一些人有意见，但意见归意见，道理是道理，现在我生活过得挺好，远远超过最低生活标准，我没资格享受低保，这钱我也不要！”

三个人争这笔钱的时候，争得老麻焦头烂额，眼下三个人都推这笔钱，又把老麻推得不知所措，手里的钱就像个刺猬一样扎手，他生气地说：“争是你们，推也是你们，要我玩是不是？”

牛二说：“你还不知道吧，邵成山死了。”

老麻一愣，说：“什么，老邵头死了？可这和低保钱又有什么关系？”

老麻是个热心肠，谁家有个大事小事他是必到的。他先把低保的事放一放，急匆匆地来到了邵家。老邵头已经走了，但他的遗像还在墙上挂着——那是一位英姿飒爽的抗美援朝志愿军战士。他的老伴擦着老泪说：“他一直没照过像样的相片，就把这张找出来放大了。”

老麻疑惑地问：“老邵参过军？”

老人点了点头。

“他打过仗、负过伤？”

老人又点了点头：“因为受伤不能生育了。”

老麻激动地说：“低保户你们可以不当，但抚恤金你们应该去向国家领取啊，那一笔钱很多，看你们的日子……”

老人说：“他的命是三个战友的命换来的，他发过誓，一辈子不向国家伸手。”

老麻终于明白了，原来就是因为老邵头走了，他的“社民”们被触动了……可是，这笔发不下去的补助金怎么办？要是真退回去，这个手续那个手续走一遍，更是个麻烦事！

（**题图**、**插图**：张恩卫）

以石攻毒

□杜耀磊

祸起巨石

宋徽宗年间，杭州钱塘江旁有一大户人家，主人刘鼎不但乐善好施，更有一手绝活，能将一方普普通通的顽石雕刻得千姿百态，被大家惊叹为鬼斧神工。

这刘家后院有一座远近闻名的奇特巨石，高约三四丈，形状怪异，令人拍手称奇。一天，刘鼎正在院中打磨这座石山，儿子刘爽满面愁容地走了过来，焦急地对父亲说：“爹，别干了，这奇石恐怕会给咱家带来灾祸啊！”

刘鼎沉思片刻，问：“可与朱勔有关？”

刘爽连连点头。说起这朱勔，原先不过是个混混，欺行霸市，刘鼎还将他送过官，如今他投靠了宦官蔡京和童贯，小人得志，借着搜罗、运送“花石纲”，发了横财。想到这些，刘鼎长长地叹了一口气，说：“是祸躲不过，听天由命吧。”

当天夜里，刘爽辗转反侧不能入睡，就起身出屋随意走走，不知不觉来到后院，到门口一看，只见园门半掩着。刘爽很是奇怪，这两年多来，父亲每晚都会把园门落锁，今晚怎么没有？刘爽满腹狐疑地走进园中，听到从放置巨石的地方传来“沙沙”的声响。他赶紧放轻脚步向巨石走去，走近一看，一个黑影在巨石旁，再一瞧，这不是父亲嘛，奇怪，这么晚了还在雕琢这块巨石？

刘爽正准备上前问个明白，忽见父亲拿出个葫芦，从葫芦里爬出

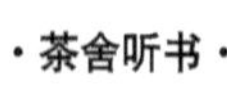

成群结队的小金虫，月光洒在这些密密麻麻的虫子上，反射出金灿灿的光芒。这些小金虫出来后，立刻朝着石头发疯似的啃了起来，发出一片“沙沙”声，声音响处，石屑四溅，原本普通圆滑的石腰，不一会儿就变得瘦骨嶙峋，更奇妙的是一条龙纹渐渐浮现在眼前。刘爽从没见过如此不可思议的情景，不禁“啊”了一声。刘鼎听见后，身子一颤，回头大喝道：“谁？”

“爹，是我。”刘爽忙从树后走出来，紧张地答道，刘鼎发怒道：“你这小畜生来这儿作甚？你、你都看到了什么？”

刘爽哆哆嗦嗦地说：“没、没什么……”

刘鼎喝道：“你若敢把今晚所见告与他人，我就打断你的腿，快滚！”刘爽稀里糊涂地挨了顿臭骂，赶紧逃回了屋。

巧对毒计

一天，刘府的宋管家快步跑到屋里，嚷嚷道：“老爷，不好了，外面闯进来一批凶神恶煞的官差。”刘鼎赶紧和儿子出屋，只见衙役们簇拥着一位紫袍人走进院中，定睛一看，这盛气凌人者正是朱勔。

朱勔阴阳怪气地责问：家中有奇石为何不主动献给皇上？

刘鼎一听慌了神，急忙分辩，说是这座石头形状巨大，没法搬运。说罢，他将朱勔等人引到奇石旁。

朱勔从没见过如此的奇石，顿时大喜，再看石头的侧面，一朵硕大的花很是显眼，开得金灿灿的。众人都觉得不可思议，这光秃秃的石头上长根草都难，更别说一朵众人都没见过的花。

朱勔板着脸问：“这是什么花？”刘鼎答道：“依小民看，这朵金色的花，好似传说中的龙涎花啊！”

此言一出，朱勔心眼儿一动，大声说：“只因圣上的丰功伟绩，上天才降此龙涎花，这是天降祥瑞啊！”他暗自思忖：我朱勔要是将这座奇石连同此花献给皇上，必定是大功一件啊！

于是，朱勔厉声说道：“这方奇石和龙涎花已是皇家之物，给你二日期限把奇石运到钱塘江码头，不得有误！若是耽误了皇上的事，就等着满门抄斩吧！”刘鼎赶紧点头称是。

待朱勔一行人走后，刘爽无奈地说：“这可如何是好，咱家虽在钱塘江旁边，但若将这方巨石运到码头必须走直线，否则在街道上搬运要绕一个大圈。”

宋管家在一旁忿忿地说：“若沿着直线搬运，除非把咱家房子给拆了，才能通过。走街道要多绕三四里路，两天时间根本搬不到码头。”

其实，这正是朱勔用心险恶之处：要么刘鼎把自己的家给拆了，让出一条搬石的路来；要么绕三四里路，误了期限，满门抄斩！

刘鼎左右为难，他想了一会儿，让宋管家先去雇一百个人来。

宋管家雇的一百人很快到位，可出乎大家预料的是，只需三十人便足以把巨石搬起。刘家父子很是高兴，既然石头轻，便可以从街道搬到码头。于是，刘鼎留下了六十人，分成两组轮流搬运。

再说这朱勔也没闲着，回府后马上写奏章，说要向皇上献上奇石和龙涎花，并派人八百里加急发往京城。

第二天，朱勔看到巨石已被搬到了码头，很是吃惊，他命令手下把巨石搬到大船上，并且用绳索把它固定在甲板上，准备起航。就在这时，刘鼎突然说："小人刚才突然想到，遇险时把龙涎花放在口中可以逢凶化吉。"

朱勔顿时大怒，喝道："哪来的什么'凶'？你这刁民分明是在诅咒我！"

刘鼎赶紧跪下，连声说道："绝无此意……"朱勔怕耽误时间，立刻命令起锚。

前因后果

俗话说得好，"家贼难防"，朱勔怎么会对刘家的底细摸得如此清楚？其实，都是因为有了"家贼"。

事情还要从一年前说起。那天，刘鼎发现宋管家有些反常，便悄悄跟在他后面进了一家酒肆。宋管家鬼鬼祟祟地和一男子进了二楼的一个雅间，刘鼎随即跟着，并在隔壁偷听。

那男子低声细语地说："朱大人欲置你家主人于死地，你有何良策？"宋管家赶紧答道："我早已想好，刘家有一座高三四丈的奇石，不妨让刘鼎将这块石搬到码头上，这块巨石就算十头牛也驮不动，

更何况靠人力。他若完不成，就以此治他违抗圣命之罪。”那男子阴笑道：“是个好方法，你就跟着朱大人升官发财吧，不过现在时机还未到，待朱大人势力再强些，我们再……”刘鼎听后又气又恼，本想冲进去结果了二人，但突然一条妙计在他脑中出现，从那时起，他便开始秘密实施。

其实，刘爽那天晚上看到的小金虫是西域的食金蚁，刘鼎雕刻的东西之所以惟妙惟肖，其实并不全靠一己之力，而是用豢养的食金蚁来啃石：只需在雕琢处涂抹一层糖水，食金蚁便会疯狂地啃食。平时，那些食金蚁老老实实地待在酒葫芦中，到了晚上，刘鼎便用糖水诱使食金蚁出来啃石，一年多后终于把巨石里面掏空并分隔成上下两层。把石头搬到码头的那天晚上，刘鼎用水银注满巨石上层，下层放着食金蚁，接着又悄悄在船的桅杆上抹一圈糖水，随后就等朱勔来上钩了。

果不其然，朱勔的船刚行驶不久，就有手下来报：“朱大人，发现从石头下钻出很多金色虫子。”

朱勔赶快出舱查看，只见无数的金虫爬上桅杆啃咬，朱勔赶快组织手下去踩，但无济于事，突然“轰隆”一声巨响，粗长的桅杆从底部折断倒向船的左侧。

朱勔意识到船有倾覆的危险，猛然想到刘鼎说龙涎花可以逢凶化吉，便立刻把巨石上的龙涎花拔了下来，想塞进嘴里，可这哪是什么神花啊，只是一朵沾满金粉的铁花，花梗处还连了一张字条，写道：“朱勔狗贼，你为征运花石破屋坏墙、践田毁墓，敲诈勒索、无恶不作，人人得而诛之，见字便是你丧命之时！”

朱勔怒不可遏，但不等他反应过来，就出事了：这巨石原本就已掏空，上面注了沉重的水银，下面是食金蚁，这才保持了平衡，现在那些食金蚁因为受了桅杆上糖水的诱惑，爬了出来，这巨石便头重脚轻地倒了。顷刻间，水银泻地，纷纷滚到了船的左侧，不容朱勔再想，船沉入了水中。

幸运的是，沉船后，朱勔竟抓住浮木漂到岸边，逃过一劫。他立刻赶往京城，准备向皇上禀奏一切。不料皇帝一听，大怒，为什么？这朱勔好大喜功，在奏章中把奇石夸得奇玄无比，把龙涎花说得神乎其神，使皇帝百倍地相信、万般地期待，现在全都沉入江底，一切化为乌有，立刻龙颜大怒，将朱勔投入大狱，判了死罪。

刘鼎听说后，长叹道：“谋事在人，成事在天。”他刘家终于幸免于难，当然，宋管家也被逐出了刘府。

（**题图、插图**：陆小弟）

哎哟，听说阿P剃光头了，彻彻底底的大光头！大伙儿快来瞧瞧，阿P他又搞什么新鲜事了……

阿P理发

□孙华友

来到美容院

阿P是个十足的吕剧戏迷。这天中午，他在外面跟朋友喝了点酒，在回家的路上，他借着酒劲，唱起了自己改编的《借亲》中的一段：“阿P我喝醉了酒，忙把家还……”

一进家门，阿P看到老婆小兰正坐在梳妆台前，手里拿着一张卡——不是银行卡，是美容卡，发着呆。阿P嬉皮笑脸地走上前，搂住小兰的肩膀，用吕剧中小生念白的腔调叫道：“娘子，看你愁云满面，莫非想念为夫了不成？”

小兰最烦阿P酒后这副德行，她骂道：“滚一边去，就知道灌上猫尿胡咧咧！”阿P结婚后，生活中除了怕老婆，就剩哄老婆这项内容了，看到小兰变了脸，急忙柔声问道：“老婆，遇上什么烦心事啦？”小兰举起手中的卡，说：“这张美容卡明天就要到期了。”

这卡是去年阿P惹小兰生气后，为了哄她开心，花六千多块钱给她办的，当时小兰心疼得半个月没吃好饭，现在这卡里还有两次机会，就这样浪费了，多可惜呀！

小兰想了想，又看了看阿P的头发，也该理了，便说：“要不你跟我一块去，今天我俩就用完这两次机会，要不就便宜他们了。”阿P本想睡个醒酒觉，小兰的话又不敢违抗，只好被小兰拉着出了门。

大街上，太阳像火球一样挂在

天上，阿P长得五大三粗的，最怕热了，加上中午喝的酒后劲十足，经太阳一晒，阿P就觉得晕晕乎乎，不一会就汗流浃背了。

美容院里开着空调，阿P一进门，一阵凉风袭来，顿觉畅快无比，他找了个离空调近的椅子，一屁股坐上去，大口喘着粗气。小兰是美容院的常客，她对一个叫小芳的姑娘交待了一声，就上了二楼。

小芳来到阿P跟前，轻声细语地问："先生，请问您想要个什么样的发型？"阿P斜眼看了看，发现小兰已经上了楼，他胆子又大了，冲小芳一瞪眼，指着自己的脑袋，用武生念白的腔调说道："有毛就刮，没毛不刮！"吼完，他头一歪，闭上眼睛靠在椅背上。其实，阿P觉得天热，就想刮个光头。

小芳是技校刚毕业的学生，没见过多少世面，阿P长得本来就有点唬人，又满嘴喷着酒气，她禁不住吓了一跳。刚才阿P的一通念白，小芳听得稀里糊涂的，她想再问问清楚，谁知阿P经空调一吹，酒劲上来了，呼噜一响，舒舒服服睡着了。

小芳鼓了好几次勇气，也没敢把阿P喊醒。这时，一个年轻帅气的小伙子走过来，问小芳："怎么了？"这个小伙子名叫小刚，也是美容院的，是小芳的恋人。

小芳把刚才的情况说了，小刚一听，就觉得阿P是在故意为难小芳，心中不免有点生气，他气哼哼地对小芳说："别理他，让他躺那儿吧！"老板有规定，工作又来之不易，小芳可不敢怠慢顾客，她一下想起了小兰，刚刚小兰说这个人是她的老公，自己何不去问问她？想到这里，小芳快步跑上楼……

你是找茬的

小兰正在做面部按摩，她一听小芳的话，忍不住骂道："这个熊东西，老毛病又犯了。什么'有毛就刮，没毛不刮'的，给他刮个光头就行！"小芳一听，心中一乐，小兰说的跟自己想的一样。有了小兰的话，小芳放心了，她轻快地跑下楼，拿起一把剃刀，小心地给阿P刮起头来。

刮光头可是小芳的拿手好戏，

她在技校时，天天用冬瓜练习刮光头，她至今保持着连刮二百个冬瓜无破皮的记录。阿P的头跟冬瓜差不多圆，刮起来别提多顺手了，不一会儿，阿P的脑袋就被刮得溜光。小芳左右端详了半天，越看越满意，再看阿P，鼾声有起有伏，睡得正香呢。

小芳摇摇阿P，轻声说："先生请醒醒，看看我给您刮得满意不？"此时的阿P正处于深睡眠状态，被小芳一摇一喊，他懵懵懂懂地坐起身，冲着镜子看了半天，只见自己的脑袋在灯光下溜光放亮。阿P对小芳的手艺无可挑剔，只是没有睡够，就觉得脑袋"嗡嗡"地响，再看看自己的胡子，也该刮了，便想让小芳刮刮胡子，他也好借机再睡上一觉。

想到这里，阿P依然那副腔调，指了指自己的脑袋道："有毛就刮，没毛不刮！"说完，他头一歪，靠在椅背上又睡着了。

小芳一下愣住了，难道对方对自己的手艺不满意？她围着阿P的脑袋，全方位、无死角地审视了半天，连半根头发茬也没看到，最后，她的目光落在阿P的胡须上——阿P长着络腮胡，有两天没刮了，此时，他脸上冒出一层黑黝黝的胡茬。小芳盯着阿P的胡子，暗想："有毛就刮"？难道是想让我给他刮刮胡子？

这时，一旁的小刚又过来了，他恶狠狠地瞪了阿P一眼，冲小芳说："我怎么觉得他是故意来找茬的？你别怕，有我呢！"小刚年轻气盛，爱小芳爱得水深火热，因此他时刻注意着小芳的客人，只要是男人，一律被列为流氓嫌疑人。

小芳觉得还是再问问小兰为好，于是，她又跑上楼。小兰正躺在按摩椅上，被一个小姑娘按摩得浑身酥软，飘飘欲仙，想睡觉呢，听小芳一说，她不耐烦了，摆摆手说："他那张脸，胡子比猪毛还硬，给他刮刮也好。"得到小兰许可，小芳松了口气，急忙跑下楼，在阿P脸上涂了厚厚一层剃须膏，然后拿起剃须刀，给阿P刮起了胡子。

小芳忙活了好久，终于完事了，她扶着阿P的脑袋，端详了半天。此时，阿P的脑袋活像个青皮大西瓜，小芳看了就想笑，她又摇了摇阿P，轻声说："先生请醒醒，看看我刮得您满意不？"

经小芳一阵摇、喊，阿P猛地坐直身，睁开蒙眬的睡眼看了看。其实他还没睡够，现在只有一个念头，那就是再眯上一觉。阿P习惯性地咧开嘴，冲小芳吼了声："有毛就刮，没毛不刮！"说完，他头一歪，又睡过去了。

其实，阿P是想让小芳再给自己修整修整头发和胡子，他也好借机再睡一觉，但小芳不知道呀，她的目光一下落到阿P的眉毛上，此时，在阿P光溜溜的脑袋上，要说有毛的话，就剩这两撇眉毛了。

比起头发和胡子，阿P的眉毛焦黄稀疏了不少，但长得再不好，也没见有人剃眉毛的呀！这时，一旁的小刚再也忍不住了，从阿P一进门开始，小刚就把他列为重点怀疑对象，根据各种迹象，小刚几乎可以肯定，阿P就是个十足的流氓，想占小芳的便宜来了。想到这里，小刚夺过小芳手里的刮刀，就想对阿P的眉毛下手。小芳吓得一把拉住小刚，把他拖到一旁，低声呵斥道："你想干什么呀？"小刚气哼哼地说："这个'流氓男'不是说'有毛就刮'吗？"

小芳想了想，说："我再去问问他老婆，你可千万别乱来啊！"于是，小芳第三次上楼。这会儿，小兰已经做完了美容，听小芳一说，她压了压心里的火，说："再不济也是眉毛呀，那怎么能刮呢？你带我下去看看。"

音同字不同

小兰跟小芳刚走到楼梯口，就听楼下一声怒吼，阿P操一口武生念白腔调，嚷嚷着："哇　　呀呀呀！我的眉毛哪里去了？"小芳一听，差点一屁股坐到地上，她想肯定是小刚做的好事。果然，楼下阿P正冲着小刚跺脚搓手，龇牙咧嘴，再看阿P脸上，眉毛之处光秃秃的，真真切切成了不毛之地啦！

经阿P一咋呼，美容院老板也来了。老板看了看阿P的眉毛，怒视着小刚，喝问道："怎么回事？"小刚像没事人一样，他掏出手机，调出一段视频，原来小刚早有准备，他看阿P不像好人，早把当时的情景录了下来，真要发生点什么事，也好做个证明。小刚振振有词地说："是他说的'有毛就刮，没毛不刮'，难道他的眉毛不是毛吗？"

老板凑上前去看视频，看完后，老板的腰板一下硬了不少，他转过脸，冲阿P"嘿嘿"一笑，说："先生，满足顾客的一切要求，那可是我们美容院的宗旨啊！"此时，阿P一斜眼，看到小兰在一旁冲自己咬牙切齿，他心里“咯噔”一下，暗道：今天要不把这事解决好，小兰肯定把自己给解决了！想到这里，阿P眼珠一转，摸着自己的眉毛，冲老板说：“对呀，我说的是‘有毛就刮，眉毛不刮’嘛！我说的可是‘眉毛’，不是‘没毛’，音同字不同！”

阿P此言一出，情势立马来了个180度大转弯，所有人都傻了眼。老板首先反应过来，他又狠狠地瞪了小刚一眼，继而对阿P又是点头，又是哈腰，最后满脸堆笑地问阿P：“事已至此，您看看怎么解决才好？”

阿P装模作样想了半天，说：“刮都刮了，说啥也没用了，这样吧，我老婆在你们这里办了一张卡，明天就到期了，只要你们再免费给她办一张，这事就结了。”

老板正担心阿P狮子大开口，要他赔个几万的，一听条件并不高，心中一乐，急忙连声答应。阿P心里也是一乐：两片破眉毛就换老婆一年的美丽，这买卖做得太值了！阿P正乐着，他的耳朵突然被人用力揪住了，他刚要发火，回头一看，揪自己耳朵的竟然是小兰，小兰咬着牙骂阿P：“灌点猫尿就胡咧咧，还好意思跟人家要卡？我卡你个头！”

阿P咧着嘴，疼得眼泪都快掉下来了，但还不忘吕剧念白：“哎呀，娘子快快松手，快快松手！”小兰松开手，盯着阿P的脸看了看，忍不住“哈哈”大笑起来，最后笑得腰都直不起来了。阿P揉着耳朵，又说道：“这眉毛没了，让为夫我如何出门见人呐？”

小兰止住笑，四处望了望，看到墙上挂着一溜假发，她一抬手，摘下一个，扣在阿P头上。还别说，这个假发刘海很长，垂下后正好遮住了阿P长眉毛的地方，阿P一下从“光头男”变成“长发男”，他照着镜子，一咧嘴，说道：“我这光头，算是白刮了哇！”

老板很大方，那个假发免费送给了阿P。小兰拖着阿P走出美容院，走在路上，阿P长发飘飘，竟然有了一种脱胎换骨的感觉。心里一乐，又想开口吼上两句吕剧了，但又怕身边的小兰骂自己，还是轻声哼吧，哼什么呢？还哼自己最爱改编的那段：“阿P我剃光了头，忙把家还……”

（**题图、插图：**顾子易）

您手中有没有得意之作？本刊辟有二十多个原创性栏目，如新传说、我的故事和中篇故事等；您读到或听到什么有趣事可以和大家一起分享吗？3分钟典藏故事、外国文学故事鉴赏和诙段子等都是本刊推荐性栏目。热忱欢迎来稿，可从邮局寄发，邮寄地址：上海绍兴路74号《故事会》杂志社，邮编：200020；如为电子邮件，本期责任编辑信箱：dingxianyao@126.com。

命悬一线

□老 三

这天下午，侦探小说作家老谈正在创作，忽然听见门铃响。他非常意外——为了安心写作，他在自家附近的小区又购置了这套位于6楼的两居室公寓，怕人打搅，他平时进出都很低调，也根本没有邻居间的往来，并且他之前已经跟老婆打好招呼了，要在这里“隐居”两个礼拜，完成一部小长篇。

可现在敲门的会是谁呢？

老谈从电脑桌前站起来，蹑手蹑脚地走到玄关处，探头从猫眼往外张望：外面站着一位中年妇女，发型规规矩矩的，穿着一身朴素的灰色套装；细眉细眼，嘴角朝上微微弯着，天生一副笑模样。

这妇女挺眼熟，似曾相识，但老谈一时间又想不起来在哪儿见过。

“请问您是谁？有何贵干？”生性谨慎的老谈没有开门，隔着门盘问道。

“我是5楼的……您家卫生间是不是漏水呀？我家卫生间天花板全湿了。”

原来是近邻，老谈忙开了门，往屋里让着：“哦，我去看看……没听到有水声。”老谈说着，领着妇女向卫生间走去，就在这时，一个硬梆梆、圆柱形的东西顶住了他的腰眼，同时耳边响起一个冷冷的声音：“别动，动就打死你！”

老谈懵了！身为一名侦探小说

作家，他在小说中时常舞枪弄棒，可实际上他连一支真枪都没见过，他的那些枪械知识完全来自于网络及书刊。

“我与您素不相识……不知在哪儿得罪您了……”老谈慢慢转过身，向下瞄了一眼……额滴神呀！这是把QSZ92式半自动手枪，绝对是真的，乌漆放光，在妇人洁白的小手中显得沉甸甸的。

“素不相识？真是贵人多忘事！”妇女用枪筒推着老谈往客厅走，“我叫宋海燕，十年前，你发表的第一部侦探小说，里面的女主角，想起来了吗？”

闻听此言，犹如石破天惊一般，老谈想起来了——十年前，他发表了自己的侦探小说处女作，描述的是一个外表柔弱的知识分子少妇，如何处心积虑地谋害大老粗亲夫的故事。因为时间久远，且小说反响平平，他早已忘却了。如今妇人一提，他才记起，那部小说里凶手的名字就叫宋海燕。

“我想起来了，”老谈说，“可是，那小说……同您有什么关系？”

妇人一用力，用枪筒把老谈一捅，把他逼到沙发上坐下，她恶狠狠地说道：“我就是你小说里的那个宋海燕！我被判处了死缓，又改判了无期……现在，我终于越狱成功，来找你报仇了！”

老谈被捅疼了腰眼，可他连疼痛都忘记了，只是愣愣地盯着对方，眼皮都不眨一下——这也太荒诞了吧！老谈暗暗告诫自己：无论这女人是来自于现实世界的疯子，还是真的从小说里复活了的活见鬼，都要仔细应对，不能出半点差池，因为她手中的枪可不是吃素的。

妇人——现在应该称她宋海燕了，她双眼充血，咬牙切齿地瞪着老谈，恶狠狠地说：“你知道我在牢狱里过的什么日子吗？我每天都在想，如果有朝一日你落到我手中，我应该怎么弄死你，才能解我心头之恨！”

老谈飞快地转着大脑，思量着脱身之计。忽然，他鼻子一抽眼一挤，“伤心”地哭了，鼻涕一把眼泪一把地检讨着：“宋女士，我不是人，我对不住你！你之所以杀人，是你丈夫不好，他不是个东西，你杀他是迫不得已，我小说里本该把这一点写清楚的！”

宋海燕点点头，老谈继续表演：“就算你迫不得已杀了他，我也应该写成破不了案，成了悬案……千不该万不该，我不该让警察破了案，把你抓进牢里受苦啊！”

宋海燕不由掉下两串眼泪，黯然神伤，但她马上识破了老谈的伎俩，不耐烦地道：“如今木已成舟，

说什么全晚了！念你有忏悔之意，我就允许你选择一下你的死法。你的死法包括——开枪击毙、用水果刀切开喉咙、在浴缸里溺死、上吊自杀、从你家6楼窗户跳下去摔死……你选吧！”

老谈抬起泪眼，端详了宋海燕片刻，心彻底凉了。对方和善、白皙的面孔下，覆盖着的全是仇恨的坚冰，令人不寒而栗。他现在真的恐惧到了极点，打死也不敢想象，会死在今天，会死在自己小说里的人物手上。他想老婆，想孩子，想父母亲人，想朋友……他越想越难过，大嘴一咧，“哇”地痛哭起来。

“倒数5秒，你再不选我就开枪了！5、4、3……”宋海燕不准备拖下去了。

“别开枪，我、我跳楼吧……”

自古艰难唯一死，老谈缓慢地站起身来，一步一步向窗户走去。这里是6楼，楼下是坚硬的水泥地面，跳下去断无活命的道理。他边走边抽泣，嘴中念念有词：“爸爸妈妈，老婆儿子，我走了……”他又念叨了一大串亲朋的名字，末了冒出一句：“茅国兵，对不起了，我走了，不能再与你亲近了！”他就这么边哭边念叨，然后打开窗子，坐上去，刚要往窗外扑，就在这千钧一发之际，突然，外面传来了急促的声响，门外有人“咣咣咣”地砸门，还扯着嗓子嚷道：“老谈，开门，我给你送水来了！我知道你在家写小说，别装听不见！”

宋海燕大吃一惊，她摸到猫眼处往外一瞧，是个小伙子，头戴旅游帽，身穿品牌水的草绿色工作服，肩上扛着一桶水。她沉吟片刻，用枪指点着老谈，狠狠瞪着他，示意他不准吭声。

外面那小伙子还是不依不饶，高声喊道：“老谈，你别装了，刚才在5楼我就听见你说着话呢。你还欠我30块水钱没给我呢，这次不能再躲了，还钱来！不然我就报警了，告你诈骗！”

见送水工真掏出手机来了，宋海燕忙高声说："这就开门，老谈上厕所呢。"说着，她快步走到老谈跟前，一把将他拉下窗台，压低声音问："是你要的水吗？"

老谈没要水，也不知道外头那小子是谁，可他点头说是。现在就算外面是牛头马面、魔鬼夜叉，他也会放他们进来。宋海燕用枪在后面抵着老谈，命他去开门，威胁道："讲错一句，我就扣扳机！"

老谈走过去开了门，送水工是个挺精神的小伙子，老谈从没见过他。小伙子见门开了，高兴地说："老谈你在家呢……我给你送水来了，这次水钱得给我了吧？"边说边把肩膀上的水桶抡了起来，二话不说，直接向老谈身后的宋海燕砸去……

这小伙儿力气过人，又是边说笑边行动，宋海燕猝不及防，沉重的水桶正砸在她胸前，将她砸倒在地。因为剧痛，她本能地双手去捂痛处，枪也甩飞了出去。

送水工一把拨拉开老谈，飞扑上去，把宋海燕牢牢按在身下，飞快地给她戴上了手铐。劫后余生的老谈禁不住热泪盈眶，他激动万分地问送水工："恩人呀，你是谁？你怎么会来这的？"

小伙子站起来，笑道："我是茅国兵！"

"啊，你……"老谈正在创作的这部侦探小说，主角就叫茅国兵，身份是个便衣警察。有宋海燕的例子在先，老谈已见怪不怪了，只是他仍有些纳闷："你怎么会来？"

"我当然要来了！"茅国兵说，"如果你死了，以我为主角的这部小说就无法完成，我岂不是还没出世就半路夭折了？"

见老谈傻呆呆地回不过味来，茅国兵轻轻推了他一下："你快去写你的书吧，早点儿把小说写完好让我出世。至于这家伙，交给我了。"

说着，茅国兵提溜起地上的宋海燕，押着她，头也不回地下了楼梯。

两个月后，这部以便衣警察茅国兵为主人公的侦探小说出版发行，大获成功。签售会上，老谈现场接受媒体采访，他大发感慨："对于茅国兵这个人物，我最喜欢，倾注了最多的感情在里面。可以这么说，没有茅国兵这个人物，就没有我老谈的今天。"

一个记者说："这太夸张了吧？"

老谈严肃地说："我说的是事实，因为，茅国兵不是外人，他是我的救命恩人——他救过我的命！"

记者们疑惑地打量着老谈，相互交流着眼神，心中都在嘀咕："这家伙是不是一门心思写作，把自己写成精神病了？"

（**题图、插图**：刘斌昆）

蟋蟀之神

□七月水仙

紫花钳

宣德九年，秋风乍起时，江南不仅蟹脚痒，蟋蟀的脚也痒了起来，这正是民间大斗蟋蟀的好时节。在一个叫外垮塘的小镇上，人声喧哗、热闹异常，卖蟋蟀的人超过了卖螃蟹的。

集市上，一个着素衣的中年妇人面前摆着几个篾笼子，里面装着五六只蟋蟀，品相一般，无人问津。看看天色将晚，妇人急了，她把身后一个罩着布的笼子挪到身前来，揭开了布，又把早写好的标牌放到地上，标牌上写着蟋蟀的大名——“紫花钳”，看样子是准备出手了。顷刻间，她的摊前就拥来一群人围观，你一言、我一语，纷纷评说着那只叫紫花钳的蟋蟀。

素衣妇人开了口：“大家看好了，这只紫花钳是蟋蟀中的上品，它的紫色牙在蟋蟀中位居第二，极是难得。行家都懂得，金色牙是最好的，如果不是我丈夫在家中急着请医上门，我是不舍得将紫花钳出手的。十两银子，想要的就拿去。”素衣妇人一口吴侬软语，但语气不容商量。

一个壮年汉子笑道：“你家丈夫是什么病，以至于要劳烦小娘子抛头露面亲自来卖？”这话里隐隐含着调侃的成分，妇人怒道：“你不买就走开，不要欺负妇道人家。我丈夫为了捉这只紫花钳，被蛇咬了一口，命悬一线呢。”

听闻此言，围观者都对妇人抱着同情之心，有的遗憾自己带的银子不够,有的怂恿那壮汉将紫花钳买了。

壮汉也有些动容，但看着紫花钳有些犹豫，他想了一会儿，说:“大嫂，我想看看紫花钳的打斗能力，如果它能轻易打败你那几只普通的蟋蟀，我再给你加一两银子。”

妇人点头答应了，她从身上摸出一架小巧的天平秤，说：“好汉，蟋蟀相斗，是要重量相等的才能斗，若是重量差别大，斗起来就像大人欺负小孩，不厚道。”说着，她从普通蟋蟀中挑了两三只出来称重，挑到一只与紫花钳身量相等的“黄牙”，将它们放到一个盆子里，拿一束马尾鬃去挑逗。顿时，紫花钳与“黄牙”几乎同时展开动作，两个先是“试牙”，然后互相咬在一起。“黄牙”明显占下风，但天生好斗的烈性让它不服输，顽强抵抗着，接着，两只蟋蟀头对头顶在了一起，这叫“争顶”，人群中爆发出一阵叫好声。正当人们看得带劲时，“黄牙”败下阵来,任由紫花钳咬和顶，它只有逃窜的份了……

壮汉看了大喜，随后就用手去抓那只紫花钳，正斗在兴头上的紫花钳猛地啄了他一口，几滴血马上从他食指上流了下来。“啄得好！”壮汉反而笑了。他看到紫花钳的牙除了贵在紫色，还长得长而锋利，更让他欣喜的是带着金钩!

壮汉没有食言，付了妇人十一两银子,拎了装着紫花钳的笼子走了。妇人追上去说道：“奴家叫潘王氏，住镇北面的小王庄村头枣树下，如有需要，也可上门相商。”

金色牙

壮汉是太守况元的师爷，叫韩青。况元得到了韩青献来的紫花钳，派人进献给了宣德皇帝朱瞻基。他本想皇帝会升自己一级，不料却换来了一纸圣旨，限他一个月内捉蟋蟀千只进京，特别是蟋蟀中的极品——“金色牙”，一定要捉到。金色牙有蟋蟀中的龙牙之称，换句话说，金色牙就是蟋蟀中的“皇帝”。为什么要捉一千只呢？宣德皇帝说了，蟋蟀的品种有一千四百多种，他想多见识一下其中的品种，考虑到把一千四百多种全捉到不容易，就改成了一千只，这也算是皇帝关爱臣子、体恤民情了，不想让他们太劳累。

一千只蟋蟀，这么多，而且进京献蟋蟀路途遥远，真正用于收蟋蟀的时间就只有十天了。任务重，时间急，太守况元后悔不迭，可是又不敢违抗圣旨，只得把捕蟋蟀的差事派给了韩青。韩青只好把任务层层下压到百姓头上，命各家至少交两只够得上品相的蟋蟀。

这真是“蟋蟀嚁嚁叫，宣德皇帝要”，各家放下农事，老小出动，全去捉蟋蟀。荒郊野地,残墙烂瓦处，都是蟋蟀的出没地。但是，往往蟋蟀居住的旁边，就是蛇的洞口，为了捉到好蟋蟀，不少百姓被毒蛇咬伤，甚至致死。

八天过去了，一千只好蟋蟀没凑齐，金色牙更是连影子都没见到。况元急得吃不下睡不好。第九天早上，况元夫人提醒说："老爷，大凡皇帝总跟大臣在一起，那紫花钳既然在蟋蟀中排第二，相当于丞相，它就离'皇帝'金色牙不远了。我们不如去找上次卖紫花钳的妇人，命她带我们去捉金色牙，这样可以事半功倍。"

况元听了，连声叫好。叫来韩青一问，幸好他还记得潘王氏说的话，于是他们就往小王庄去了。

潘王氏不在家，她的丈夫王春霖见了况元等人，便说："金色牙我是捉到过，但是蟋蟀都养不过百日的，我捉到它舍不得卖，结果放到最后自己死了。"说着，他拿出一个锦盒，里面盛着一只身形依旧健美的金色牙。

况元急着说道："进京献蟋蟀的人明天就要出发了，如果没有金色牙，恐怕我等都没有命了！你就想想办法，救救我们吧。"

王春霖沉吟片刻，从里屋拿出一只笼子，指着里面一只怪模怪样的蟋蟀说："老爷，这只叫'异形牙'，它的牙一只大，一只小，大的能全方位地动，用来攻击对方；小的不能动，成守势。如此能守能攻的蟋蟀，比金色牙更难得到！"

况元听了大喜，又问王春霖为何不把这神品主动上交，王春霖说："我苦读多年，不得高中，又不喜种地，想借献此物谋个一官半职。如果大人不带我上京面圣献宝，我就和它同归于尽！"

况元想了一下，一口答应。王春霖一喜，说："这样大家都好，这异形牙的许多好处，还是由我自己讲给皇上听的好，你们如果强抢了它献给皇帝，说不出好处来，怕也是难逃一死。”

本来况元想在半路上除掉王春霖的，听他这么一说，只好把那独抢功劳的歪心思收了。

异形牙

到了京城的头天晚上，王春霖选了一只雌蟋蟀陪着异形牙洞房花烛，说是可以提高它的打斗力。

第二天面圣，君臣礼毕，就移步到了宣德皇帝的后苑。在一块玉石铺就的空地上，早就放好了一只紫石蟋蟀盆，盆子里放着一只来自山东的蟋蟀好汉，外号叫“柿子头”，从头形上来说，已是极品了。

王春霖将那只装着异形牙的笼子高高举起，对皇帝和众大臣讲解道：“请看，这只蟋蟀的身形，宛如一只翻转的小船，颜色淡青，后爪双钩特大，肚腹油亮有光，长着紫绒，这都是它极品身价的体现。至于它的牙，你们已经听到过，不用我细夸了。昨天刚好是白露过后的第二天，正适合蟋蟀交配，能最好地激发出蟋蟀的打斗力，现在就让我们一睹为快吧！”

宣德皇帝亲自在蟋蟀中挑选了十几只精兵强将，让它们一个个地跟异形牙打斗。异形牙果然有咬死不下战场的烈性，从皇帝到大臣，全都看得忘乎所以，斗到天黑，他们才想起午饭都没吃。但是那只异形牙，斗死了八十只蟋蟀后依旧意气风发，君臣齐声称它为“蟋蟀之神”！

宣德皇帝吃完晚饭，才想起要赏王春霖。王春霖说：“草民什么都不要，只是想皇上您看到了蟋蟀之神的风采，想必对其他的蟋蟀没什么兴趣了……皇上，而今蒙古挥兵南下，想夺大明疆土，还请皇上多操心国事，这才是我面圣的真正意图！”

一旁的况元听得大惊失色，他不顾一切地扑过去捂王春霖的嘴，不料却捂了一手的牙齿，有长有短；再看王春霖，身形渐小，最后化为一缕青烟，飘进了异形牙的身体，异形牙蹦了一下，死了。

宣德皇帝自此没有再下令民间捉蟋蟀。

况元回府后，又去了小王庄一趟，找到地保，问王春霖究竟是什么人。地保说：“皇上爱蟋蟀，书生向当地官府上交好蟋蟀可免除每年的劳役，为此，王春霖夫妇俩都去捉蟋蟀。前一阵，王春霖被毒蛇咬死，潘王氏卖了一只紫花钳才葬了他。过了几天，官府要每家交两只蟋蟀，潘王氏捉蟋蟀时又被蛇咬伤，也去世了。他们的三岁小儿，被外婆接去了……”

况元在王春霖夫妇坟前跪立了很久，哭泣不已……

（题图、插图：黄全昌）

一笔爱心捐款的由头，总是个让人心疼的故事。其实，“捐款”本身也是个故事，有人求，有人悔，有人费心思地猜，有人用真心在爱……

捐款风波

□高明

1.同病相怜

孙俐和丈夫都是八零后，有一个可爱的儿子。这天一大早，孙俐带着儿子佟星到医院看病，四岁的佟星连着几天流鼻血，还发着低烧，一家人都很担心。住院几天后，检查结果陆续出来，孙俐崩溃了：佟星得了白血病，必须马上治疗！

很快，丈夫佟剑伟匆忙赶来，孙俐哭着问：“大伟，我们该怎么办呀？”佟剑伟一把搂住妻子，欲哭无泪。这个时候，佟星一把拽下病号服，嚷着要回家，孙俐心痛地抱起儿子安慰他，可佟星就是要往外走。

这当儿，近处传来一个孩子虚弱的声音：“弟弟别哭了，姐姐给你讲故事吧！”佟剑伟和孙俐这才注意到，声音是从同病房另一张床上传过来的，躺在病床上的是一个七八岁的小女孩，她手里拿着两本书正向佟星招手……

这个小病友也是白血病的患儿，叫莲花，快十岁了，由于缺乏营养，个头长得比同龄的孩子小。在一边服侍的，是莲花的爸爸，叫王大力，看面相不过四十多岁，却一头白发，平时沉默寡言、满脸忧郁。

渐渐的，孙俐在医院里也了解了莲花的一些情况：莲花比佟星早一个星期住的院，农村的房子已经卖了，又挨家挨户借的钱，可现在马上就要花光了。莲花奶奶身体不好，住在亲戚家，王大力要照顾莲花，这样就没了经济来源，所以王大力在莲花住院的三天里就愁白了头发。知道了这些，孙俐不禁和佟剑伟感叹："本来我还抱怨自己命苦，现在和王大力一比，我们强多了！"

从这一天开始，佟剑伟和孙俐的正常生活被彻底打乱。孙俐辞了工作，专心照顾佟星；佟剑伟不敢辞职，还额外做了兼职，期望多赚些钱。双方老人都把自己留着养老的钱拿了出来，佟剑伟和孙俐开始时坚决不肯要，可孙俐的妈妈抹着眼泪说："我们两家就这么一根独苗，要是孩子有个三长两短，我们还养什么老啊，干脆一起去算了！"听老人这么说，佟剑伟和孙俐就接受了老人的帮助，可私下里一算账，这些钱也就够十天半个月的，看来房子是要卖了。

这一天，护士来下单子，莲花账户上的钱只够两天的支出，如果没有钱存上，莲花只能放弃治疗。王大力已经开始默默地收拾起行李，莲花使劲咬着嘴唇没有哭，孙俐突然感到很悲哀，却也只能在一旁静静地看着他们，只有佟星躺在床上不解地问："姐姐要回家了吗？姐姐的病治好了？"莲花终于忍不住小声抽泣起来。

这时，病房的门开了，一群人簇拥着一个老太太走进了病房。王大力一抬头，惊讶地叫了声："妈，您怎么来了？"莲花则惊喜地喊着："奶奶，您来了……"

王大力搀着母亲，把她领到莲花病床前。老太太一把抱住莲花哭了起来，孙俐这才看清，老太太的眼睛是瞎的。祖孙俩哭了一阵，旁边一个三十多岁的男人对王大力说："我是《城市晚报》的记者，有热心读者向我们讲了莲花的故事，我们很感动，听说莲花已经交不起治疗费用了，我们想做一个深度报道，为莲花筹集一些治病钱！"

王大力愣了一下，老太太忙接过话头，说："这个记者是好人，他们刚才去村子采访我，又听我说想莲花了，就立刻开车送我来看莲花。莲花可怜啊，奶奶心疼呀……"一时，屋里唏嘘一片……

第二天，《城市晚报》用一整版登了莲花的故事：王大力的母亲失明多年，莲花五岁时，妈妈意外去世，家里欠了一屁股债，王大力只好外出打工，五岁的莲花便开始一个人照顾奶奶的生活：捡柴火、喂鸡、点火做饭、给奶奶洗澡剪头，后来上学了还要看书写作业，经常半夜才睡觉。就这么艰辛地生活，莲花的学习成绩却一直排在学校前三名……

晚报的这篇报道引起的反响是空前的，这世上好心人还是不少啊，只一上午，就陆续来了十几个人为莲

花捐款。当天下午，记者又来进行跟踪报道，同时送来了厚厚的一摞现金，都是读者捐到报社的。谁都不会想到，短短一个星期，王大力竟然收到了社会各界30多万的捐款，医院的整个住院区轰动了，莲花成了这里的名人……

2.不同命运

而这时的孙俐却无心再关心这些，因为儿子佟星的治疗费也眼看用完了，佟剑伟已经开始忙活卖房子的事。由于卖得急，本来市价30多万的房子最后只卖了27万，孙俐心里很难受，这套房子是公婆卖掉旧房子买的婚房，现在房子一卖，家就没了，一家人只能租房子住了。

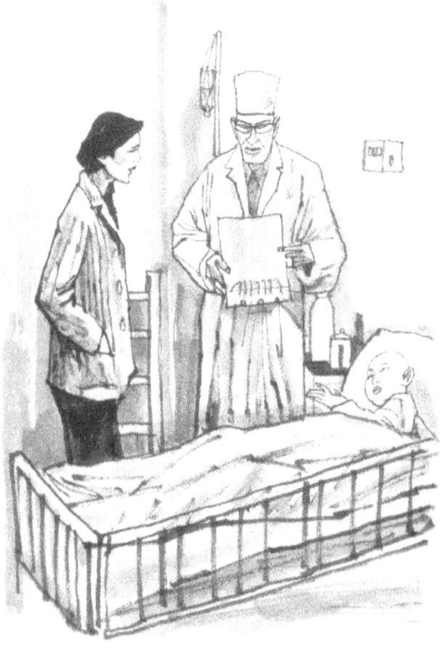

当佟剑伟把卖房子的钱交给孙俐时，佟星听懂了大人说的话，一边哭一边嚷着："别卖我的家，我还要回家！"孙俐哽咽着说不出话，陪着儿子一起哭。这时，王大力走过来，手里拿着两本画册对佟星说："佟星不哭，姐姐让我给你买的新书，快看吧！"

小孩子忘性大，看到图书这么有趣，佟星很快就忘了刚才的事，可孙俐却心情复杂，她一方面觉得王大力和莲花都是善良的人，每次有人来看莲花，带一些水果食品什么的，莲花都会给佟星分一份；另一方面，孙俐的心里却有些不平衡，开始时都是孙俐这么帮莲花的，现在因为有人给她捐款，自己反倒成了接受恩惠的人了。

又过了两天，传来好消息，经过化验，孙俐可以为佟星捐献骨髓，佟星在化疗得到缓解后就可以做骨髓移植手术，这样的话，日后的存活率会大大提高。孙俐很兴奋，可很快又黯然了，医生说做这个手术，保守的费用要20多万，再加上前期的化疗费用，孙俐担心，有一天，他们也要收拾包裹放弃治疗了！

晚上，孙俐翻来覆去睡不着，突然，她一个激灵坐了起来：王大力可以通过报纸寻求帮助，我们为什么不可以呢？有了这个主意，孙俐激动得一夜未眠。

第二天，孙俐请医生帮她做了一下预算，算上现在手里的现金，他们再准备10万元就应该没问题了。

孙俐决定单独完成这件事，她拨通了《城市晚报》的热线电话，把自己的遭遇说了一遍，说到伤心处，孙俐泣不成声，她希望热心的市民能帮助佟星一把，她只需要10万元，达到这个数目，将不再接受捐款。记者听了，同情地说："你不知道，我们在报道了莲花的事情后，光是你们医院的白血病患儿家属我们就接待了三位，都是来寻求帮助的。我们很想帮助你，可新闻报道要有新闻性，不是每个孩子都能引起这么大轰动的，莲花不平常的经历，在这个社会很能引起人们的共鸣，所以才有这么多人帮助她。我们只能通过相关报道引起有关部门的重视，来加强孩子的医疗保险管理……"

记者表示无能为力，建议孙俐找其他媒体试一下，孙俐顾不上难过，又查了本市《都市晨报》的热线电话，接电话的记者问了很多佟星的基本情况，当她得知佟星所在的幼儿园时，为难地说："如果我没说错，你儿子所在的幼儿园一个月的费用要1000元吧？这在我们这个城市来说已经很贵了。嗯，我理解，是老人们一起出钱让孩子去的，可这样的事实是激不起人们的同情心的……"

孙俐不甘心，又拨通了市电视台的热线，同样被婉拒了……

当天晚上，孙俐悄悄找了王大力，说了自己找记者被拒绝的经过后，她说："王大哥，我就是想向你学习一下，怎么才能让报社来采访我们？你就教教我，行吗？"

王大力见孙俐这样说，慌得直搓手："妹子呀，你这是说啥呢？其实，我没找记者，是我一个工友同情我，就试着给报社打了电话，报社这才去采访我妈的。"

孙俐问："真的？"王大力的眼神躲闪了一下，点点头。

孙俐上午求助失败后，她总觉得是王大力家有谁认识记者，她想让王大力也替她和记者求个情。现在王大力说不认识记者，可他的表情又明显值得怀疑，孙俐也没有办法……

3.幕后疑情

第二天一大早，孙俐的妈妈来换孙俐休息，她小声说："俐俐，昨天听大伟说正在借钱给星星做手术，我和你爸一合计呀，你们也别借了，就把我们的房子也卖了吧！"

孙俐一听就急了，眼泪止不住地流下来："不行，绝对不行，我不同意！"见孙俐情绪有些失控，妈妈忙说："那好那好，我们再商量！"

孙俐的眼泪还没干，电话又响起来，是佟剑伟打来的："俐俐，告诉你一件事你别急，我现在也在医院

的住院处，我爸早上犯了心脏病，刚被120送来，现在还在抢救，但应该没什么大问题！”

孙俐听了，“扑通”一下坐在床上，两眼发直，脑子乱成了一锅粥。一旁的佟星哪知道又发生了这么多的事，他指着一页书对孙俐说：“妈妈，我喜欢这个遥控汽车，你给我也买一个吧！”

若是在以前，孙俐会毫不犹豫地答应，可现在她再也控制不住自己的情绪了，冲动地说：“星星，你怎么这么不懂事？为了你的病，我们已经没地方住了，爷爷又因为担心你犯了心脏病；还是因为你，姥姥、姥爷也要卖房子，他们都那么大岁数的人了，还要为了你遭这么大罪，你怎么还能要这么贵的玩具！”

孙俐严肃的表情和训斥的口吻吓坏了佟星，佟星小嘴一撅，哭了起来，他一哭，孙俐更烦了：“你就哭吧，哭死了也不买！”说完，她使劲一摔门，走出了病房。

也不知在走廊待了多久，孙俐的情绪才渐渐平复下来，她去了公公的病房，见没有大碍，这才放下心来。佟剑伟和孙俐一起出了病房，两人沉默着走了一段路，孙俐感觉心里像有一块大石头压着，再不发泄出来就要崩溃了，于是她一口气把自己求助媒体被拒、和王大力的交谈、妈妈要卖房子……这一切的一切，全说了，孙俐眼泪汪汪地说：“我就不明白，为什么他王大力向媒体求助就成，我们就没有记者同情呢？”

佟剑伟默默地拉着孙俐的手，不知怎么安慰她，突然，他拿出手机，一边查找，一边对孙俐说：“你这么一说我才想起来，前几天我的一个朋友给我发了一段视频，当时我也没当回事，现在这么一想，这王大力可能还真有什么见不得光的秘密呢！”

佟剑伟手机里的那段视频，背景是一家装修不错的饭店，主人公是两个男人，其中一个一头白发，很明显就是王大力。两个人点了一桌子菜，那个男人大吃大喝，而王大力却不动筷子。由于距离远，听不清两人说了什么，只看到王大力从身上拿出一个纸包递给了那个男人，那人打开，竟是一摞人民币，男人还数了一遍，估计有几千元，然后揣进了自己兜里……

孙俐看了一眼拍摄日期，正是王大力收到捐款后的一天。佟剑伟解释说，那天他的朋友在饭店会见客户，正好看到了王大力。这位朋友曾到病房看佟星时见过王大力，也在报上看过莲花的故事，所以印象特别深，他把视频传给佟剑伟时还开玩笑地说："这个莲花的爸爸可不是一般人物啊！"

孙俐气愤地跳了起来："好你个王大力，你拿着别人捐的钱都做了什么？我这就问问他去，看他怎么说！"

佟剑伟连忙拦住了孙俐："俐俐，你冷静些。首先，你认为王大力会告诉你实情吗？再说，这些钱已经捐给莲花了，所有权就归她家了，我们没有权利也没有工夫去管这些事；最关键的是，莲花是个好孩子，她的确需要这笔钱，只要能治好她的病，好心人的钱就算没白捐！"

孙俐心里还是不舒服，不过她听从了佟剑伟的建议，吃过午饭回出租屋休息了一下，就返回了佟星的病房。走进病房时，孙俐愣了，佟星正在姥姥的帮助下，玩着一架遥控汽车。见孙俐进来，佟星抢先说："妈妈，王舅舅给我买小汽车了，太好玩了！"

孙俐又问了一遍："谁买的？"孙俐妈妈说："是王大力。上午他听星星说要这个，中午特意去外面的超市给买了一个，真是个好人啊！"

孙俐一听这话，顿时气不打一处来：王大力，你用别人捐给莲花的钱做什么好人？这钱是给你乱花的吗？想着这些，孙俐竟一把抢过佟星手里的遥控器，扔到了地上。

佟星吓得大哭起来，妈妈连忙捡起遥控器，嘴里一个劲地责备："俐俐，这就是你的不对了，你怎么能这么对待人家呢？刚才大伟和我说了你给报社打电话的事，你不能因为报社不帮你就把怨气撒到王大力身上去，你是不是嫉妒人家？"

妈妈的一番话，让孙俐更是气上加气，她也不管佟星了，一推门又走出了病房……

4.信任危机

出了医院，孙俐只觉胸口堵得难受，老公劝自己要与人为善，妈妈说自己心胸狭隘，他们为什么不为我想一想？王大力是对佟星很好，可是他用好心人捐给莲花看病的钱都做了什么？

一抬头，孙俐看见了一个网吧，她走了进去，要了一台机，进了自己

平时喜欢去的一个论坛，一口气把最近发生的事情说了一遍。孙俐着重说了王大力的那段视频，她想听听网友的声音，真的是自己小心眼，还是王大力做得过分。

很快，就有在线的网友回复了，有劝慰的，也有提醒的：王大力之所以能顺利获得报社支持，是不是有幕后推手在帮他？孙俐心里“咯噔”一下，对啊，如果真是有幕后推手帮忙，那么视频里给钱的一幕就好解释了：那些钱就应该是给推手的报酬，接钱的男子很有可能就是推手了！

这么一想，让孙俐更加气愤，既然是有目的的操作，那么报上介绍的莲花那些感人的事情，究竟会有多少是真、多少是假？

这时，网站提醒她有站内短信，她打开一看，是一位叫“拍客大侠”的网友发给她的，那人说：他是一家拍客网站的签约拍客，他拍的每一条视频都会有很高的点击率，会被很多媒体转载。孙俐如果把这段视频卖给他，他会以自己的名义发在拍客网上，这样就会在很短的时间内被“人肉搜索”，这段视频背后的真相也很快会公之于众！

这个时候的孙俐，急于知道真相，她毫不犹豫地答应了“拍客大侠”。她匆匆回到医院，拿出佟剑伟的手机，把那段视频发给了“拍客大侠”。

回到病房后不久，王大力陪着莲花化疗回来了。孙俐板着个脸，递给王大力200元钱，说是遥控飞机的钱。王大力一脸疲惫，一个劲地往外推，孙俐说：“你的心意我领了，可给莲花治病的钱我们不敢用！”

王大力张了张嘴，想说什么却又说不出，接过钱后默默地回到莲花的床边。一旁的妈妈不满地看了一眼孙俐，小声说：“莲花这次化疗效果很不好，王大力已经心力交瘁，你怎么能说出这么不通人情的话？”

孙俐看着王大力守在莲花床前孤单的身影，看着躺在病床上瘦小无助的莲花，她突然也对自己的行为产生了怀疑：自己这么做是不是有些过分了呢？

第二天一早，孙俐就知道网络的力量了，她刚吃完早饭，王大力就接了一个电话，孙俐在一旁暗中观察，王大力的脸瞬间就变了色，孙俐凭直觉判断：这跟那段视频有关。

没过多久，那个采访过王大力的记者匆匆来到了病房，表情很严肃，他口气生硬地把王大力叫到外边，说了好一阵子话。

过了很长时间，记者才走。王大力进来后，孙俐忙装作和佟星说话，可她总觉得王大力意味深长地看了她一眼。莲花焦急地问：“爸爸，到底发生什么事了？”王大力反倒没

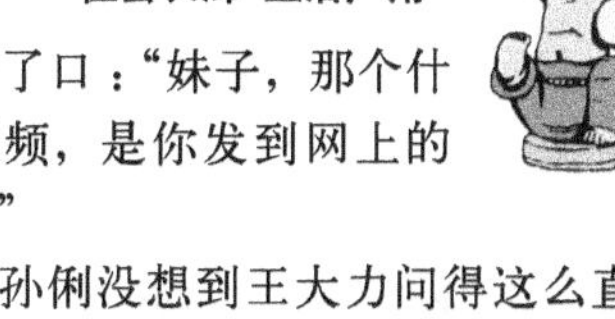

了刚才的慌张和局促，他说："莲花，这件事爸爸也一直觉得不妥，可我也不知道该怎么办。现在记者知道了也好，就让大家说怎么办，我听大家的。"

接下来的话，孙俐不知道王大力是在讲给莲花听，还是在说给自己听——

给记者打电话求助的是王大力的一个工友，是个年轻人，头脑活，点子多。他对王大力说，要想让别人给莲花捐款，就必须有吸引人的地方。王大力把莲花的故事讲给他听后，他说莲花的孝顺懂事是最大的卖点，这事就由他来操作，但事成后王大力必须付给他 5000 元的酬劳。王大力为了给莲花治病，同意了工友的提议，但他根本没想到会有这么多人给莲花捐款。事后，那个工友也觉得报酬要少了，最后又提出让王大力请他大吃一顿作为补偿。

莲花一听，哭了："爸，我们这样是不是欺骗了那些好心人？"王大力忙说："莲花，这不是骗，你相信爸爸，等你病好了，我一定把这钱给还回去！"

孙俐得知真相后更是后悔，万一王大力和工友的行为引起网友的反感，继而收回捐款的话，那莲花的病可怎么办呢？

晚上，孙俐去水房打开水时遇到了王大力，王大力犹豫了一下还是开了口："妹子，那个什么视频，是你发到网上的不？"

孙俐没想到王大力问得这么直接，一下子被噎住了，一时不知从哪讲起。王大力叹了口气，说："其实，这件事说出来也好，要不总是我的一个心事，只是莲花这段时间病情很不稳定，医生说很危险，今天记者一来，孩子心里的负担就更重了，我是担心她呀……"

5.延续爱心

随后的两天，报社又对这件事情做了更详尽的调查报道，记者又去

王大力的老家做了深入采访，证明莲花的事情都是真的；接着又找到了那个工友，工友也为自己的行为表示道歉，只是钱已经花了。在还原事实真相后，很多读者和网友都对王大力的行为表示了理解，孙俐也暗自松了口气。

可孙俐没想到，在网上仍有一部分不同的声音，这些网友有的还是为莲花捐了款的，因为有那5000元的事，他们怀疑好心人的捐款是否还用到了别的地方。隔了几天，“拍客网”上一组照片最终平息了这场风波，因为有几名网友真的去了一趟王大力的老家，他们说：“莲花的奶奶现在病倒了，王大力已经分身乏术。我们相信王大力在莲花病好后，会将所得捐款的花销明细统计出来，给我们一个交代的。祝福莲花，祝福奶奶！”

可是莲花没有等到这一天，一向坚强的她只要能开口，就会和王大力说：“爸爸，你什么时候能赚到5000块钱哪？我们得把这钱补回来。”就在那个记者离开医院后，莲花的病情又进一步恶化，最终在一个下着细雨的深夜离开了这个世界。

为此，孙俐哭红了眼睛，她后悔、内疚，如果不是自己发了那段视频，莲花也许不会这么快就离开，而且是带着满腹的心事。

处理完莲花后事，王大力匆匆和众人告别，就离开了医院。孙俐真想再好好向王大力说声“对不起”，可是没有机会了。

这一天一大早，孙俐被叫到了院长办公室，同在办公室的还有《城市晚报》的那个记者，记者了解了佟星的一些情况后对孙俐说：“昨天，王大力来到报社，交给我们一封信和一个存折就走了。他把莲花所得捐款的所有花销明细都列了出来，最后还剩了141100元，他说要把这些钱转捐给佟星，这封信是给你的！”

孙俐的脑子一下懵了，她机械地打开信，看了起来——

孙俐妹子，昨天

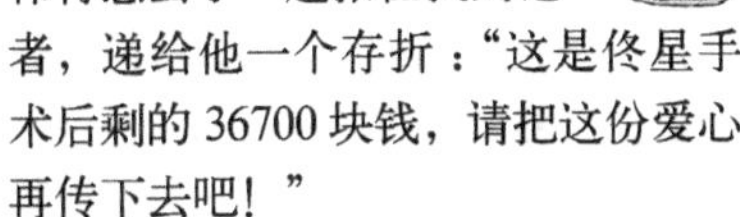

晚上我一夜没睡，就为了剩下的捐款。我母亲听我说过你和佟星的事，她让我把这些钱替那些好心人再捐给你们。说实话，我犹豫了一下，我真忘不了莲花临走时因为那5000块钱而内疚的样子啊，不过我马上就同意了，因为这样的结果肯定不是你想要的。你能给佟星捐骨髓，佟星多幸运，咱可不能再误了这样的好机会，快给孩子做手术吧！

孙俐捧着信哭了，哭得撕心裂肺，几分钟后，她做出一个艰难的决定："还是把这些钱给更需要的孩子吧，我们自己想办法！"

记者摇摇头："本来我们也想再征求一下那些捐款人的意见，可院长也跟我们介绍了，佟星的手术做得越早成功率越高，我刚才已经和报社领导研究过了，我们还是要尊重王大力的意见，把这笔钱再转捐给你们，我想那些捐款人是会同意的！"

孙俐哭出了声："那我还能见到王大力吗？我想当面向他说声谢谢！"

记者摇摇头："应该是很难了，王大力从报社走后就去找工作了，他的家已经空了，他还要挣钱养活老娘。"

几天后，佟星的手术顺利进行，术后也没有出现排异反应，手术取得了成功，很快佟星就可以回家休养了。出院前，孙俐和佟剑伟特意去了一趟报社找到记者，递给他一个存折："这是佟星手术后剩的36700块钱，请把这份爱心再传下去吧！"

半年后，报社来了一位熟悉的汉子，他就是王大力，他小心地从怀里取出一个信封，递给记者："这是我打工积攒的5700块钱，5000块是交给原来那位工友的，500块是请他吃饭的，这是莲花在离开前嘱托我一定要补回来的；那200块钱，是给小佟星买遥控飞机的钱，也是莲花给小弟弟的一份心意，虽说孙俐妹子把钱给了我，我还是不能收，就算是我替莲花给佟星的礼物吧，请她一定要收下。"

记者留住王大力，从办公桌拿出一张收条，深有感触地说："收了你5000元的那位工友上个月也找到了我，交给了我5000元现金，说他很后悔当初的行为，他希望我们帮他把这钱捐给医院里需要的孩子，我们已经替他捐了出去。"

王大力眼圈红了，他想起了陪伴着莲花在医院里的点点滴滴，想起了那里一个个渴望生命的"小光头"，他哽咽着说："也请你们帮我把钱捐给他们，钱虽然少了些，可人多力量大，希望这些孩子都能在爱心中活下来……"

（**题图、插图**：杨宏富）

古城遭大旱，百姓生死一线间；英雄入虎穴，前方险恶一人担。人与城，终两全？且看大智大勇在其间……

破城计

□许申高

1.大旱

话说很早的时候，洞庭湖边的澧阳平原上，有一座富足、强盛的古城，叫“城头山”。这里的人，主要以制陶、种稻为生，为防外族侵入，筑有高大的土城墙，开凿了宽宽的护城河，日子过得平静而安逸。

没想到这一年，这里却遭遇了特大干旱，正是稻子抽穗时节，稻田干裂，如果继续下去，将颗粒无收。

城头山里有一位德高望重的老祭师，带着弟子，没日没夜地在祭坛上祈神求雨，终因祭天无望，惹怒了首领。首领下令道：如果十天内再求不来雨水，就让老祭师拿自己活祭！

老祭师不怕死，但他替城头山急啊，他的弟子叫林森，聪明好学，尽得师父的真传。他比师父更急，为师父的性命担忧啊！

这天，林森登上高高的护城墙，环望四周水位渐低的护城河，苦思冥想老半天，终于想出了一个能救师父的绝妙办法。

林森赶紧去告诉师父，如果能在老河口筑一道堤坝，拦截各支流的河水，使水位升高，城头山的干旱就能解决了。

老祭师听了，摇头说道：“这个办法大家老早就想过，行不通啊，老河口是水云部落的地盘，容不得城头山做主。两家生死恩怨这些年了，都

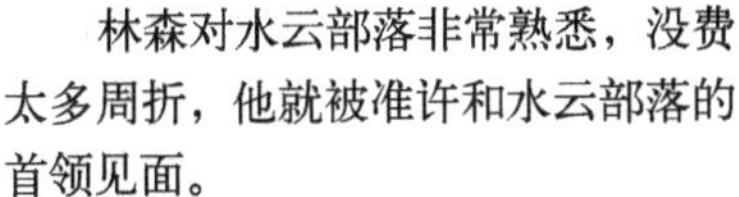

想着如何灭掉对方，你又不是不知道。再说，水云部落一直以捕鱼为生，在老河口筑坝截流，下游就没水了，鱼就没法生存了，这无异于要他们水云部落的命，他们岂能答应？”

不料林森却不以为然，说：“这些我都知道，但我有办法能让他们主动筑坝。”

“真的吗？你不妨说说看。”

“现在我不能说，说出来您就不会同意了。如果不是考虑师父的生死，我也不会想到这个办法的。”林森似乎已经下定了决心，“请师父恩准，弟子现在就去水云部落商讨此事。不过，弟子这一去，他们不会轻易放我回来，可能要等到冬季才能回城头山了。”

老祭师知道弟子的性格，也就不再追问，点头说道：“如果你能让城头山的庄稼不再受干旱，那就不妨试试吧。”

林森又说：“如果我在冬季最冷的时候还不能回来，您一定要赶在三更前，替我在城墙上彻夜燃上火堆，这一点您要切记！”

老祭师听了，心里不由一紧，当地习俗：只有送死鬼，才彻夜烧火堆的，林森其实已经抱了必死的心啊！于是他交待道：“到了水云部落，时刻保重，千万别拿性命当儿戏！”

林森点点头。当天，他就辞别师父，去了水云部落。

2.献计

林森对水云部落非常熟悉，没费太多周折，他就被准许和水云部落的首领见面。

林森开门见山地问：“首领大人，我早就听说，只要谁能出主意帮您灭掉城头山，谁就可以得到您女儿，是这样吗？”

“没错。”首领不冷不热地答道。他见多了这样的年轻人，都是冲着他那漂亮的女儿来的，但都是好大喜功、故弄玄虚，没一个真能拿出切实可行的好主意。

“好！我今天就是为这事来的，我有办法帮您轻而易举地灭掉城头山。”

首领仍然不拿正眼瞧林森，漫不经心地说：“你不妨说说。”

“趁现在有水，抓紧在老河口筑一道堤坝。”

“哈哈，你把我当傻瓜啊？筑坝蓄水，解城头山干旱之危急，断我之鱼路，你真是聪明到家了。”首领说罢，朝屋外叫道，“来人，把这家伙扔到老河口喂鱼！”

两个侍卫闻声进屋，扭住林森的双手，正要往外拖，突然，一个妙龄女子疾步闯入，她正是首领的女儿。

这女孩叫妃儿，年方十八，长得如花似玉。她老早就对林森有所耳闻，知道他是一个才貌双全的大祭师，听

说他来了，就躲在窗外，想看看他的模样。没想仅这一眼，她就死心塌地爱上了这个人，眼看心上人要死于非命，便不顾一切地冲了进来，她对父亲撒娇说：“父王，听人家把话说完嘛！”

林森也对妃儿早有好感，此时见她替自己说话，心中一喜，乘机说道：“首领大人现在杀我，就是毁掉了一个绝妙的计谋。如果筑坝蓄水真如你想的这么简单，我敢前来送死？我也不是傻瓜啊！”

首领听了，觉得有道理，忙示意侍卫放了林森。屏退侍卫后，首领问：“我暂饶你一命，说吧，什么主意？”

“我不会轻易说。”林森盯着首领，然后又看着妃儿，猛然间心生一计，便不紧不慢地开了口，“我只能把这主意告诉您女儿。行，她就是我的人了；不行，您就把我杀掉！”

首领不由瞪大了眼睛，眼前这个年轻人，看来真是非同一般，没有真主意的人，是不敢提出这种要求的。首领略一思忖，答应了林森的要求。他就不相信，在自己的眼皮底下，这个年轻人能玩得过他。

再说城头山的老祭师，放走弟子后，就开始后悔了，整天坐卧不安，他感觉到这次林森可能要惹大祸。

谁知没过几天便传来了消息，水云部落正在老河口抓紧筑坝。果然，高高的堤坝筑成后，很快截住了各支流的水。城头山一带的河流，包括护城河的水位一下子猛涨，干渴的稻子终于得救了。

这事让城头山人大惑不解，老祭师和首领也搞不懂林森是用了什么魔法，居然能让水云部落主动筑坝，救活了上游的庄稼，却断了他们自己捕鱼的生路。

反常的事情后面必定大有文章，大家隐约有些担忧，更为林森的生死焦虑。林森自从去了水云部落，就像从人间蒸发一样，杳无音讯。

但这种担忧很快就被另一种喜悦冲淡了：秋季到了，特大干旱之年，城头山却因为一个年轻祭师深入虎穴，获得了空前的丰收。人们在祭坛那儿燃起篝火，杀猪宰牛，载歌载舞，祭祀天神，庆贺丰收。

狂欢整整持续了七天七夜，大人小孩乐此不疲，只有老祭师却郁郁寡欢，脸上愁眉不展……

3.断商

这天晚上，首领把老祭师拉到僻静处，悄声说："你弟子真不简单啊，我知道他给水云部落吃了什么迷魂药。"

"真的吗？快说说。"老祭师并没有听出首领语气里的讥讽，着急地催问着。首领说："你难道真没发现我们城头山现在少了些什么吗？"

"除了林森，我没发现少什么啊！"

首领鼻子里"哼"了一声，这才把话说明："你就只惦记着你的弟子林森，可你是否知道，他出卖了我们！"

老祭师一惊："如何出卖？我怎么就没看出呢？没有谁比我更清楚他的品性，他决不会出卖城头山！"

"我看你是老糊涂了。"首领说，"我们虽然庄稼丰收了，可我们的生意却是一天不如一天了，你难道真的没有看出来？"

原来，城头山一直盛产陶器，古时交通不便，大量陶器只能通过水路运往外地，然后换回玉器等其他物品。而自从水云部落筑起大坝后，水路就断了，外地商家就来得少了。

老祭师倒是没想到这一点，听首领这么一说，觉得很有道理。要知道，城头山素有"陶城"和"稻城"之称，两者皆不可或缺，但相比起来，陶器给城头山带来的收益远比稻谷大得多。正因为这点，周边部落一直眼红，包括水云部落。

老祭师沉思良久，说："难道舍己之渔路，断城头山之商路，是水云部落此次主动筑坝的真正意图？但这不是长久之计啊，我想他们坚持不了多久，定会主动打通大坝的。"

首领焦虑道："但我们也坚持不了多久啊，如此较量下去，我们的损失要比他们大得多。"

老祭师突然有了主意："那么，我们何不临时另外开辟一条商路，让对方的阴谋落空？"

原来，城头山北边不远处有一条涔河，可以通洞庭到长江，虽和护城河没有贯通，但走一段陆路，陶器也能运送出去。如果在涔河那儿修一个船码头，同样能够引来各地商家。

首领说："这倒是个好主意，如此一来，我们商路通了，他们的渔路还是断的，到时候，不怕他们不重新打通大坝。"

首领当机立断，很快，涔河上的

船码头修好了，商家也来了。可让人意外的是，老河口的大坝，却仍然岿然不动，丝毫没有要打通的意思。

这真是怪了，看来，舍渔路，断商路，并不是水云部落筑坝的真正意图。

思来想去，首领和老祭师才意识到犯了一个常识性错误：因为每年只要一到冬天，各地水位下落后，这一带的水路就会自然而然地慢慢断掉，哪里用得着水云部落筑坝断商呢？

那么，他们筑坝的真正意图是什么呢？首领和老祭师百思不得其解。

首领又开始埋怨老祭师："你这个弟子啊，真是吃里扒外的家伙，他究竟给水云部落出了什么鬼主意？"

老祭师忧心忡忡地说："我也不清楚。"话虽然这么说，但老祭师知道，林森绝对不会出卖城头山，他一定运筹帷幄，有更好的主意在后头。也许过几天，他会想办法送来消息的，他对自己的弟子深信不疑。

4.水患

果然没过几天，水云部落来了一个探子，求见首领和老祭师。那人脖子上挂着一个精致的石坠，老祭师一眼就认出，正是林森的！

原来，林森到了那边，一直想送消息给城头山，最后终于物色到一个人选，就是眼前这个探子。这个探子一直想得到一个石坠，想以此换得一个女人的欢心。林森看出这点后，就把石坠给了他，让他悄悄去一趟城头山。

老祭师忙问来人："他让你带来了什么消息？"

"他只让我带给你们一句话。"

首领急问："什么话？快说！"

"防水患！"

老祭师的脑子里"嗡"地一响，随之恍然大悟：对啊，怎么就没想到呢？此坝如果不打通，明年暴雨季节，城头山必遭水患！这才是水云部落主动筑坝的真正意图。林森是迫不得已，才给对方出了这个主意。老祭师顿时对弟子有了恨意，心想纵然是为救我，也不该这样啊！

首领这下也真急了：天哪，水患猛于虎啊，城头山城地处平原、洞庭湖尾域，水患连年。当初城头山之所以要围堤，筑这么一个城，主要就是为了防止水患。现在水云部落在老河口筑起了那么一道坝，若到暴雨季节，水位足以让城头山周边变为一片沼泽，就算淹不了城头山城，也会让这座土城成为一座孤岛！

首领越想越急，不停地拍着自己的脑袋，说："林森怎么能出这种坏主意呢？都是我逼的。老祭师你说，这该如何化解？"

"不急，到明年洪水季节，还有足够的时间。"老祭师叹了一口气，说，

"这段时间里，趁秋冬劳力清闲，抓紧开凿一条新运河，到时也可用于泄洪排涝，同时我们加高城墙，防止水患。"

首领想了想，说："此乃百年大计，太好了！即使没有水云部落筑坝之事，这也是万全之策。"

说干就干，第二天，城头山人就开始加高城墙、开凿新运河了，那人山人海的场面，实在是壮观。

再说水云部落的首领闻知城头山正在大修工事，开心得不得了，立即叫来女儿妃儿，问："林森这些天怎样？"

妃儿告诉父亲，林森一直好好的，天天陪她玩，好像没什么不开心的事，只是出门不大方便，老有侍卫跟着。

"必须要有人跟着，我是为你好，也是为我们部落的生死存亡着想。"父亲笑道，"不过，现在看来，林森的确聪明过人，他出的主意，没人能够看穿。城头山那边的蠢货，起初以为我们断商路，现在又正抓紧修工事防水患，他们做梦也想不到，还不等水患到来，破城就在一夜之间。我们虽然损失了一些鱼，却可以夺得一座城，值！"

妃儿问："前些天派探子去城头山，可是父王的计谋？"

"不，是林森的计谋。这样一来，对城头山不仅是劳民伤财，还转移了他们的注意力，高招啊！"

"如此看来，父王是相信他了，那就不要再派侍卫盯梢了。"

"不行！"父亲说，"一天不灭城头山，我就一天不会对他放心。他这人太聪明了，不防不行啊，也许他有更大的阴谋而我们却无法看透；还有，我叫你来，主要是想知道，他为我献计破城，是不是因为真心想要得到你？"

"父王，你不要怀疑了，他真的喜欢我，我们已经有了……"女儿低头看着自己的肚子，脸已羞得通红。

父亲明白了，点点头，说："妃儿，你是我的掌上明珠，你一定要看

清他的真正动机，我就怕到头来是赔了女儿又折兵。”

“父王的话我一定铭记。”妃儿说完，就退了出去。她现在一天到晚只想和林森在一起，对部落间的事根本没有半点兴趣。

5.严冬

转眼就到了冬季，城头山的新运河已经挖好，只等与护城河贯通了。首领考虑到冬季缺水，运河暂时不起作用，再说如果一旦贯通，护城河的水位就会猛跌，生产、生活都会大受影响，只会适得其反，所以就收工了。待明春洪水泛滥前再贯通才是最佳时机，那时既可泄洪排涝，又可当作运河，可谓一举两得。

首领以为大功告成，而老祭师却仍然放不下心，他总觉得事情不会这么简单，原因就是水云部落对此没有任何反应。按理说，如果筑坝制造水患的阴谋破灭，那么他们就应该立即打通老河口的堤坝，让自己的渔路恢复过来啊，难道我们这次又错了，他们筑坝的目的与水患无关？

老祭师把自己的担忧告诉了首领，首领说：“这次没事了，不管他们是什么主意，我们都有了应对措施，兵来将挡，水来土掩，你有什么可怕的？”

“我就担心到时没那么简单。”老祭师开始怀疑聪明过人的弟子了，“林森这人，一般人看不懂的。听说他与那边首领的女儿已经好上了，他究竟要玩什么把戏呢？”

首领说：“我不是早就说过了？他是打着解干旱的旗号，实质上却做着出卖城头山的勾当，目的就是为讨到那个女人的欢心。这种弟子，你就不要再去牵挂他了。”

“如果真是你说的那样，他背叛了城头山，事情就绝不是我们现在想的那么简单，到时事情必然很糟，我就没脸见人了。”老祭师仰天一声长叹，“我想，他应该不会如此绝情寡义！”

“那你就等着瞧吧，别把你这弟子看得太神了，我就不相信他还能玩出什么新花招来，哼！”首领说罢，就走了。

因为琢磨不透弟子的下一步棋，老祭师的心情一天天糟糕起来。每天，他都要在城墙上走一圈，然后又绕护城河走一圈。走着走着，他看护城河越来越不顺眼了，往年的护城河，每到冬季，水位就会下落，但因为是流动循环的，水质很清澈，可现在有老河口大坝拦截，水位虽高，却是死水微澜，甚至能够闻得到腐臭的气息。

天气渐冷，到三九严寒了，下雪了，鹅毛大雪漫天飞舞。

林森仍然没有回来，也没有任何

消息，老祭师思前想后，突然想到他临行前曾说过的一句话："如果我在冬季最冷的时候还不能回来，您一定要赶在三更前，替我在城墙上彻夜燃上火堆，这一点您要切记！"

老祭师不顾身体虚弱，冒着严寒，顶着风雪，赶紧爬上城墙，往水云部落方向望去，只见一马平川的大地白雪皑皑、银装素裹，今晚要结冰了……

望着城墙下宽阔的护城河，就在那一刻，老祭师不由打了个寒颤，林森让他"在城墙彻夜燃上火堆"，他顿时恍然大悟，老天哪，原来是这样啊，老祭师的脑子里出现了可怕的一幕，人都吓软了。这时，恰好有巡视兵士经过，他立即吩咐："火速叫来首领！"

首领急匆匆赶来了，老祭师说："今晚城墙上要彻夜燃放火堆，火堆越多越好；还有，赶在三更之前，一定要贯通运河，三更准时泄水！"说完，老祭师就瘫在了地上……

6.攻城

这一夜，寒冷异常。三更时分，水云部落的首领和林森、妃儿坐在火盆前，首领问手下："老河口那边怎么样了？"

"大人，刚才来报，冰层已经达到我们预想的厚度，人马已经集结，是否现在出发？"

"出发！"

林森站起身，对首领说："大人，关键时刻，我也一起去吧。"

"不！"首领示意他坐下，"你就在这儿陪我，等候攻城的喜报。"

林森坐下了，如坐针毡，表面上却神色泰然。他开始后悔自己当初没和师父把话说明，他担心师父揣摩不透他的良苦用心，如果师父走错了关键的一步棋，城头山必遭毁灭无疑。这一次，水云部落和周边几个部落联合集结的兵力，是城头山的三倍！

等候喜报的时光非常难熬，两个时辰过去了，没有任何消息，首领脸上显出了焦虑之色；又一个时辰过去了，天很快就要大亮，还是没有消息……

天终于大亮了，一个一身狼狈的士兵慌慌张张闯了进来，结结巴巴地说："首领，我们的人……全、全被俘虏了……"接着，他向首领陈述了战事的经过：集结的队伍顺利赶到城头山护城河边，见城墙上燃起了无数火堆，知道对方已经有所准备，军心顿时动摇，但还是按计划攻城。

原先宽阔的护城河是攻城最大的屏障，以前各部落无数次攻城都是惨败在这道无法逾越的屏障上，可现在因为成了一潭死水，一夜间结了一层厚厚的冰，渡河就如履平地了。

水云部落的军师一声令下，顿时鼓声大作，冲锋开始了。正当队伍在过河时，让所有人没有想到的是：穿着特制草鞋的兵士下河没跑几步，就听见冰面上响起"咔嚓咔嚓"的断裂声，接着，一个一个落入了寒冷刺骨的护城河……

首领听了逃兵的禀报，气得要死，回头死死地盯着林森："现在该你说了，这是怎么回事？"

林森笑了："你还记得我们俩当初派往城头山的那个探子吗？你不是同意分散城头山的注意力，让他们劳民伤财开凿运河吗？你不是说那是一个高招吗？昨晚三更时分，乘冰层还没达到足够的厚度，他们就贯通了新运河，泄掉了冰面下的水，你如此多的兵力，一下子冲上去，空壳的冰面能不垮吗？道理就这样简单！"

首领恼羞成怒，"来人，杀了他！"

话音刚落，随即冲进来一群人，他们没有杀林森，却绑住了首领。首领大惊，定睛一看：天哪，全是城头山的兵！

林森带着这个特殊的俘虏，还有自己心爱的女人妃儿，以及妃儿腹中很快就要出生的小孩，顺利地回到了城头山。他急匆匆地赶到老祭师的病榻前，此时，老祭师已是奄奄一息，他见林森毫发未损，释然地笑了，然后安详地闭上了眼睛。

林森恨自己没能保全师父的命，像个孩子似的，扑在他的身上号啕大哭起来……

（题图、插图：谢　颖）

在天堂里选择

□云　玲

男友不幸遭遇了车祸，去世了，方雅绝望到了极点，整日以泪洗面，拒不进食，只想一死了之。这天一早，方雅正在独自落泪，门铃响了，开门一看，门外站着一个陌生的小伙子。

小伙子说，是钱彬彬让他过来的。

钱彬彬正是方雅的男友，去世已经三天了，他怎么可能还会安排这个男孩过来看方雅呢？

方雅满脸疑惑，小伙子沉吟片刻，解释说，他叫董标，是钱彬彬给他发了一条短信，说着，他拿出手机，调出一条短信，递到了方雅的面前。

短信果然是钱彬彬发的，内容是这么写的："方雅现在痛不欲生，而能救她的，只有你。董标，去吧，劝劝方雅，拜托了。钱彬彬。"

看时间，是7月8日，也就是昨天夜里。不会吧？自从钱彬彬出车祸后，他的手机一直是方雅保管着，怎么可能在昨天夜里发短信呢？

进屋落座不久，方雅更感觉到了董标这个陌生男人的非同寻常，因为她吃惊地发现，就在这么短的时间里，她居然对董标产生了好感，不，确切地说，应该是爱。方雅不想承认这一点，她不敢直视董标，可是，爱的感觉却一点点地强烈起来。方雅垂下头，痛苦异常，她拼命压抑着自己，然而，最终还是坚持不住了，她歇斯底里地大喊了一声："不——"

董标惊愕地站起来，走到方雅

身边，说："你怎么啦？"

方雅无法自持，她猛地站起来，使劲地推搡着董标，把他赶出了家门："以后你再也不要来了！"

可是，到了下午，董标又来了，方雅没有开门，直接把他骂走了。天黑以后，方雅走出家门，漫无目的地走着，不知不觉中，来到了胭脂湖畔的柳心亭。触景生情，方雅又想起了钱彬彬：就在几天前，她还和钱彬彬坐在亭边的这块石头上卿卿我我，可如今已是阴阳两隔。方雅不由悲从心中来，她走上石头，望着黑黝黝的湖水，眼睛一闭，准备投入湖中……

就在这一刻，猛地听见一声叫喊——"方雅！"

方雅一惊，回头看见董标站在身后，就在她迟疑之间，董标扑了过来，一下把她拉了过去，不让她往湖里跳。方雅不明白这个男人怎么会突然在这个时候出现。董标知道方雅在想什么，他拿出手机，打开一条短信，见上面写着："方雅在胭脂湖柳心亭欲寻短见，速去！"

这时，方雅的手机响起了短信提示音，她打开一看，是钱彬彬发来的一条短信，上面写道："董标是你的今生姻缘，好好珍惜，我在这边祝福你们了！我以后不能给你发短信了，这是最后一次，请你答应我，为了爱你的人和你爱的人，一定要好好活着！"

方雅看着这条短信，泪眼涟涟，望着董标，再也说不出一句话来。

第二年，两人结婚了，婚后的日子平淡而幸福。一晃五十年过去了，这年董标害了一场大病，弥留之际，他对方雅说："老婆子，我要走了，我不放心的，就是你上次查出来的那个瘤子，可我总觉得到了那边，我还是有办法的……"

几天后，董标走了……

办完丧事，孩子们带着方雅去医院复查，结果出来后，大夫拿着片子左看右看，十分惊愕地对方雅说："真是出奇迹了，上次检查出来的那个瘤子不见了……"

方雅知道，是董标帮了她。就这样，方雅又活了十五年。在八十八岁那年春天，她静静地躺在病床上，恍恍惚惚中，方雅觉得自己的灵魂离开了躯体，她飞啊飞，来到了天堂，她进了天堂的大门，随着人群前行，一个天使对她说："你走右边。"

方雅拐向右边，她发现，右边的人很少，而向左拐的人很多，她觉得奇怪，就问天使：为什么人们都往左边拐呢？

天使说："天堂有一条规定——凡是在人间拥有真爱的人，来到天堂后，还有一次选择的机会，获得这种选择权的人，就往右边拐。"

方雅右拐后，很快，她来到了一间房子，在一张桌子上，放着一张纸，上面是一道选择题："恭喜你，方雅女士，你在人间拥有真爱，所以你还有一次选择的机会，你一定要想好，然后把答案填在后面的括号里。"

下面是选项，密密麻麻的，好多。方雅挨个儿看过去，有金钱，有权势，还有功名……看着看着，方雅似乎想到了什么，这么说来，当初董标和钱彬彬死后来到天堂，也会面临这样一道选择题，他们当时选择了什么呢？

方雅一边想着，一边浏览着各式各样的选项，忽然，一个选项引起了她的注意，那是——"和钱彬彬相亲相爱"，而没有关于董标的，方雅问身边的天使："董标呢？他还好吧？"

天使说："你想见见他吗？"

方雅点了点头，于是天使就出去了。很快，董标来了，他面容憔悴，方雅见了，心中不忍，她讪讪地说："我……我在做一道选择题。"

董标说："选项里是不是有——'和钱彬彬相亲相爱'？"

方雅有点吃惊："你怎么知道？"

董标告诉方雅，当初他来到天堂时，也面临了这样一道选择题，而在选项中，有一个是"和方雅相亲相爱"。天使说，这是钱彬彬要求加上的。其实，这六十多年来，钱彬彬在天堂一直没有成家，一直在爱着方雅，尽管这样，他还是希望方雅能和董标相亲相爱。董标含着泪花，饱含深情地说："当时我就觉得，更有资格得到你的爱的，不是我，而是钱彬彬，所以，这一次我才让天使为你加上了这个选项……"

听了这些，方雅说："谢谢你告诉我这些。"说着，她来到桌子旁，提起笔，在那个选项上打了个钩："和钱彬彬相亲相爱……"

（题图、插图：佐　夫）

背着房子慢慢爬的，是蜗牛。可知它为何整天那么费力？穿着“条纹装”逞威风的，是老虎，它身上这么时髦的图案从哪来的？一咧嘴就笑成三瓣的，是兔子，你猜这又是怎么回事？

这些问题是不是你既熟悉又道不明？那就听我一个一个说给你听吧……

蝙蝠为什么昼伏夜出

狼和乌鸦打仗，狼把乌鸦打败了。蝙蝠看到狼胜利了，就跑去对狼说：“我跟你们走兽是一家子，你俩要是再打起来，我一定当你的帮手。”

以后，狼真的又跟乌鸦打起来了，可蝙蝠根本不去帮忙，结果这一次乌鸦把狼打败了。蝙蝠看见乌鸦胜利了，又跑去跟乌鸦说：“我跟飞禽是一家子，以后你们俩打起仗来，我一定替你出力！”

可是打那以后，乌鸦和狼就停止了战争，双方和好了。乌鸦飞得高，眼睛尖，一看见猎物就飞来，“哇哇”地叫着给狼报信，于是狼飞奔过去把猎物抓住，又把肠肚肺心之类的送给乌鸦吃，它们配合得可好啦！

有一天，它们两个聊天，聊着聊着，就说起了当初蝙蝠在两边说的话，越说越生气，就一同去找蝙蝠算账。

见了蝙蝠，乌鸦大声喝问：“你给我们俩都说了些什么？快当着我们的面再说一遍！”蝙蝠张口结舌，一句话也说不出来了。狼说：“你真不是个东西，以后谁也不会和你做朋友了！”

打那以后，蝙蝠就觉得没脸见人，跑到洞里躲起来了。大白天不敢露面，到了天黑才偷偷摸摸出来找点东西吃，成了昼伏夜出的动物。

蜗牛的房子

有一只蜗牛，自私又小气，总不愿人家来它家借宿。凡赶路人要求过夜的，它都一一拒绝，撵出门去。

有一次，一只萤火虫赶路回家，路过这里，天已经黑洞洞的了，怎么办呢？萤火虫急得如热锅上的蚂蚁。忽然，它望见不远的地方闪着一丝亮光，便赶忙摸黑走去。到了那边，从门缝往里一看，见蜗牛正在灶前吃饭，萤火虫心里高兴极了，满以为今晚有了宿身之地，立刻上前拍门。

蜗牛一听到声音，知道又有赶路人来家求宿，讨厌极了，因此，它一声不吭，照样吃自己的饭。直到萤火虫拍门拍得掌上都起了水泡，嗓子也喊哑了，蜗牛才生硬地答道："我家又不是客店，谁叫你不带自己的房子？"说完，它不但不开门，还把门顶得更紧些。

萤火虫很失望，它转念一想，又向蜗牛借几根烂竹竿当火把，赶路也方便些，没想到又被蜗牛拒绝了。

萤火虫这一回可发怒了，它对着屋里的蜗牛，赌气地说："以后我再也不求你了！"说完，它愤愤地离开蜗牛的家，去石头底下苦熬了一夜，到天亮才赶路回去。

过了几天，这蜗牛走亲访友回家，路过萤火虫家门口。这时，天已经黑得伸手不见五指了，前面都是弯弯曲曲的羊肠小道，哪里还走得了？蜗牛没有办法，只好向萤火虫求宿。

萤火虫听到蜗牛的喊门声，想起上回自己的遭遇，气不打一处来，于是，不管蜗牛扯开喉咙怎么叫喊，它就是闭门不理。

蜗牛没有办法，只好去别家叩门，可是，全村七七四十九户的门都敲遍了，没有一家开门。蜗牛走投无路，只好跑到村头的榕树底下过夜。

当时正是寒冬腊月，天气十分寒冷，到了夜里，下了一场鹅毛大雪，滴水成冰，蜗牛哪里受得了，冻得全身直哆嗦。它不禁叫起苦来："天哪，早晓得这样，我就带我的房子出来了。"

就这样，以后不管走到哪里，蜗牛都随身带着它的房子。萤火虫呢，由于当年蜗牛不给它火把，吃了亏，从此也随身带着灯笼了。

兔子为什么是豁豁嘴

兔子和马原来是好朋友，马不仅老实，而且心地善良。可是，兔子却是一个能说会道的骗子，经常捉弄马。

严冬的一天，它们捡了一点柴火，生起火，暖暖和和地睡下了。睡了一会儿，兔子趁马不注意，把火慢慢地推到了马的跟前，马被火烤得招架不住，只得往后退缩。后来，兔子又趁空把火推到马的跟前，马又往后退缩，结果没提防，“咚”的一下，从山崖上掉了下去。幸好，马没摔到谷底，掉在半山腰一棵大树上了。

马向兔子求救：“兔子，快来帮我一下，我怎么上去呢？”

兔子听后，故意说：“把手放开，使劲一跳，就能跳上来。”

老实的马听了兔子的话，就把手放开，使劲向上跳去，谁知跳到离崖顶不远的地方，就又往下掉了。这一次，马一直掉到谷底，摔死了。

这时，兔子跑到草地上，来到一个牧人跟前，说道：“喂，大哥，快！那边山谷里有一匹马死了，你快去把马皮剥下来！”

牧人说：“我不能去，我那匹马，脊背上磨出了泡，我走后，乌鸦会来啄它的。”

兔子说：“我替你看着马，你放心去吧！”

牧马人听信了兔子的话，就走了。牧马人走后，兔子马上来到乌鸦跟前，说：“喂，乌鸦，快！草地上的牧马人走了，他那马的脊背上起了泡，你快去啄食，好好饱餐一顿！”

乌鸦听后，摇着头说：“不行，我的窝里有蛋。如果我走了，顽童们就会把蛋掏走。”

兔子说：“别怕，我替你看着。”

乌鸦非常高兴，就朝草地飞去。乌鸦飞走后，兔子又急急忙忙地来到一户人家，一个孩子正坐在门口看家。兔子说：“喂，孩子，快！乌鸦从窝里飞走了，快去把乌鸦蛋掏走！”

孩子说：“不，我不能去，我妈不在家。我走后，来了贼怎么办？”

兔子说："我给你看家。"

孩子一听，高兴地走了。孩子走后，兔子连忙跑到一个贼跟前，如此这般一说，贼就跑去把房子里的东西都偷走了。

牧马人来到山谷，把马皮剥下，回来一看，乌鸦早就把马背啄得鲜血淋漓了；乌鸦回到窝后，蛋不见了；孩子回到家后，东西全被贼偷光……

兔子跑到一个高坡上，看着这些情景，开心地"哈哈"大笑起来，因为笑得太厉害，把嘴给笑裂了。从此，兔子就成了豁豁嘴。

松树和猴子

山上有一棵松树，松树上结满了松果。一天，有一只猴子爬到树上摘松果吃，它一只手把松果往嘴里塞，一只手把松果往下扔。不多会儿，满树的松果就快让它给糟蹋完了。这一下，松树可不高兴了，对猴子说："猴子啊，你这次吃不完，下次再来吃就是了，为啥都往地上扔，糟蹋我身上的肉？"

猴子听了，反倒来气了，尖着嗓子叫喊："哼，管不了这么多，吃完了这棵我吃那棵，随我高兴。"说着，猴子还动手折下不少松枝，扔在地上。松树看着猴子在自己身上折腾，并没有动气，仍然语重心长地说："猴子啊，我辛苦了几十年，才长成这么高，你的心可不能这么狠啊！"

猴子仍然满不在乎地折着松枝，松树见劝说没用，气极了。

第二天，松树借着太阳的热，吐出一堆堆松脂。那猴子又来折松枝，一不小心，坐到了一堆松脂上，把屁股上的毛粘住了，怎么使劲也没法站起来。

松树有心教训教训猴子，它又吐出不少松脂，把猴子粘得更紧了；同时，松树又摇动身子，猴子痛得乱叫乱喊，拼命挣扎。因为用力过猛，不提防毛被拔掉，一个倒栽葱，从松树上摔了下来，屁股上揭去一层皮，流了不少血。

现在，我们看到猴子屁股上没有毛，血红血红的，就是这么来的。

老虎的斑纹是怎样来的

古时候，老虎浑身的毛色都是火红的，那后来怎么会变成现在这个样子的呢？这和兔子有关。

那天，老虎抓到一只兔子，咧着大嘴就要吃，兔子急忙大叫:“虎大哥，不要忙，你先看看我的样子好看不好看？”

老虎端详了一会儿，不禁夸道:“不错，好看极了！”

老虎也想知道自己长得美不美，于是便问兔子。兔子左右打量了一番，说:“虎大哥，你的样子美极了，只可惜你那条歪歪扭扭的尾巴，不太好看。如果你把尾巴整修一下，让它直了，像旗杆一样高高耸起，那才称得上又美又威风的百兽之王呢！”

老虎听了，高兴得直咂嘴，赶紧请教办法。兔子装模作样地让老虎去准备九捆松明、九根松木、九根栗木和九根绳子。

老虎乐滋滋地东奔西忙，把一切都准备好了，这才把兔子放出来，让它为自己修整尾巴，并许诺说，这事办好了，就可以不吃它，让它自由，兔子答应了。

兔子先用七根绳子把老虎的手脚和身子捆住，又拿剩下的两根把老虎悬吊在一棵大树上，然后又把九捆松明堆在地上，把九根松木码上，再把九根栗木架到最上面，随即点燃了火。山头风大，霎时，树下“哔哔啪啪”燃起了大火。

老虎一个劲地嚷嚷着疼，兔子说:“你要美，就得挨点疼嘛！”兔子说着，把火拨得更旺，热辣辣的栗柴火，把老虎的皮都烤焦了，只有那七根绳子缠着的地方留下了原来的毛色。从此，老虎的身上就留下了红黑相间的斑纹。

兔子见一贯凶残自大的老虎被弄成这个样子，乐得眼泪直淌，眼睛也被火焰熏着了，它用手揉了又揉，眼睛被揉得红红的，兔子眼睛红，就是这样来的。

（**本栏插图**：安玉民　梁　丽）

多金男

□刘祖光

宋柯毕业好几年了，谈了几个女朋友，对方都因为他没房没车而离去。好在宋柯天性乐观，爱跟人聊天。这天，他去拿快递，像往常一样跟快递小哥闲聊，聊着聊着，小哥忽然说：“宋哥，我有个姐姐，年龄跟你差不多，不如……”

宋柯不想拂小哥的面子，就答应跟他姐姐见见。谁知一见，宋柯呆了，那小哥的姐姐漂亮又温柔。聊天中，她流露出欣赏宋柯的样子。宋柯想，哎呀，没想到居然遇到了一个不谈房子不谈钱的女孩，难得啊！

两个人热恋起来了，女友超凡脱俗，从来不问宋柯工资多少，存款多少，宋柯主动坦白说自己工资只有三千多块钱，她也只是笑笑，说人好才是最重要的。两人关系突飞猛进，很快就到了谈婚论嫁的阶段。

这天，快递小哥又来送快递，宋柯当然又跟他聊起来，小哥忽然批评说：“姐夫，你工资再高，也不能网购成瘾啊，我每个月差不多要给你送二十次快递，粗略算算你一个月网购就花不少钱，买那么多东西，也没见你送给我姐什么……”

宋柯笑笑说：“哪儿是我买的啊，纯粹是你哥我人缘好，我办公室的女同事年龄大了，不会网购，让我用我的账号和网银帮她们购买，我也乐得赚点积分。”

“我的妈呀，坏了坏了！”小哥惊叫一声，“我见你网购这么勤，以为你工资很高，是多金男哩，所以才跟我姐介绍。没想到……”

宋柯也叫了起来：“这么看来，我说我工资不高，你姐还以为我在考验她，所以才说不在意？”

小哥呆了半晌，最后说：“都到这步田地了，我回去只能说——姐，钱不重要，人好是最重要的。我宋哥还是钻石王老五呢，人家在网上商城里是五钻会员哩……”

吃火锅

□左文萍

年底的时候，单位聚餐，领导说为犒劳大家一年来的辛苦，请大家吃涮锅，每人一个小锅，想吃什么随便点。

大明是个吃货，眼下有了免费的午餐，更是兴奋，一直眼巴巴地等着。

很快到了饭点，大家来到饭店。局长带着一帮中层领导在隔壁房间，大明跟十来个同事在一个单间。没领导在场，都是年轻人，大家都很放得开，拿着菜单一阵猛点。大明更是不客气，顶级牛羊肉各要了两大盘，鱼丸虾滑什么的要了一堆，菜一上，小锅一点，热气腾腾。

很快，其他同事锅里的汤都滚开了，大明面前的小锅还是没动静。大明很着急，叫来服务员，服务员看了看，抱歉地说："先生，您这个锅要慢一些，请稍等一会。"大明没办法，只好等，旁边的同事全都吃得不亦乐乎，可他连一口汤水都没喝上。

这时候，局长忽然进来了，几个中层领导笑容满面地跟在后面。局长脸上笑容可掬，语调十分平易近人，挨个地敬酒，说着一些"大家辛苦"之类的话，大伙儿也趁机大献殷勤。

大明这时候已经饿得头昏眼花了，可锅里的汤还是没滚。一会儿工夫，局长已经来到了大明面前，他握着大明的手，亲切地说："大明，表现不错啊，年轻人有前途，好好干！"

大明强打精神，跟着说了一堆客套话，其实注意力都集中在锅上。

领导们总算敬完了酒，准备回去了，局长也走到了门口，就在这时候，大明面前的小锅响起了一阵水沸的声音……

大明喜不自禁地说："哈哈，总算滚了——"

门口的领导们听了，全都傻了眼……

考虑长远

□顾嫣然

最近，公司里要提拔一名中层干部，大家条件都差不多，各有优势。最后，领导决定，考虑到岗位的特殊性，要提拔一位考虑长远的人上来。

什么叫考虑长远呢？赵伟一番琢磨后，乐了，因为自己一向都秉承“人无远虑必有近忧”的信念，比如一进公司就开始准备各种各样的证书，关键时候都能从容应对。

王田田自我感觉也不错，她觉得“考虑长远”，其实就是做事细腻的另一种表现。比如上次公司组织去旅游，她很有预见性地带了口罩以及一大包创可贴，结果就派上了大用场。

林军好像没有什么特别让人注意的事情，不过，他有一点比较奇怪：同事生了孩子，如果是男孩，他送一百块礼金；如果是女孩，他送两百块礼金。不过，这好像属于私人友谊范畴，跟工作没什么关系。

然而，领导考察后，最终决定提拔林军，提拔的决定张贴在公司办公大楼门前，三天之后如无异议则正式生效。

赵伟和王田田不约而同地跑到总经理办公室提出异议，老总笑着说：“赵伟，你那准备证书什么的，着眼于自己；田田，你准备口罩和创可贴，是考虑得远一点，但跟林军比起来，就差远了——”

王田田不服气地问：“差在哪里？”老总说：“林军平时听见谁生了个女儿就开心得很，送礼的钱还翻了一番。我问他为什么，他一脸忧虑地说，曾经看到一个新闻，说中国新生儿男女性别比例过大，他儿子未来有打光棍的可能，所以听到别人生了女儿就高兴……”

赵伟和王田田都愣了：他想得可真够远的……

临时猪

□ 许张彬

小老板赵大在乡下承包了几百亩麦田。这天，他来巡查，忽然发现麦子像被什么动物啃过了。一问，人们说像是山里野猪干的。

赵大又气又恼，可野猪是保护动物，打又打不得，他只好请了一帮人在麦田周围巡逻。

一段时间后，赵大又来了，发现麦子还是有被啃咬过的痕迹，他气极了，对那帮雇工吹胡子瞪眼："我出钱雇你们，麦子怎么还被野猪偷吃了？"

雇工说："赵老板，您别生气，我们查清楚了，这些猪不是野猪，是钱五家的。"

赵大一听，顿时开心起来，这样的话，损失的麦子就有人赔偿了，他立刻去找钱五。

没想到的是，钱五很爽快地承认他家的猪吃了麦子，但他理直气壮地拒绝了赔偿，说："吃麦子的那些猪都是'临时猪'，它们的所作所为跟我没有一丁点儿的关系！"

赵大懵了："什么？临时猪？"

钱五不紧不慢地说："赵老板真是贵人多忘事啊……"原来年初，赵大到村里承包农田，钱五觉得承包款少了，想提高一点价格，双方协商多次未果后，钱五竟然在一个夜里莫名其妙地被人暴打了一顿。

钱五恨恨地说："赵老板，现在你记起来了吧？"

赵大一脸尴尬地连连摆手，说："哎呀，都过去的事了……再说了，这跟'临时猪'有啥关系呢？"

"怎么会没关系呢？"钱五愤愤地说，"你说那些打我的人都是你手下的临时工，为了惩罚他们，你把他们全都赶走了。我的这些猪，也都是'临时猪'，为了惩罚它们，我昨天把它们全卖了……"

(**本栏题图、插图**：顾子易　包丰一)